觀
OBSERVE
乎

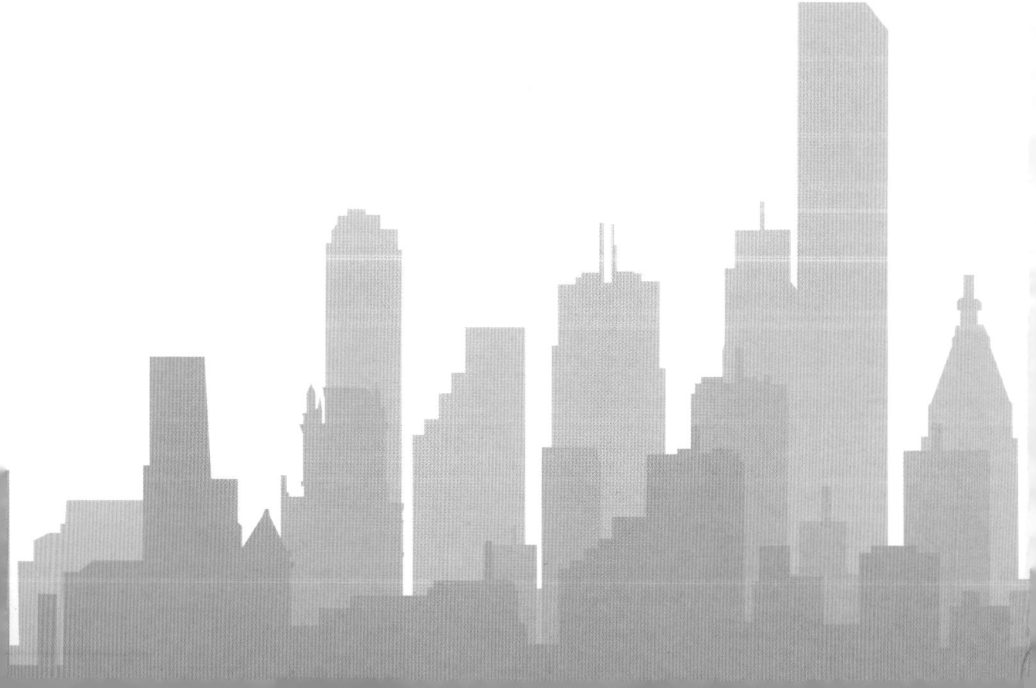

城市化的文学表征
新世纪小说城市书写研究

王兴文 / 著

甘肃人民出版社

甘肃·兰州

图书在版编目（CIP）数据

城市化的文学表征：新世纪小说城市书写研究 / 王兴文著. -- 兰州 : 甘肃人民出版社, 2024.12
ISBN 978-7-226-06037-7

Ⅰ. ①城… Ⅱ. ①王… Ⅲ. ①小说研究－中国－当代 Ⅳ. ①I207.42

中国国家版本馆CIP数据核字(2024)第026892号

责任编辑：张　菁
封面设计：张金玲

城市化的文学表征：新世纪小说城市书写研究

CHENGSHIHUA DE WENXUE BIAOZHENG: XINSHIJI XIAOSHUO CHENGSHI SHUXIE YANJU

王兴文　著

甘肃人民出版社出版发行

（730030　兰州市读者大道568号）

兰州鑫泰印刷有限公司印刷

开本 880 毫米 × 1230 毫米　1/32　印张 11.625　插页 2　字数 225 千
2024 年 12 月第 1 版　　2024 年 12 月第 1 次印刷
印数：1 ~ 1000

ISBN 978-7-226-06037-7　　定价：68.00 元

目 录

绪　论 ··· 001

第一章　新世纪小说及其城市化表征 ··············· 029
　　第一节　新世纪小说与城市化的双向互构 ··············· 031
　　第二节　新世纪小说中的城市话语及其文化资源 ······ 047

第二章　城市化：新世纪小说中的城乡空间政治 ········· 059
　　第一节　缝隙空间与道德美学的错位 ······················· 063
　　第二节　"无土时代"重构城市空间的想象 ················ 079
　　第三节　乡村空间叙事及其意义 ······························ 095

第三章　景观化：新世纪小说中的城市幻象 ············· 111
　　第一节　新世纪小说中的城市地理空间 ···················· 114
　　第二节　新世纪小说中的城市景观生产 ···················· 136
　　第三节　城市奇观化叙事及其美学表征 ···················· 155

第四章　日常化：新世纪小说中的城市生活 ………… 172
第一节　现代文化对日常生活的组织 ………… 175
第二节　沉沦与荒诞：城市日常生活体验 ………… 194
第三节　抵制策略与日常生活叙事的危机 ………… 206

余论　城市化与新世纪文学想象 ………… 222

附录　当代小说城市书写的历程 ………… 233
理想与激情:20世纪80年代小说的城市书写 ……… 234
焦虑与迷茫:20世纪90年代小说的城市书写 ……… 260
反思与重建:21世纪初年小说的城市书写 ………… 290
沉潜与超越:21世纪10年代小说的城市书写 ……… 317

参考文献 ………… 343

绪 论

海德格尔在《存在与时间》的篇首引用了柏拉图《智者篇》中悖论性的语言表达"存在"的难以把握:"当你们用'存在着'这个词的时候,显然你们早就很熟悉这究竟是什么意思,不过,虽然我们也曾相信领会了它,现在却茫然失措了。"[①] 事实上如果我们以戏仿的方式把这里的"存在着"一词替换成"城市",这段话同样成立。什么是城市?城市有哪些特征?城市给我们带来怎样的生存体验?似乎都是难以把握的。如果用文学的语言来表述,现代城市也许是充满了各种新奇的事物,每时每刻都在不停生产出具有令人震惊的美学效果的景观;城市是一个被"速度政治"控制的空间[②],是忙碌与孤独对立统一的生活世界的拼贴;城市是一个陌生

---

① [德]马丁·海德格尔著,陈嘉映、王庆节译:《存在与时间》,北京:生活·读书·新知三联书店,2006年版,第1页。
② 周宪在《速度政治与空间体验》中以"速度政治"概括当代城市生活,见陶东风、周宪主编:《文化研究》第10辑,北京:社会科学出版社2010年版,第343页。

人的世界，冷漠与无情是人际关系的基本特征；城市也是一个大漩涡，随时都把一些人卷入权力与金钱的中心，而同时把另一些人甩出来，抛入边缘。短暂、易逝、流动的现代体验构筑起城市日常生活，你方唱罢我登台的舞台表演模式呈现出城市的文化多元。如果说城市有什么可以把握的特征的话，那么这个特征恰恰就是城市的难以把握。

城市的历史几乎与人类的历史一样古老，恰如斯宾格勒所言："世界的历史即是城市的历史。"[①]从城市的起源看，人类历史上的城市是伴随着早期人类社会生活的扩大，剩余产品与交换的出现以及人类社会的第一次社会大分工而出现的。城市从远古的要塞、交易点发展成今天的现代城市、大都市、巨型城市乃至全球城市，是很多世纪城市化发展，特别是20世纪以来城市化加速发展的结果。

城市是石头砌成的多彩世界，但它同时也是建筑在冰冷的经济基础之上的复杂秩序。在纷繁复杂、绚丽多姿而又充满悖论的城市文化背后，是城市以商业为中心的多元功能的强大支撑。古代城市往往是政治、宗教或者军事的权力中心，如中国古代的西安、北京，欧洲古代的宗教中心罗马、

---

① [德]奥斯瓦尔德·斯宾格勒著，吴琼译：《西方的没落·世界历史的透视》第2卷，上海：上海三联书店2006年版，第83页。

绪　论

君士坦丁堡等；有的城市还是交通枢纽或者边地要塞，更多的城市则是贸易中心。但不管哪种类型的城市，无一例外都是产品交换的集散地，同时也是极大的消费（包括奢侈消费）中心。商业主义的血液与精神其实早在城市诞生之日起，就已经流淌于城市石头筑起的身体之中了。中国古代汉语中的城市，"城"可以解作城墙，而"市"则可以解作产品交换地点的集市，如果说"城"意味着对于特定区域进行保护的要塞功能，那么"市"则显示了其商业功能，虽然这种商业功能千百年来一直被政治权力压抑、贬斥。古希腊的城市虽然社会分工不严，但是城市依然为"商业"留下了一席之地，城市中心的角斗场和大剧院不但具有休闲与政治功能，同样是交易的场所。虽然在西方文学、历史等典籍中，城市也曾有过种种象征意义[①]，但城市是商业主义的诞生地则是共识性的。吊诡的是，即便商业主义在历史上曾经饱受压抑，但其生命力极其顽强以至于历经千年而百折不挠。

到了现代以后，城市都一致向商业化发展，成为以商业为主导汇聚各种功能的大熔炉。在全球化的今天，"城际层面最强大的中心性地理新格局将主要国际金融与商务中心绑

---

① 如在奥古斯丁的《上帝之城》中，城市具有很强的象征意义，城市一词更多指的是一种公社或者团体。

在一起"①，出现了所谓的"全球城市"，如纽约、伦敦、东京、巴黎等。因此，城市学家往往以笼统的复合整体来粗线条概括城市，倾向于把城市看作超级大杂烩。如刘易斯·芒福德就认为，城市是人类社会"权力和历史文化所形成的一种最大限度的汇聚体"②，它"涵盖了地理学意义上的神经丛、经济组织、制度进程、社会活动的剧场以及艺术象征等各项功能。城市不仅培育出艺术，其本身也是艺术，不仅创造了剧院，它自己就是剧院。正是在城市中，人们表演各种活动并获得关注，人、事、团体通过不断的斗争与合作，达到更高的契合点"③。R.E.帕克也认为，"城市，它是一种心理状态，是各种礼俗和传统构成的整体，是这些礼俗中所包含，并随传统而流传的那些统一思想和感情所构成的整体。"④

20世纪以来，中国的城市随着国家的崛起而引起广泛关注，上海、北京、广州等大城市向全球化迈进的同时，一

---

① ［美］萨斯基亚·萨森著，李纯一译：《全球化及其不满》，上海：上海书店出版社2011年版，第7页。
② ［美］刘易斯·芒福德著，宋俊岭等译：《城市文化》，北京：中国建筑工业出版社2008年版，第1页。
③ ［美］刘易斯·芒福德著：《城市是什么？》，见许纪霖主编《帝国、都市与现代性》，南京：江苏人民出版社2005年版，第194页。
④ ［美］R．E．帕克等著，宋俊岭、吴建华、王登斌译：《城市社会学——芝加哥学派城市研究文集》，北京：华夏出版社1987年版，第1页。

大批中型城市、小城市也快速发展。尤其是20世纪90年代以来，随着经济市场化步伐的加快，中国的城市化也迎来了一个快速发展时期。城市化所带来的乡土中国社会向现代城市社会的转型必然引起文化的变迁，因为文化这个概念本身就意味着"人类自身从农村存在向城市存在、从农牧业向毕加索、从耕种土地到分裂原子的历史性的转移"①。在这一过程中，文学作为人类社会生活的表征，以象征或隐喻的方式想象城市及其给人的生存境遇带来的变化。新世纪小说十年来的创作，恰好为我们提供了观察城市化时期社会转型与文化变迁的透镜，让我们在一种镜像关系中把握真实的、想象的以及实际的，城市化时期的城市与城市生活。

一、选题研究对象与范围

论题是在新世纪小说这一范围中，讨论当代中国大地上正在发生的城市化过程及其所带来的文化变迁的。城市化所带来乡村与城市的空间变化、城市景观的变化以及城市日常生活的变化，是城市化过程中当代文化变迁的具体表现。本书从这三个方面考察了新世纪小说中的城市书写及其不同

---

① ［英］特里·伊格尔顿著，方杰译：《文化的观念》，南京：南京大学出版社2003年版，第2页。

美学选择的复杂表现。

　　首先需要界定的是新世纪小说这个范畴。对于中国现当代文学，学界惯用的一个方法就是以十年为界进行梳理研究，本书沿用这种方法是为了便于确定研究范围。当然如果从文学场域的变化看，新世纪文学[①]所赖产生的语境及其生产与消费的方式都产生了变化，因此以"新世纪文学"命名新世纪以来十年间的创作有其合理性。从社会历史语境方面看，新世纪以来中国加入世贸组织和成功举办奥运会、世博会，标志着当代中国以明确的身份卷入全球化浪潮。在全球化与本土化张力中，当代作家认识生活、体验生活的角度、方法都不同于此前，而城市化过程的加速发展所带来的各种问题，也促使当代作家从不同角度去思考。新世纪十年当代小说的发展轨迹，特别是消费主义叙事从兴起到泛滥与底层叙事、现实主义叙事的回归，这两条发展线索的交织恰好说明全球化与本土化、传统与现代的文化张力对当代文学的深刻影响。新媒体的出现对文学创作方式、传播方式、阅读方式的全面刷新，同样是新世纪以来文学活动中具有革命性的事件。尤其是所谓网络叙事、青春叙事，如果没有网络

---

　　① 关于"新世纪文学"这一命名，最早的大规模讨论见于2005年第2期《文艺争鸣》推出的"关于新世纪文学"专栏，张未民、雷达、杨扬、张炯、张颐武等国内知名学者都曾发表文章界定"新世纪文学"。

技术的支持，其传播与影响都会大打折扣。此外，商业化运作模式比之20世纪90年代更加成熟，对文学的影响也更为深刻。青春写作、美女写作以及畅销书写作模式在商业运作机制下呼风唤雨，也对纯文学创作产生莫大冲击，文学事件化、景观化的征兆比之20世纪90年代只能是有过之而无不及。文学期刊全面"转企"的市场化过程，又使得文学生产机制发生本质性变化。从这些特征出发去看待新世纪小说，我们会发现新世纪文学虽然是20世纪90年代文学的延伸，但它的生存环境、生产方式、传播方式以及接受群体都发生了根本性变化。因此，本书不再探讨关于"新世纪文学（小说）"这一概念，而是直接使用这个概念表示20世纪90年代末至今的文学（小说）创作。

其次是城市化的范畴。与城市一词的概括性，即对与农村相对的地理、文化、政治、经济空间的抽象概括相比，城市化是一个描述性的词，侧重表现城市的动态发展变化。从词源上来说，城市（urban）一词在英语中早就存在，而城市化（urbanization）[①]一词则是以城市为词根派生出来的。如果从城市发展史的角度来看，城市化进程从城市诞生起就

[①] 最早提出城市化概念的是西班牙工程师A. 塞尔达（A.Serda），他在1867年开始使用这一概念。

已经开始,但一般意义上的城市化,主要指的是工业革命以来快速发展的城市化,即"社会经济形态发生根本转变的过程,是工业经济、城市经济取代农业经济、农村经济并占据社会主导地位的过程"[①]。马克思的概括可以用以区别这两种不同的城市化:"现代的历史是乡村城市化,而不像古代那样是城市乡村化。"[②] 从城市化的历史来看,1800 年,全球城市人口约为 3%;1900 年,约有 14% 的人口生活在城市;而今天,全球有一半人口生活在城市。[③] 发达国家在 20 世纪七八十年代就已经达到高度城市化水平,城市人口饱和,并有向城外流动的新趋势。而中国作为发展中国家,在经历了 20 世纪 80 年代和 90 年代的农村城镇化之后,从 90 年代后期开始进入一个快速城市化时期。据统计,"1992 年到 2003 年,中国的城市化率由 27.63% 提高到 40.53%,年均提高 1.17 个百分点。"[④] 到 2006 年年底,中国的城市化率

[①] 陈甬军、景普秋、陈爱民:《中国城市化道路新论》,北京:商务印书馆 2009 年版,第 29 页。

[②]《马克思恩格斯全集》第 46 卷(上),北京:人民出版社 1979 年版,第 480 页。

[③] 汪民安:《如何体验和研究城市》,见汪民安、陈永国、马海良主编:《城市文化读本》,北京:北京大学出版社 2008 年版。

[④] 王廉等著:《中国城市化教程》,广州:暨南大学出版社 2011 年版,第 12 页。

已经达到43.9%。[①]据2011年12月发布的《中国社会蓝皮书》，截至该年度，中国城市化率已超过50%。

中国当代的城市化，一方面是改革开放和市场经济模式的实施对城市发展产生助推力的结果；另一方面是城市的发展促使政治、经济、文化持续繁荣，使之产生巨大的吸引力，将人口、资源、资本汇聚到城市。因而城市的发展与当代中国的现代化步伐同步，与经济的飞速发展一道引领了30多年来中国社会生活的变迁。由于中国特殊的国情，在城市化进程中产业结构的调整与农业剩余劳动力的转移没有按照合理的变化规律演进，因而在城市化高速发展的同时，社会问题也集中暴露。具体如，由于地区发展不平衡、社会分配不均等原因，造成城乡差异、社会两极分化；由于正处于由粗放型向集约型转变的过程中，经济发展水平低，造成资源的极大浪费，并且对环境的污染严重；由于各项制度仍在完善中，因而城市成为各种投机乃至腐败的温床。当然更重要的是市民社会传统的欠缺与农业传统的发达，使得转型时期的社会不可避免地表现出文化上的新旧并置杂糅与人性的异化生存状态。显然，城市化进程已经与中国社会方方面

[①] 以上数据均出自陈甬军、景普秋、陈爱民著：《中国城市化道路新论》，北京：商务印书馆2009年版，第29页。

面的问题缠绕在一起,因此本书大致以"城市化"一词概括城市化过程本身,有时也用来指称城市化影响下的当代中国的总体社会生活。

此外需要说明的是,论题所涉及的城市化与新世纪小说的表征关系,在某种程度上是城市与文学相互建构关系的一种变体。一般说来,城市与文学的双向建构关系的特征主要表现为:一方面,城市的发展为文学的发展创造了读者群体、技术支撑以及盈利模式。如宋元话本和明清小说的繁荣,与活字印刷术的发明、宋代以来的城市发展及市井阶层的出现密切相关;而民国小说乃至五四以来的新文化运动与城市特定读者群体的出现又紧密相连;当代文学中的"美女写作""青春写作"以及"网络文学"则无疑是商业化运作模式以及新媒体传播技术背景下的"文学奇观"。另一方面,城市本身为文学文本中故事情节的展开提供了场地,多姿多彩的城市景观与异质、多样而又丰富的城市生活体验同时也成为文学书写的对象。在某种程度上,我们通过波德莱尔的《恶之花》、雨果的《悲惨世界》以及巴尔扎克的《人间喜剧》来认识19世纪的巴黎;我们也通过狄更斯的《雾都孤儿》、艾略特的《荒原》来了解现代的伦敦;同样,我们也可以通过陀思妥耶夫斯基的《罪与罚》绘制圣彼得堡的城市地图,通过德莱塞的《嘉莉妹妹》领悟芝加哥与纽约的城市商业主义铁则。当然,城市也制约着文学的生产机制,规训着作家的写作行为,控制着文学产品的生产方式。如果从世界文学史的角度考察文学与城市的关系,那么我们将会发现文学书写的城市历史,其实也是知识与文化的历史。[1] 作家们对城市的书写往往与哲学家、经济学家、社会学家对城市与人类生存的思考具有同质性,很多作家其实是"以文学的方式思考着马克思与恩格斯曾经用经济学的方式提出过的问题"[2],而这些问题大多是各个国家城市化过程中都会出现的带有普遍性的问题。

"他山之石,可以攻玉。"反观中国当代文学,尤其是新世纪文学中的城市书写,我们同样可以在文学文本中发现曾被经济学家、哲学家、社会学家思考过的各种问题。显而易见,新世纪中国文学中的城市相关问题并非西方文学中城市问题的简单复制与粘贴。中国的城市化进程有其特殊性,中国文学也有其特定的历史传承,因而新世纪文学所表现的城市化也有其独特性。本书关注的是新世纪小说与城市化之间的关系,具体说就是作为社会实践的新世纪小说是如何表征

---

[1] [美]理查德·利罕著,吴子枫译:《文学中的城市:知识与文化的历史》,上海:上海人民出版社2009年版,第1页。

[2] [美]理查德·利罕著,吴子枫译:《文学中的城市:知识与文化的历史》,上海:上海人民出版社2009年版,第108页。

当代中国大地上正在发生的城市化过程的？当代中国的城市化过程所带来的社会转型与文化变迁又以何种方式进入文学文本？新世纪小说中出现的各种美学形式，如底层叙事、城市奇观化叙事、青春叙事、日常生活叙事等叙事模式在书写城市的过程中有哪些成功的经验，有哪些不足？对这些问题的思考构成了本书写作的起点。为更好地思考并梳理这些问题，本书把与现代化同质而异名的城市化视为联系所有问题的关键点，并缩小范围，仅以新世纪小说中的城市书写为研究范围，以提要式的方法从三个方面对新世纪小说中的城市化想象进行研究，即以空间理论解读新世纪小说中的城乡关系，以景观理论解读新世纪小说中的城市景观，以日常生活理论解读新世纪小说中的日常生活书写。本书企望通过这三个方面把当代中国城市化所带来的社会转型、文化变迁与新世纪小说的美学表达形式相联系，探讨城市化在小说文本中的复杂表现，以及新世纪小说在表达当代社会生活时的美学选择及其创作得失。

二、选题的国内外研究现状

本课题所涉及的城市与文学的相关领域研究，主要包括国外城市与城市文化研究、国内城市文化与文学关系的研究等。

（一）西方城市研究为本课题提供了理论支持

西方现代的城市与城市化研究，大致始于19世纪，当时的思想家们敏锐地注意到伴随资本主义发展而出现的新型经济与社会结构对人们生活方式的巨大影响，尤其是迥然不同于乡土生活方式的现代城市生活的出现，与资本主义制度之间的密切关系。如马克思与恩格斯在《共产党宣言》《德意志意识形态》《政治经济学批判》《英国工人阶级状况》《论住宅问题》[①]等著作中从经济与政治的角度着眼，对资本主义发展与城市的关系发表了精辟论述，尤其是他们对城乡关系、住宅问题的论述至今仍堪称经典。奥斯瓦尔德·斯宾格勒则将世界历史等同于城市的历史，在《西方的没落》[②]一书中，他对城市文化与乡村文化做了精细分析。而在马克斯·韦伯看来，城市的核心问题是它的经济和社会组织，在《经济与社会》[③]中，他对经济、权力、城市以及官僚体制都有精彩论述。另外，涂尔干、滕尼斯的社会学研究也为城市研究提供了社会学理论基础。

20世纪以来，沿着前代理论家开辟的道路，西方城市

---

① 《马克思恩格斯选集》1—4卷，北京：人民出版社1972年版。
② [德]奥斯瓦尔德·斯宾格勒著，吴琼译：《西方的没落》，上海：上海三联书店2006年版。
③ [德]马克斯·韦伯著，林荣远译：《经济与社会》（下卷），北京：商务印书馆1997年版。

研究至少已经发展出了以下几种类型：

其一是对都市人的文化心理与都市体验的研究。格奥尔格·西美尔在《时尚的哲学》[①]《货币哲学》[②]以及《金钱、性别、现代生活风格》[③]等著作中，以其敏锐的洞察与精到的分析，研究了大城市中货币哲学与理性主义的交互作用及其对现代人的影响。瓦尔特·本雅明对于都市中的游逛者的都市体验格外关注，在《波德莱尔：发达资本主义时代的抒情诗人》[④]中，他以象征主义诗人波德莱尔在现代都市巴黎的生存体验为中心，深入考察了发达资本主义时代的城市生活对波德莱尔诗歌创作的影响。

其二是以空间理论的视阈研究城市与进入城市的权利。在这一方面，列斐伏尔对空间、城市与日常生活作出了卓越的研究，他开辟了当代空间研究的先河，被称为"发现、描述和洞察第三空间的第一人"[⑤]。其代表作品有《进入

[①] ［德］西美尔著，陈戎女等译：《货币哲学》，北京：华夏出版社2002年版。

[②] ［德］西美尔著，费勇等译：《时尚的哲学》，北京：文化艺术出版社2001年版。

[③] ［德］西美尔著，顾仁明译：《金钱、性别、现代生活风格》译，上海：学林出版社2000年版。

[④] ［德］瓦尔特·本雅明著，王涌译：《波德莱尔：发达资本主义时代的抒情诗人》，南京：译林出版社2012年版。

[⑤] ［美］爱德华·W. 苏贾著，陆扬等译：《第三空间：去往洛杉矶和其他真实和想象地方的旅程》，上海：上海教育出版社2005年，第35页。

都市的权利》《城市革命》《马克思主义与城市》以及《空间的生产》[1]等。与列斐伏尔相似，戴维·哈维也是一位深受马克思主义影响的城市文化研究大家，他的《新帝国主义》[2]和《希望的空间》[3]都是有关资本主义城市文化研究的重要作品，他于1989年发表的《后现代状况：对文化变迁之缘起的探究》[4]把后工业时代的城市体验的经验概括为"时空压缩"，在学界影响很大。另外，爱德华·索亚的《后现代地理学——重申批判社会理论中的空间》[5]与《第三空间：去往洛杉矶和其他真实和想象地方的旅程》[6]，不但对列斐伏尔的空间生产的理论阐精发微，而且将后现代文化理论与空间理论糅合在一起，对洛杉矶等城市进行解读。

其三是借用人文生态学而发展起来的城市社会学，以及注重城市与环境关系的城市规划学对于城市与城市规划、城

---

[1] 包亚明主编：《现代性与空间的生产》，上海：上海教育出版社2002年版。

[2] ［英］大卫·哈维著，初立忠、沈晓雷译：《新帝国主义》，北京：社会科学文献出版社2009年版。

[3] ［美］大卫·哈维著，胡大平译：《希望的空间》，南京：南京大学出版社2006年版。

[4] ［美］戴维·哈维著，阎嘉译：《后现代的状况——对文化变迁之缘起的探究》，北京：商务印书馆2003年版。

[5] ［美］爱德华·W. 苏贾著，王文斌译：《后现代地理学——重申批判社会理论中的空间》，北京：商务印书馆2007年版。

[6] ［美］爱德华·W. 苏贾著，陆扬等译：《第三空间：去往洛杉矶和其他真实和想象地方的旅程》，上海：上海教育出版社2005年版。

市文化的研究。20世纪30年代，美国城市社会学理论的主要代表是美国的芝加哥学派，R.E.帕克、E.W.伯吉斯、L.沃思等都是其代表。芝加哥学派把生态学理论引入城市社会学研究，以理论与实证相结合的方法研究城市文化与城市发展、城市规划之间的关系。L.沃思在《作为一种生活方式的都市主义》中所申述的"城市意味着一种生活方式"[1]的观点，现已广为人知。

在城市规划学方面，埃比尼泽·霍华德的《明日的田园城市》[2]代表了一种用城乡一体的社会结构代替城乡二元对立社会结构的城市规划思路，这种思路显然是17世纪以来田园牧歌思想的某种折射。与霍华德的田园城市规划思想相比，勒·柯布西耶的规划思想对20世纪以来的城市发展影响巨大。柯布西耶在《明日之城市》[3]等作品中所提出的以建设高楼大厦为中心的城市规划思路，至今还是很多城市在城市化发展过程中奉为圭臬的法则。另外，美国城市规划学家刘

---

[1] [美]路易·沃斯：《作为一种生活方式的都市主义》，见汪民安、陈永国、马海良主编：《城市文化读本》，北京：北京大学出版社2008年版，第142页。

[2] [英]埃比尼泽·霍华德著，金经元译：《明日的田园城市》，北京：商务印书馆2000年版。

[3] [法]勒·柯布西耶著，李浩译：《明日之城市》，北京：中国建筑工业出版社2009年版。

易斯·芒福德的《城市发展史——起源、演变和前景》[①]《城市文化》[②]等分别从城市的起源、发展与未来,以及城市文化的特征等方面研究城市,不但为城市研究提供了丰富的史料,而且也为城市规划提供了相关理论。另外,还有不少理论家对城市的街道、建筑、意象等作了精细研究,如简·雅各布斯的《美国大城市的死与生》[③]、约翰·伦尼·肖特的《城市秩序:城市、文化与权力导论》[④]、凯文·林奇的《城市意象》[⑤]等,这些作品对城市地理及其与人的生存状态的关系的研究,同样对城市文化研究提供了理论依据。

20世纪下半叶以来,随着后工业社会的来临与文化研究的兴起,阶级、性别、种族、消费、技术、资本与权力等概念成为城市与城市文化研究中的关键词,研究者往往把社会生活与日常生活、经济与政治、全球与本土结合起来,从而形成一种具有很强综合性的文化研究视野。如美国城市研

[①] [美]刘易斯·芒福德著,宋俊岭等译:《城市发展史——起源、演变和前景》,北京:中国建筑工业出版社2005年版。

[②] [美]刘易斯·芒福德著,宋俊岭等译:《城市文化》,北京:中国建筑工业出版社2008年版。

[③] [加]简·雅各布斯著,金衡山译:《美国大城市的死与生》,南京:译林出版社2005年版。

[④] [英]约翰·伦尼·肖特著,郑娟、梁捷译:《城市秩序:城市、文化与权力导论》,上海:上海人民出版社2010年版。

[⑤] [美]凯文·林奇著,方益萍、何晓军译:《城市意象》,北京:华夏出版社2001年版。

究的代表学者曼纽尔·卡斯特尔发展出的关于城市集体消费与都市社会运动的都市社会学主题，以及将技术因素作为城市研究关键点的研究思路。在《信息论、网络和网络社会：理论蓝图》[①]一文中，卡斯特尔将21世纪以来的电子传播通讯建构的社会界定为"网络社会"，这一观点也已广为接受。再如，萨斯基亚·萨森《全球化及其不满》[②]以经济全球化为中心，把全球城市纳入一体化网络中进行研究。她所提出的"全球城市"的概念，准确把握住了全球化过程中不同城市的等级关系。另外，以大众文化研究为中心，深入分析现代城市文化中经济与文化的关系的，主要有居伊·德波、迈克·费瑟斯通、约翰·菲斯克、莎朗·左京（Sharon Zukin）等理论家的相关论述。如莎朗·左京的《城市文化》[③]把文化看作是一个流动的集合体，并从城市文化的具体表现入手探讨文化与象征经济的关系。费瑟斯通的《消费文化与后现代

[①]［美］曼纽尔·卡斯特尔：《信息论、网络和网络社会：理论蓝图》，见曼纽尔·卡斯特尔主编，周凯译：《网络社会：跨文化的视角》，北京：社会科学文献出版社2009年版。

[②]［美］萨斯基亚·萨森著，李纯一译：《全球化及其不满》，上海：上海书店出版社2011年版。

[③]［美］莎朗·左京著，张廷佺、杨东霞、谈瀛洲译：《城市文化》，上海：上海教育出版社2006年版。

主义》[1]则把20世纪后半叶以来的城市社会生活的特征概括为以消费为中心的后现代主义。另外,还有一些文化理论研究者从消费、媒体、景观[2]等不同侧面切入城市与城市文化,对当代城市社会生活进行了深刻分析,如约翰·菲斯克[3]等。

其五是立足文学、文化与城市的关系的研究,如瓦尔特·本雅明对波德莱尔的创作与19世纪的巴黎的关联研究,为后来的城市文学研究提供了范本。英国文学批评家雷蒙·威廉斯则通过文本分析,细读英国自16世纪田园诗以来文学中的城市与乡村的关系。理查德·利罕的《文学中的城市:知识与文化的历史》[4]从历史的角度探讨了西方城市发展的历史在文学中的镜像;马歇尔·伯曼的《一切坚固的东西都烟消云散了——现代性体验》[5]则以现代性体验为中心,考察了巴黎、彼得堡以及纽约等现代城市与现代主义文学的内

---

[1] [英]迈克·费瑟斯通著,刘精明译:《消费文化与后现代主义》,南京:译林出版社2000年版。

[2] 如居伊·德波的《景观社会》、凯纳斯的《媒体奇观》以及波德里亚的《消费社会》等。

[3] [美]约翰·菲斯克著,杨全强译:《解读大众文化》,南京:南京大学出版社2006年版。

[4] [美]理查德·利罕著,吴子枫译:《文学中的城市:知识与文化的历史》,上海:上海人民出版社2009年版。

[5] [美]马歇尔·伯曼著,徐大建、张辑译:《一切坚固的东西都烟消云散了——现代性体验》,北京:商务印书馆2004年版。

在关联；而迈克·克朗《文化地理学》[1]则从地理学的角度出发研究文化、文学与它们所表征的城市。

(二)中国现当代文学与城市及城市文化关系研究现状

20世纪90年代以来，随着中国国内改革开放与市场经济体制改革的进一步深入，城市化进程也突飞猛进。城市建设以及由此而来的社会问题也映入当代学者的眼帘，各个领域的学者从不同角度介入这一领域，如包亚明、杨剑龙、薛毅、汪民安、孙逊、宋俊岭等，或译介国外都市研究经典，或编选经典文本，或进行理论介绍，或对当代城市进行文本解读，使城市文化研究成为一种新型研究范式。与此同时，一些专门的科研机构对国外城市研究经典作品的译介，为国内的城市与城市文化研究提供了可资借鉴的研究思路。如成立于2002年的上海高校都市文化E-研究院推出的"都市文化研究译丛"，上海高校都市文化E-研究院与上海师范大学都市文化研究中心主办的《都市文化研究》都译介了国外最重要的都市文化研究代表作品。这些研究与译介都使城市文化研究不断完善，并使之成为新世纪以来的显学。

中国现当代文学研究中引入城市文化、城市社会学视角

---

[1] [英]迈克·克朗著，杨淑华、宋慧敏译：《文化地理学》，南京：南京大学出版社2003年版。

的研究范式,大都深受本雅明对波德莱尔与巴黎的关联研究的影响。如李欧梵的《上海摩登——一种新都市文化在中国(1930—1945)》①,对新感觉派小说与 20 世纪 30 年代上海文化的关联研究;张英进的《中国现代文学与电影中的城市:空间、时间与性别构形》②,研究现代中国的上海、北京等城市在文学与电影中的表现。杨剑龙的《上海文化与上海文学》③、陈晓兰的《文学中的巴黎与上海——以左拉和茅盾为例》④等都是沿着这种思路对城市文化与文学关系的研究。这些研究往往注重现代性在城市与文学中的表征,从而将 20 世纪独特的历史语境与文学生产关联研究。不少博士学位论文、硕士学位论文也借鉴了这一思路,并从不同视角深入研究城市与文学的关系。如聂伟的《文学都市与影像民间——20 世纪 90 年代以来都市叙事研究》⑤借助具体文本微观比较分析,梳理了新时期以来的主流政治话语、大众商

---

① 李欧梵著,毛尖译:《上海摩登——一种新都市文化在中国(1930—1945)》,北京:北京大学出版社 2001 年版。

② 张英进著,秦立彦译:《中国现代文学与电影中的城市:空间、时间与性别构形》,南京:江苏人民出版社 2007 年版。

③ 杨剑龙:《上海文化与上海文学》,上海:上海人民出版社 2007 年版。

④ 陈晓兰:《文学中的巴黎与上海——以左拉和茅盾为例》,桂林:广西师范大学出版社 2006 年版。

⑤ 聂伟:《文学都市与影像民间:20 世纪 90 年代以来都市叙事研究》,桂林:广西师范大学出版社 2008 年版。

业话语与精英知识分子话语之间的多重权力制动；焦雨虹的《消费文化与都市表达——当代都市小说研究》[①]从消费文化的角度研究了20世纪90年代以来的都市小说。涉及新世纪或与新世纪文学相关的博士本书还有复旦大学黄发有《准个体时代的写作——20世纪90年代中国小说研究》、兰州大学冒建华的《从城市欲望到精神救赎——当代城市小说欲望与审美关系研究》等。前者有专章"90年代小说的城市焦虑"对20世纪90年代小说的城市书写进行分类研究，而后者则分别研究了当代文学不同时期对城市的不同书写，以及其中交织的欲望与审美关系的嬗变。对城市与文学，尤其是城市与当代文学做关联研究的单篇论文数量较多。其中最具代表性的有雷达、张柠、蒋述卓、陈晓明、杨扬、黄发有、孟繁华、陈思和、杨剑龙等学者对当代文学，特别是新世纪文学中的城市书写的研究。但是这些研究大都把城市作为文学书写的对象或者展开背景，一般以文学文本研究、作家研究、流派研究等为中心。

值得注意的是，随着城市化进程的加快，近年来以城市为切入点研究文学的范式出现了升温，单篇本书、学位本书

---

① 焦雨虹：《消费文化与都市表达——当代都市小说研究》，上海：学林出版社2010年版。

绪　论

中的城市相关研究的数量呈现出递增态势，学界对这一研究范式也展开较大讨论。如《探索与争鸣》在2011年第4期刊发了题为"新世纪城市文学创作的危机与出路"的学者专栏，刊载了杨扬的《当文学遭遇城市——新世纪中国文学发展的一种境况》、谈瀛洲的《城市文学：问题的由来》、杨剑龙的《新世纪城市文学的缺憾——以上海文学为例》、刘勇的《城市文学应植根城市的历史文化底蕴》、黄发有的《警惕山寨化写作窒息都市小说的生命力》、夏锦乾的《城市文学应写出城市的"精神形态"》等文章，从不同角度探讨城市书写及其可能性。

尽管学界关于城市与文学的关联研究已经产生众多理论成果，但是这些研究大多以物质消费、欲望为中心研究城市文化，对城市化过程中资本与权力的共谋关系在城市与城市文化建构中的功能缺乏分析，而且往往忽略了资本与权力驱动下城市的历史地理学与城市社会学在文本中的表现，尤其对新时期以来城市化过程中动态的且处于生成状态中的城市文化及其内在矛盾在文学中的表征缺乏宏观研究。这些研究空白恰好构成本课题得以展开的立足点，同时也构成本课题的创新点之所在。

三、选题意义与逻辑框架

（一）选题意义与价值

首先，城市与城市化是20世纪以来当代世界和中国社会生活中最重要的事件之一，它极大地影响了当代人的思维方式、行为模式与生活方式，因此，以人为研究对象的文学不能不关注城市。本课题所涉及的以城市为视角研究文学中的城市与城市化、城市体验，以及中国城市化进程中各种社会、历史、文化问题的表征，不但是文学社会学研究范式解决新问题的一种尝试，而且对于深入解读当代社会文化病症，对于反思当代城市规划与城市建设，也具有重要价值与意义。

其次，新世纪十年小说对城市的持续关注，把城市与城市生活以及城市化所带来的社会问题都纳入视野之中，为文学与城市化的关联研究提供了研究对象。与20世纪90年代相比，新世纪小说中的城市书写表现出崭新的面貌，主要表现在：第一，以欲望吸引读者眼球的城市小说逐渐失去其中心地位，取而代之的是关心底层民众的书写。城市欲望小说的书写在20世纪90年代中期开始爆发，以邱华栋、卫慧、何顿、朱文为代表，其突出特征是书写城市物质生活的极大丰富与泛滥无忌的欲望。这股欲望之流冲入新世纪后就失去后劲，不再占据读者阅读的视野中心。城市底层人民的疾苦、城市农民工苦难生活的主题置换了城市欲望的书写，城市欲望成为被批判的对象。第二，20世纪90年代初期以来被新写实作家青睐的日常生活书写走向泛化。如果说20世纪90年代池莉、刘恒笔下的日常生活代表了经济转型时期作家视点下沉时的一瞥，那么新世纪作家笔下的日常生活，则是城市化进程白热化时期的反思与深化。与20世纪90年代的日常生活书写不同的是，在新世纪全球浪潮化冲击下，城市的各种矛盾加剧了，甚至当初小市民们能够心安理得接受的日常生活都已经无法忍受了，以至于要"出门寻死"，或者以"逃脱术"逃脱。第三，从经济与政治的角度看，新世纪以来，市场经济与全球化合拍，政治精英与经济精英共谋，共同完成了一场权力与利益的分割仪式，社会阶层的分化整合已经完成，在这一分化整合过程中，社会的不公与对底层的掠夺造成新的贫民。与20世纪90年代相比，社会矛盾更尖锐，两极分化更严重。权力与资本的共谋已经成为众矢之的，但是知识分子在这一过程中的表现却不尽如人意，因此，反思知识分子的沉沦，对知识分子品质的追问与质疑隐含的是对具有使命感、责任感的知识分子的期盼与呼唤。因此，以城市化为切入点研究新世纪小说中如何书写当代史，也具有重要意义。

(二)本书逻辑框架

20世纪90年代以来的城市化过程,深刻影响了当代中国社会的政治、经济与文化等各个领域。市场经济背景下城乡地理网络的重建、社会原有结构的断裂与分化重组、传统文化与现代文化的颉颃,都与作为社会发展增长机器的城市的发展与变化互为因果。在城市化与全球化结出发展硕果的同时,资本原始积累的完成与社会层级的分化并肩,资源环境的破坏与弱势群体的出现接踵。城乡社会与日常生活层面的诸多问题,特别是现代化过程中的人性异化,均与城市化过程息息相关。因此,城市化无疑是解读当代中国各种社会现象的关键符码。

作为一种独特的社会实践,新世纪小说与当代中国的城市化过程之间纠结着复杂的关系。这种复杂关系主要体现为一种双向互构,即城市化对新世纪小说的形塑与新世纪小说对城市化的表征。本书没有全面论述城市化与新世纪小说的双向互构关系,而是从城乡空间人口与资本的流动、城市地理与景观的重塑、城市日常生活的变迁等三个方面入手,研究实际的城市化与想象的城市化之间的表征关系,研究呈现于文本的"空间的城市化"与"人的城市化",以及新世纪小说文本对权力与资本在城市化过程中的共谋的复杂表现。本书认为,城市化过程中的"新旧并置"与新世纪小说中道德美学的兴盛、消费美学的泛滥以及其他美学形式的选择之间的关系，表现了当代作家在传统与现代、全球化与本土化的张力中的不安、犹豫、抵制以及逃避等复杂文化心态。新世纪小说的成绩与不足，也恰恰是当代作家想象城市化与城市化形塑新世纪小说之间张力的表现。

本书分三个部分，由绪论、主体和余论构成。

绪论部分对"新世纪小说""城市化""城市与文学"等关键概念做出大致厘定，对本课题所涉及的文本范围与对象作出界定。在此基础上梳理本课题研究的理论基础与国内对城市与文学的关联研究。最后对本课题的选题意义与价值以及本书的逻辑结构进行说明。

主体部分共四章，先概述新世纪小说与城市化的双向互构关系，然后分别从城乡空间变化、景观变化以及日常生活变化等三个方面入手，考察新世纪小说对城市化过程中的当代社会转型、文化变迁的书写，及其与特定美学形式选择之间的关系。

第一章"新世纪小说及其城市化表征"，主要从两个方面概述新世纪小说对于城市化的文学表达。

第二章"城市化：新世纪小说中的城乡空间政治"，主要以空间理论视阈研究新世纪小说中的底层叙事、进城叙事及乡村空间叙事等叙事模式，及其对城市化所形成的空间政治中"空间的城市化"与"人的城市化"的书写。

第三章"景观化：新世纪小说中的城市幻象"，主要以景观理论视阈研究新世纪小说对于城市地理空间的书写，将关注的焦点定在城市化过程中城市景观发生了什么变化，权力与资本是如何塑造城市景观之上，并分析了新世纪小说中的城市奇观化叙事及其美学特征。

第四章"日常化：新世纪小说中的城市生活"，主要以日常生活理论视阈研究新世纪小说中的城市书写，以日常生活中的文化变迁为基点，分析城市化所带来的文化杂糅对日常生活的深刻影响。

余论"城市化与新世纪文学想象"，主要分析新世纪小说对城市化所带来的文化混杂现实的表征，并探讨新世纪小说城市书写所达到的程度、取得的成绩以及三个方面的缺失：城市书写经验的匮乏、美学品格的缺席以及批判力度的不足。

第一章

新世纪小说及其城市化表征

　　新世纪以来，伴随着改革开放与经济市场化的步伐，中国逐步放开了户籍制度的束缚，大量农村人口流向城市。与此同时，城市资本在政府主导下，通过对土地用途的置换逐步改变城市空间乃至市郊、乡村空间的经济社会状况：这两个方向相逆的过程组成了对当代社会生活影响深远的城市化过程。由于受到以经济建设为中心的政策的支持，当代中国的城市化以一种逐步加速的趋势发展，这已成为近三十年来当代中国最令人瞩目的现象。高速发展的城市化对当代社会政治、经济、文化等领域产生了巨大影响，回顾三十年来的社会文化变迁，用沧海桑田或翻天覆地来形容也并不为过。

　　城市化所带来的城乡空间的地理变化、社会转型与文化变迁，以及给作为个体的普通人的生存、命运所带来的际遇与灾难、欢欣与痛苦，尤其是社会转型时期人的精神异变，无疑给文学创作提供了丰富的资源。虽然"新世纪文学"这样的标签曾让理论界有过不小的争议，但是随着时间跨度的加大，新世纪这一时间段的文学史意义已经凸显出来。如果从文学活动四要素中的"世界"与"文本"的关系来看，新世纪小说大都涉及快速发展的城市化过程。尤其是农民工进城叙事、底层叙事、都市奇观化叙事、青春叙事、日常生活叙事等写作类型，几乎无一例外都把城市化过程中的当下社会现实当作表达对象。从城市化的角度观照新世纪文学，我们不但能够发现新世纪小说中的城市化对社会生活与日常生活以及人的生存状况的强烈影响，同时也能以表现社会现实的艺术真实的程度来评价其创作得失；反过来讲，从城市与社会发展的角度看待新世纪文学，也能看到技术因素与生产机制对文学创作的影响，对文学作品内在形式与美学追求的制约。由此可见，新世纪文学与城市的关系较之此前的20世纪90年代文学更为密切。新世纪文学对城市的不同层次的书写的成绩虽然还未能完全超越对于乡村的书写，但当代文学不再单纯以乡村为书写对象却是不争的事实。因此，我们可以断言，新世纪文学大都从不同程度书写了城市，在某种意义上，新世纪文学表征了城市化过程中的当代城市文化的变迁。

本章从两个方面概述新世纪小说对于城市化的表征。第一节"新世纪小说与城市化的双向互构"，首先从多个方面阐述城市化对新世纪小说的形塑，然后从新世纪小说对城市化过程的书写、对当代城市历史地理的记忆入手阐述其社会实践功能。第二节"新世纪小说中的城市话语及其文化资源",先概述新世纪小说中的几种话语表述模式,然后对其文化借用资源做出解释。

第一节 新世纪小说与城市化的双向互构

文学与社会的表征关系并非文学对社会进程简单的符号化图示,"而是全部历史的精华、节略和概要。"[①]由于文学同样是"一种社会性实践"[②],因此文学与社会进程之间往往有一种复杂的建构关系。理查德·利罕在考察了西方文学与城市历史的脉络之后指出,"城市是都市生活加之于文学形式和文学形式加之于都市生活的持续不断的双重建构。"[③]这种双重建构就是社会与文学之间复杂关系的最突出表现。

新世纪小说与城市化之间的关系同样是一种复杂的双向建构关系,即文学对城市化的表征与城市化对文学活动各个层面的影响关系。一方面,城市化所带来的社会各个层面的

---

① [美]雷·韦勒克、奥·沃伦著,刘象愚等译:《文学理论》,上海:生活·读书·新知三联书店1984年版,第94页。
② 同上,第92页。
③ [美]理查德·利罕著,吴子枫译:《文学中的城市:知识与文化的历史》,上海:上海人民出版社2009年版,第3页。

发展变化不但为新世纪小说提供了丰富的素材，而且也深刻影响甚至制约了新世纪小说的写作形式，同时，城市化利用文学事件制造城市文化景观，并把这种景观当作城市文化的去污剂[①]；另一方面，新世纪小说对于城市化过程中的城市的书写，是全球化与本土化张力关系中建构某种文化认同的想象，也是试图建构城市、想象城市的方式。随着城市化过程的加快，城市与城市生活在当代社会的地位与作用越来越重要，因而从表征关系入手研究城市化与新世纪小说之间的双向互构关系，不但为文学社会学研究范围的拓宽提供了一种可能性，而且对于深入理解当代中国城市化、反思城市化也具有重要参考价值与意义。

一、城市化对新世纪小说的影响与形塑

城市化作为当代社会生活的最大现实，不但为新世纪小说创作提供了历史语境，同时也为新世纪小说的生产方式、写作内容与表现形式提供了支持资源，甚至还为新世纪小说创造了读者群体。如果说20世纪80年代的文学是作家自觉地以文学创作引领社会思潮，极具启蒙性质的话，那么新

---

① 如莎朗·左京认为，人们倾向于"把文化视作这一所在粗俗视觉的解毒剂"。[美]莎朗·左京著，张廷佺、杨东霞、谈瀛洲译：《城市文化》，上海：上海教育出版社2006年版，第1页。

世纪文学毋宁说是被形塑的，即被城市化与经济增长的社会现实所形塑。换言之，城市化是建构新世纪小说的一个很重要的力量。

城市化背景下的当代社会生活构成了新世纪小说创作的特定历史语境，其基本特征是以城市文化的多元价值观念的协商体系替换了一元话语决定的价值观念体系。新世纪以来，市场经济与全球化进一步合拍，社会资源与利益的分割仪式之后，社会阶层分化为多个利益集团。与此相应，作为代表各个阶层利益声音的不同思潮，为不同类型写作姿态提供思想资源。深受新左派、自由主义和新保守主义，甚至青年亚文化影响的写作，如底层文学、中产阶级写作、商业包装的青春写作以及网络写作等共同构成新世纪小说的众声喧哗。文学场域并非"江湖一统"的"割据"局面，往往被视为"价值立场的退却与乱象"[1]，其美学趣味也被视为"喜剧趣味"与"混乱美学"。[2] 虽然这种看法值得商榷，但以多样化概括当下语境中的无序与多元，还是准确地捕捉到了快速城市化时期的文化症候。

---

[1] 丁帆：《新世纪文学中价值立场的退却与乱象的形成》，《文艺争鸣》2010年第10期。

[2] 张清华：《新世纪以来文学的喜剧趣味与混乱美学——一个宏观的文化考察》，《东岳论丛》2011年第2期。

城市化建构新世纪文学的最大表现在于商业化运作模式对文学场域资源的重新配置，促使文学自身的生产方式、生产过程与其相适应，同时也使文学在社会结构中的地位发生变化。显而易见，与城市化过程携手并进的市场化经济模式调整了文学的生产方式，促使文学的生产方式从体制内计划生产方式向多元生产方式并行的市场化生产方式转变。虽然这一转变在20世纪90年代已初露端倪，但是文学场域多种写作方式并存局面的形成——即所谓以文学期刊为主导的传统型文学，以商业出版为依托的市场化文学（或大众文学），以网络媒介为平台的新媒体文学（或网络文学）三足鼎立[1]——则主要发生在新世纪前后。在这种情况下，文学已经由为政治服务的"喉舌"转变为市场经济条件下众多生产部门中的一个，文学由于依附对象的变化而发生相应变化。因此，文学现象事件化、景观化，成为新世纪文学在城市化过程中商业化的标签之一。不管是20世纪90年代末期的"美女写作""下半身写作"，还是新世纪的"木子美事件""底层写作""80后写作""韩白之争"，甚至"梨花体""羊羔体"等文学现象，这些看似是美学形式方面的文

---

[1] 白烨：《新变、新局与新质——为新世纪文学把脉》，《海南师范大学学报》（社会科学版）2011年第1期。

学事件，本质上都是文学商业化的表征。尤其值得注意的是，技术因素在文学生产方式的转变中充当了更为重要的角色。计算机及其网络技术、机械复制技术改变了传统的文学写作、传播及接受方式，甚至培训、塑造了文学的新一代接受群体。文学生产方式、生产过程向商业运作模式的过渡，促使文学本身发生变化。在这一变化过程中，文学的功能由一元向多元的转变直接导致文学在社会结构中的位置发生位移，并使文学领域中资源配置走向多元化，也使文学场域各种权力的关系发生变化。

城市化以及市场化经济模式不但制约着文学生产活动，而且也对文学生产的内容与美学形式，甚至对文学叙事模式的兴盛影响甚巨。城市化过程中的社会生活进入新世纪小说文本，使新世纪小说深深烙上时代特色的烙印。不管是缝隙空间中的底层生存，还是城市高端建筑中的绅士化生活，不管是传统与现代的观念冲突，还是城市化过程中的新型生活方式、新型人际日常交往伦理，都是城市化过程中的当代社会生活的文本表征。但更为重要的也许是新世纪小说美学形式的变化与城市化、市场化的关系。新世纪小说中的各种叙事模式，在某种程度上说，都是城市化过程的不同侧面的美学表征。如底层书写（尤其是进城叙事）中的道德美学介入模式，与城市化所催生的新左派思潮的影响不无关系，但也是城市化过程中传统与现代冲突的美学表征。再如，渗透在城市欲望化叙事与消费叙事中的物质主义意识形态，显然是城市化所带来的经济增长与物质繁荣的享乐主义的美学表征。日常生活叙事中的田园牧歌倾向，毫无疑问又是城市化所滋生的反城市化倾向的美学表征。另外，新世纪小说中的"类型化"写作倾向、狂欢化叙事倾向，无疑都与城市化相关。如果说前者是机械复制时代快速生产的"互文性"表现的话，那么后者则代表了城市化过程中经济增长压力下的文化焦虑。

城市化与市场化对新世纪文学的建构还表现在其对文学活动的内在结构的影响上。文学活动的几个要素地位的变化表现为，20世纪80年代以作家为中心的文学活动，逐渐向新世纪以来的多中心（或者说无中心）的文学活动转变。在新世纪文学场域中，文学活动的要素之间的结构关系在不同类型的写作中有着不同表现。如在商业化运作模式支持的青春写作、畅销书写作中，作家的偶像化与读者的"粉丝化"是文学活动的中心，至于文本是否有价值都已成为其次。而在以期刊为重镇的纯文学创作中，以文本为中心的评价模式在维护文学尊严的同时，又面临无法维持自身生存的尴尬。在网络写作模式中，"作家"与读者共同创作，在一种双向交流的写作过程中，文学实现了即时传播与反馈的交融。

回眸深深打上城市化、市场化烙印的新世纪小说，在理论界大声疾呼"文学边缘化""文学之死"[①]的同时，文学偏偏表现出一种近乎吊诡的"繁荣"[②]景象。文学批评与文学创作之间的巨大反差，也许恰恰表征了城市化过程中的文化焦虑。城市化带来的中国经济的腾飞，在给文学带来机遇的同时，也带来更多的焦虑。这一焦虑的最主要体现就是当代中国文化的发展与经济发展的不平衡关系。虽然马克思在《〈政治经济学批判〉导言》中提出的精神生产与物质生产未必同步的观点，可以作为当代社会文化发展滞后的权威解释，但是在欧美、韩日文化侵袭下，文学创作未获得正确评价导致当代文学自信心的匮乏，也使得当代作家在传统与现代、全球化与本土化之间摇摆不定。

二、新世纪小说中的城市与城市化

新世纪小说对于城市化过程中的城市与乡村空间变化的

[①] 耐人寻味的是，关于"文学之死"的提法，是美国文学理论家希利斯·米勒发表于《文学评论》2001年第1期上的文章《全球化时代文学研究还会继续存在吗？》引起的，而这一年恰恰是新世纪的开端。

[②] 这种"繁荣"，从数量上说是作品数量之多（单长篇小说每年就有千部出版）、作家队伍之庞大（除了专业作家，还有大批网络写手、青春写作者等）；从质量上说，是有不少作品获得国内外重要文学奖项，也得到批评界的肯定。

书写、对城市地理及景观的书写、对城市化影响下的日常生活的书写，显然不是简单的镜像式图解，其中还杂糅着想象城市、建构城市文化的意图，渗透着全球化与本土化张力关系中建构文化认同的想象。

新世纪以来，伴随着城市化进程的加快与城乡流动的频繁，城市生活、城乡差别与当代人生存状况凸显在文学面前。越来越多的作家把目光聚焦于城市，批评界关于"城市文学""都市文学"的提法不绝如缕，如雷达认为，新世纪以来文学的最大变化"在文学重心的转移：都市正在取代乡村成为文学想象的中心"①。而蒋述卓认为，"城市文学在20世纪90年代的强劲崛起，已经改变了整个中国文坛的面貌，形成城市文学、乡土文学两极对立的文学格局。"② 如果按照严格的城市文学的定义去衡量，至少从数量上来说当代文学中的城市文学作品还很单薄。③ 而且，从新世纪十年文学的走向看，城市也尚未真正成为文学想象的中心。不过，

---

① 雷达：《新世纪十年中国文学的走势》，《文艺争鸣》2010年第2期。

② 蒋述卓：《城市文学：21世纪文学空间的新展望》，《中国文学研究》2000年第4期。

③ 陈晓明认为，"准确地说，只有那些直接呈示城市的存在本身，建立城市的客体形象，并且表达作者对城市生活的明确反思，表现人物与城市的精神冲突的作品才能称之为典型的城市文学。"见陈晓明：《城市文学：无法现身的"他者"》，《文艺研究》2006年第1期。

尽管如此,"作为一种生活方式"①的城市生活与快速发展的城市化过程,已被很多乡土小说作为故事情节展开的背景,或者被当作与乡土相对峙的想象空间。城市与城市文化以镜像的形式悄然进入文学文本,并构建起从前现代社会进入现代社会及已然出现后现代社会萌芽的当代城市形象。

如果从地域角度看,新世纪小说对城市的书写拓展了文学中的城市版图,使得更多的城市进入文学,并以其独特的地理风貌与文化特征丰富了当代文学的城市书写。20世纪以来的中国文学中,上海与北京一直是城市书写中的主角。但进入新时期以来,与文化寻根几乎同时出现的是对北京与上海之外的其他城市的书写,如冯骥才对天津的书写,陆文夫、范小青对苏州的书写等。随着城市化的快速发展,中国现当代文学史上的现代城市版图,也由"北京—上海"向外扩展,西安、广州、哈尔滨等城市也成为新世纪以来文学地理版图上的新亮点。在王安忆、潘向黎、郭敬明等接续书写上海城市变迁的同时,邱华栋、徐则臣以外地人的眼光刷新了老舍、王朔及史铁生等人书写过的北京。阿成与迟子建对哈尔滨的书写,池莉对武汉的书写,张欣、张梅及黄咏梅对

---

① [美]路易·沃斯:《作为一种生活方式的都市主义》,见汪民安、陈永国、马海良主编:《城市文化读本》,北京:北京大学出版社2008年版,第142页。

广州的书写，韩东、鲁羊对于南京的书写，何顿、盛可以对于长沙的书写，刁斗对沈阳的书写，贾平凹对于西安的书写，慕容雪村对成都的书写，莫怀戚对重庆的书写，以及宁肯对于深圳的书写等，都为当代文学的城市版图增添了新的城市及其独特文化符号。此外，城市化过程中一些小城镇也成为底层书写的背景，徐则臣、阎连科、王跃文等作家都把城市化过程中正在发生巨大变迁的小城镇搬进当代文学的城市版图。从整个新世纪小说对城市的书写看，从上海、北京等与国际接轨的巨型城市到西安、重庆等大城市，再到小城镇，当代中国城市化过程中的城市结构网络已进入文学，并成为文学中具有代表性的城市文化符号。

新世纪小说的城市书写，虽然离不开城市与城市化语境，但文学归根到底是人学，必须关注城市化过程中人的生存状况、精神状况。城市空间人的生存状况，尤其是社会底层群体的生存状况在新世纪"底层"书写中得到了更多关注。贾平凹的《高兴》、尤凤伟的《泥鳅》、李佩甫的《城的灯》、刘庆邦的《红煤》、孙慧芬的《吉宽的马车》、曹征路的《那儿》、迟子建的《世界上所有的夜晚》等，都把底层生存的艰辛昭示出来，让人们反思城市化过程中底层群体为经济发展所付出的代价。与此相对，城市化所带来的物质极大丰富，以及这种极大丰富的物质生活中人性的迷失在新世纪小说中也不乏表现，如慕容雪村的《成都，今夜请将我遗忘》、余华的《兄弟》、叶兆言《我们的心多么顽固》等，都书写了在城市物质极大丰富的环境中人的欲望的泛滥。在反思城市化所带来的一切负面后果时，以学院知识分子为题材的小说往往把道德败坏的帽子简单地扣在学院知识人的头上，如张者的《桃李》、阎连科的《风雅颂》、邱华栋的《教授》、阿袁的《顾博士的婚姻经济学》等，都对知识分子的精神状况进行了批判。而所谓的官场小说，则把社会生活中的失范与无序归因于腐败的官员，如王跃文的《梅茨故事》、周梅森的《我主沉浮》、许春樵的《放下武器》等都是如此。事实上，城市化过程中传统与现代的冲突，城市本身由于人口增加所带来的价值多元化，以及传统价值观念中某些落后的东西以及资本追逐利益的本性，也许才是城市化过程中人性迷失、道德沦丧的根源。一些婚恋题材小说，如迟子建的《第三地晚餐》、东西的《猜到尽头》等，在对日常生活的书写中，不经意间触及这些似乎是宏大话语的主题。城与人的关系、体制以及人们追求城市乌托邦的理想，在袁劲梅的《罗坎村》与格非的《人面桃花》等作品中，则超越了历史与现实，成为一种被思考、质疑的对象。

新世纪小说在记录城市化过程中的当代社会生活与日常生活的同时，揭示了当代社会转型过程中传统与现代的冲突与融合。从建构城市文化的角度看，新世纪小说无疑建构了一个混杂化的当代社会的城市文化。在这个混杂化的文化母体中，交织着传统与现代的冲突与融合，也杂糅着消费文化、青年亚文化、后现代文化及新兴的网络文化、精英知识分子文化等文化，这也似乎印证了迈克·克朗的看法，"文化始终是由于相互作用和迁移所形成的'混合物'。"①

三、怀旧心态与新世纪小说中的城市历史地理学

新世纪小说对城市与城市化的表征，还表现在对城市历史地理的追溯。这种追溯一方面把城市的历史勾画出来，另一方面也通过想象建构当代城市的范型，从侧面对城市化过程中的某些不合理之处予以反讽。显而易见，每一个时代的城市都有其标志性的城市建筑、街道及差异化的城市区域，也有能够代表这个时代的城市人的生活方式，或者说城市文化。王安忆、迟子建、唐颖、于晓丹等作家发表于新世纪的小说，对20世纪中国城市的追忆与想象，勾连起中国城市从乡土城市向工业、商业城市转变的全过程。

20世纪上半叶的城市早已远离了人们的视线，但迟子

---

① [英]迈克·克朗著，杨淑华、宋慧敏译：《文化地理学》，南京：南京大学出版社2003年版，第149页。

建的《白雪乌鸦》《起舞》等勾起我们对于哈尔滨中俄文化交融的城市文化的回忆；王安忆的《骄傲的皮匠》《富萍》等以怀旧的语气诉说老上海的繁华梦。在当代作家的想象中，20世纪上半叶的中国城市无疑打上了半殖民化社会的烙印。如哈尔滨的城市街道、区域、建筑，以及由此而构建起来的城市秩序与普通市民的生活方式，都与俄罗斯文化与中国传统文化的互融相关。作为哈尔滨城市秩序的制高点，南岗区位于哈尔滨地势最高的地方，"传说这条岗是条龙"[①]的风水理念奠定了其城市地位。而作为埠头区的道里区则到处都是欧式建筑，显示出文化混杂的特点。道外区是小手工业者的聚集之地，最具中国传统文化中的那种人间烟火气息。王安忆在《骄傲的皮匠》中追根溯源，把小皮匠赖以生存的里弄的渊源揭示出来：最初这里是市郊，后来外国人在这里开了墓园，再后来这里建起洋房和里弄，沿街建起了各种店铺。里弄的从无到有与城市的扩展分不开，当然里面还夹杂着半殖民社会曾经留下的遗迹。显然，无论是迟子建笔下的哈尔滨，还是王安忆笔下的上海，都以一种文化意识关注中国人赖以生存的、经历了千百年演变的城市及其文化底蕴。与20世纪30年代茅盾笔下充满阶级斗争的上海，新感觉派笔

---

① 迟子建：《起舞》，《收获》2007年第5期。

下充满稀奇、新鲜物品的上海,以及京派作家笔下散发着乡土中国味道的北京相比,当代作家对于已成历史的现代城市的书写,无疑具有城市文化寻根的潜意识。

20世纪50年代到70年代末,中国的城市政策是以发展重工业、以农村支援城市为主的发展规划,因此城市发展缓慢。由于城市消费功能以及在空间上的分散布局功能的缺失,这一时期的城市文化呈现出单一性特点,其主要表现就是以"革命话语"统摄一切的政治文化一元化。不管是传统的城市文化(乡土传统),还是半殖民地社会形成的城市文化(资产阶级文化),都被压抑。换言之,"文化大革命"颠覆了经过一个多世纪以来的现代文化,同时也解构了传统文化的主导地位。因为"新中国成立后,中国的社会主义文化是一种肯定性的文化,资产阶级的现代文化本质上是一种否定性的文化"[①]。因此,生长于旧中国土壤的城市文化由于其资本主义特征而被驱魔,所以这一时期的城市文化本质上是借助于被革命改造的单一的乡土文化资源。王安忆的《启蒙时代》、唐颖的《初夜》、徐坤的《野草根》、懿翎的《把绵羊和山羊分开》、格非的《山河入梦》以及肖克凡的《机

[①] 陈晓明:《城市文学:无法现身的"他者"》,《文艺研究》2006年第1期。

器》都涉及这一时期的城市文化。如果从现代城市的角度去衡量，这些小说中的城市便只能说是乡土化的城市，是乡土中国传统文化中的里弄、市井。这些小说对这一时期城市景观作了如实记录：大规模的移民活动，如《野草根》中提到的城市青年的"上山下乡"；城市广场、街道游行人群的集体无意识狂欢，如《初夜》中人们观看西哈努克亲王和莫尼克公主的游行，《无土时代》中的红卫兵游行等；而城市工厂里则是以"抓革命，促生产"为主的文化基调，如《机器》《风和日丽》对于工厂中的"文化大革命"的书写等。城市文化被巨大的政治符号统摄，构筑起这一时期特有的城市文化景观。在这些景观中，"革命的气氛完全压倒客体事物，革命总是以破坏性和摧毁性为目的，它不会与客体事物构成一致性的关系。"[1]因此，新世纪小说所书写的这一时期的城市文化同样是被压抑的他者。

到了20世纪80年代，伴随着改革开放，中国开始实施"控制大城市规模，合理发展中等城市，积极发展小城镇"[2]的城市化政策，推动了城市化的快速发展。城市化的快速发展带来城市社会、经济、文化的巨大变迁，一方面，

---

[1] 陈晓明：《城市文学：无法现身的"他者"》，《文艺研究》2006年第1期。

[2] 1982年全国城市会议提出这一全面推进城市化的方针。

各种新生事物不断涌现，另一方面，过去时代的街道、建筑、日常用品、生活方式，甚至某些社会制度都被历史的车轮碾碎。城市面貌的日新月异和人的生存状况、城市体验的巨大反差是这一时期城市文化中最显著的变化。于晓丹的《一九八〇的情人》、李佩甫的《城的灯》、许春樵的《放下武器》、朱文颖的《高跟鞋》、张欣的《对面是何人》等都从不同侧面揭示了这一时期城市文化发生的巨大变迁。如《放下武器》中的对街道的拓宽、对商业区域的规划，《高跟鞋》中所表现出来的人们对物品从必需品到消费品的消费心理的变化，《对面是何人》中由于社会变化而带来的下岗等社会现实，都将这一时期的城市化所带来的社会变化、文化变迁表现出来。《一九八〇的情人》则在书写20世纪80年代北京市的城市文化景观的同时，书写了消费社会城市欲望的前兆。小说主人公正文和毛榛感情纠葛的背景是各种高档饭店、游乐场等，已经足够暗示这一时期快速发展的城市文化了。

　　对于已经逝去的城市历史与地理，当代作家只能通过记忆与想象的方式重构。重构城市历史地理的方式，决定了这种重构渗透着浓郁的怀旧心态。新世纪小说建构城市历史地理学的这种浓郁的怀旧心态不但在城市化突飞猛进时期显得异类，而且也与新世纪以来中国经济在国际舞台上的不断攀升形成鲜明对比。有学者把这种文化怀旧理解为,"通过移情设计的方式,将当下的情境投射到历史年代中,达到一种历史经验的非历史的重组,并将革命和社会主义的震荡所造成的都市发展的断裂从集体的记忆中抹去。"[①] 但如果从文化焦虑的角度看,这种文化怀旧一方面是接续了城市的历史,另一方面则是当代小说努力获取身份确认的文化焦虑的表征。在双重目的的驱动下,新世纪城市怀旧小说完成了对城市化过程中的城市历史的建构,同时也为现代城市本身罩上一层带有传统文化意蕴的面纱。

第二节　新世纪小说中的城市话语及其文化资源

在城市化与新世纪小说的双向互构中,城市负载了更多意义。文学中的城市不仅是与乡村相对立的那个生存空间或者仅仅具有地理学意义的某个地点,而且是交织着全球与地方的文化冲突、融合的场域,它与人们的生活方式、思维模式以及价值规范、道德伦理的变化密切相关。在新世纪小说

---

① 包亚明、王宏图、朱生坚等著:《上海酒吧——空间、消费与想象》,南京:江苏人民出版社2001年版,第113页。

文本中，城市是不确定的、不可捉摸的，它要么是欲望的，要么是冷酷的，甚至可能是不可知的。城市形象与意义的混杂既是城市化过程中城市形象本身混沌不清的表征，又是当代作家站在不同立场上以不同话语叙述的结果。源自不同历史文化背景的城市话语，建构起新世纪小说中充满矛盾与悖论的城市形象与城市意义，表征了城市化过程中处于复杂变迁过程中的社会与文化。

一、新世纪小说中的城市话语

新世纪小说在书写城市化过程中城与人的关系、记录社会转型过程中人们的生命体验、建构复杂多变的当代历史的过程中，往往在文学文本中倾注了作家主体的情感体验与价值判断，从而形成了有倾向性的叙事。这种带有倾向性的叙事本质上是一种"作为修辞的叙事"[①]，它不但将叙述者的价值观念灌注于中，而且也将意识形态内隐于文本的叙事内容、美学形式之中，使之在特定阅读伦理与语境中被激活，从而达到影响读者的目的。在某种意义上说，叙事性文本总

---

① 詹姆斯·费伦认为，所谓叙事总是叙述者"出于一个特定的目的在一个特定的场合给一个特定的听（读）者讲的一个特定的故事"。见[美]詹姆斯·费伦著，陈永国译：《作为修辞的叙事：技巧、读者、伦理、意识形态》，北京：北京大学出版社2002年版，第11页。

是一种有倾向性的话语建构。新世纪小说中的城市话语，就是从某种特定立场出发，依照既定的价值体系与评判标准对城市与城市化带有倾向性的叙事。

德国哲学家海因茨·佩茨沃德认为，城市话语是通达城市文化哲学的线索。① 在他看来，19世纪以来西方的城市话语主要有城市规划者和城市设计者的城市话语、社会科学家的城市话语以及哲学和文艺批评的城市话语。② 这些城市话语从不同的角度切入城市，对19世纪以来的城市与城市文化哲学具有建构作用。与此相仿，新世纪小说中的城市话语同样具有建构功能。不论是乡土立场上的城市批判话语，还是站在城市立场上的商业消费主义叙事话语，抑或代表主流意识形态的叙事话语，都是对城市化过程中城市文化的某种指认，这些话语虽然立场不同、价值各异，但都在"当下"这一共时性场域里建构起当代城市文化的想象。

（一）新世纪小说中的城市批判话语

所谓城市批判话语，其实就是以批判城市的视角审视城市文化中的黑暗面与罪恶面，其价值标准是以乡土为代表的

---

① [德]海因茨·佩茨沃德著，邓文华译：《符号、文化、城市：文化批评哲学五题》，成都：四川人民出版社2008年版，第63页。
② [德]海因茨·佩茨沃德著，邓文华译：《符号、文化、城市：文化批评哲学五题》，成都：四川人民出版社2008年版，第68页。

农业文明传统。这种话语所依托的逻辑前提是：在城市与乡村的二元对立模式中，乡村是传统、温情、良知、道德但贫瘠的符号象征，而城市是现代、冷漠、残酷、欲望但充满诱惑的符号象征。在城乡二元对立模式中，典型的进城叙事模式可以概括为纯洁、善良的农民进城后，受到城市的排挤与欺骗，最终遍体伤痕，回到乡村（或者死去或者堕落）。这种城市批判话语将城市作为被告，并从乡土立场出发对之进行道德审判。新世纪小说中被城市吞噬的年轻、纯洁、善良的农民，如《高兴》中的五富、《泥鳅》中的国瑞等，都是进城模式中受侮辱与损害的原告的代表。在这种叙事模式中，如果进城农民企图躲避城市之恶的漩涡的吞噬，他就必须抛弃某种东西（如良知、健康的人性，甚至身体等），《城的灯》中的冯家昌兄弟、《高兴》中的良子、韩大宝等，都是通过背离以乡村为代表的传统文化道德认同，使自己的人格蜕变成为商业资本主义的奴隶，才完成从乡里人到城里人的身份置换的。相反，固守乡村则是道德的，在《城的灯》中，这种道德价值（刘汉香是其现实载体）被一种浪漫主义表达出来，成为文学文本中与城市对峙的文化符号。

新世纪小说中的底层叙事、进城叙事模式，大都是以这种城市批判话语书写城市的。具体如贾平凹的《高兴》、迟子建的《世界上所有的夜晚》、曹征路的《那儿》、尤凤伟的

《泥鳅》、许春樵的《男人立正》、丁伯刚的《两亩地》、孙慧芬的《吉宽的马车》等，都把生活于城市底层的边缘人的生存状况呈现出来。这些作品大都通过对底层生存者的城市体验，反思城市化过程给底层群体的身体和精神带来的伤害，在这种反思的背后是传统文化的伦理道德立场对现代文化，尤其是对充满欲望的商业主义文化的批判。特别是《当代》杂志在2003年第6期发表了陈桂棣、春桃的报告文学《中国农民调查》，在2004年第5期又发表了曹征路的《那儿》之后，以乡土立场道德价值为依托的城市批判话语，一时成为新世纪小说中流行的城市话语。

（二）新世纪小说中的商业消费主义话语

消费主义话语基于对城市消费社会与享乐主义的叙述，本质上是一种炫耀或者夸饰城市与城市生活的话语。这种城市话语是城市化过程所带来的物质丰富的社会状况的表征，其一般叙事逻辑是新奇物品与城市奇观在文本中的罗列。这种城市话语表面上对城市与城市生活持否定态度，但字里行间又表现出对于消费社会琳琅满目的物品的艳羡。这些作品在对中产阶级社会生活的描写中展览高级宾馆、饭店、私家车、飞机以及各种华丽的服饰，成为高档消费品的展台。20世纪90年代末期的新生代作家，如卫慧、邱华栋、朱文等人把笔触伸向初现端倪的消费文化，其对城市时尚与各种新奇物品的恋物癖使之成为新世纪小说消费主义话语的先声。正是这种对于物质主义的拥抱使之与20世纪30年代新感觉派刘呐鸥、穆时英等人的都市写作找到了共同语言。因此陈晓明称赞邱华栋的小说具有强烈的城市意味，并认为卫慧的《上海宝贝》可以算得上是典型的后现代城市小说。[①] 在新世纪，戴来的《练习生活练习爱》、朱文的《什么是垃圾，什么是爱》、朱文颖的《高跟鞋》、卫慧《我的禅》等作品代表了他们对于城市生活与消费文化的新探索。虽然卫慧、朱文等人的创作因过于挑战传统道德而备受诟病，但其对商业化时代物品的盛宴的出色描绘，使之成为1998年至2004年文坛一股不可忽视的力量。

沿着新生代作家对城市物质主义拥抱的话语模式，青春写作将消费主义叙事话语发展到极致。韩寒的《三重门》、张悦然的《葵花走失在1890》、郭敬明的《小时代1.0折纸时代》等，都是消费主义盛宴与城市物质奇观的载体。至于文学自身的思想内涵、审美精神，则是这些文本不加关注的，或者较少关注的。与底层叙事相比，消费主义叙事中几乎不存在乡村（负载着传统文化精神的乡村）。然而缺少了

[①] 陈晓明:《城市文学：无法现身的"他者"》,《文艺研究》2006年第1期。

乡土气息与思考深度的青春叙事，就像一个精致的装饰品，虽然外表华丽但缺乏实用价值。

（三）新世纪小说中的主流意识形态话语

主流意识形态声音是一种发挥社会功能的城市话语，与其说这种城市话语是对于城市在社会生活中的定位，不如说这种城市话语通过小说文本使某种观念渗透到读者头脑中，维护官方意识形态的合法性，同时也在某种程度上消除城市批判话语所造成的影响。陆天明的《省委书记》、周梅森的《我主沉浮》等小说在转述主流意识形态话语的同时，重绘了城市文化地图，在某种程度上也消除、涂抹或者掩盖了其他文本中反复揭露的城市的恶劣形象。如在《我主沉浮》中，作者通过汉江省省长赵安邦的思考解释城市化进程中的决策失误。赵安邦认为，在摸着石头过河的过程中，试错是不可避免的方法，因而在这个意义上，城市化就不可避免地带有原罪性质。这个原罪就是在城市化过程中不可避免的、对于相关群体的利益与权利的牺牲。这种城市话语在完成对城市化进程的解释与说明的同时，也在一定程度上对于身陷欲望而腐败者予以批判，从而在城市秩序的层面上维护了相关规则与制度文化。

在这三种城市话语之外，20世纪80年代将城市视为知识与现代文明表征的向往城市的叙事话语，在新世纪小说中也有延续。在官场小说、知识分子题材小说中，往往也混杂着城市批判话语与商业消费主义城市话语，是杂糅了传统文化与消费文化的一种混杂文化的话语表征。此外，网络文学中也混杂着各种文化，呈现出一种混沌、模糊的话语模式。

总体而言，新世纪小说中的城市话语其实是当代文化中传统与现代、消费主义与青春亚文化等文化之间复杂关系的文学表达。可以说，新世纪小说从共时性向度书写了当下现实中混杂化的当代城市文化。按照莎朗·左京的解释，"文化是一个流动的过程：它形成、表达并强加身份，不论这一身份是个人的、社会团体的，还是建构在空间上的社区的。"[①]当代处于社会转型过程中的城市文化同样不是固定的、自足的铁板一块，毋宁说它是构成其整体的内部元素的角斗场。各种文化、亚文化间的冲突与融合体现在新世纪文学中，便是代表消费文化的都市欲望书写与代表传统文化的底层书写之间势力的消长，以及其他类型小说创作对当代城市文化的表征。

二、新世纪小说城市话语的文化资源

新世纪小说中的城市话语无疑是当代作家从特定立场出

[①]［美］沙朗·左京著，张廷佺、杨东霞、谈瀛洲:《城市文化》译，上海：上海教育出版社2006年版，第282页。

发体认城市的结果，但这些城市话语并不仅仅是作家个人好恶的文本表征，而是具有深厚的历史与现实基础。具体而言，新世纪小说中的多种城市话语的形成有其社会历史原因与文学自身发展的原因，中国传统文化中某些思想的滋养、世界城市化进程中出现的城市话语的投射，现实社会生活中诸多问题的某种尝试性解决方案的文学表现等，都是其形成的主要原因。

首先，从现实社会状况来看，新世纪以来社会转型趋势越来越明显，而这一特殊时期的社会问题亟需人文科学与社会科学部门的解答。20世纪90年代以来，伴随着城市化进程的不断加快，中国市场经济的成熟（其标志是加入世贸组织），中国经济完全融入全球化语境中。不管是否准备充分，全球化的机遇与挑战都已经呈现在每一个中国人的面前。虽然后现代社会、消费社会已经来临的理论话语充其量仅仅是西方理论话语的某种移植的表现，但在全球化与本土化、传统与现代、城市与乡村的张力中，人与其所生存的环境（城市化过程所生产出的生存环境）之间的矛盾成为最主要的社会矛盾：就业问题、住房问题、进城务工人员的待遇问题、社会底层与边缘人的生存问题、城市污染问题、食品及安全问题等等，所有问题说到底都是城市化所带来的问题。城市虽然由于地方性差异，东部与西部、大都市与小城市之间的差异判若云泥，但在当下语境中，城市化进程所带来的这些问题在各个城市都无一例外的存在。在这个意义上，新世纪小说对于城市化过程中的当代社会现实的书写及其所秉持的城市话语，本质上是文学社会实践特性的表现，是文学对城市化过程中的社会问题的解答。

其次，当代各种思潮对新世纪小说城市话语的形成有重要影响。20世纪90年代中后期以来，思想界关于人文精神的讨论、对于后学的讨论，特别是新左派与新自由主义的论争，在一定程度上为新世纪小说对于城市及底层生活的关注提供了思想资源。如新世纪小说中的城市批判话语的形成，一方面是文学史上城市批判话语的延续，另一方面也离不开新左派思潮的推波助澜。所谓新左派是在20世纪90年代后期在应对全球化与市场化的浪潮中出现的，它以底层群体代言人的身份质疑当时种种经济改革的合法性与公正性。在文学领域，"冀图树起'无产者写作'或'底层写作'之类的旗帜。"[①] 受其影响，新世纪以书写农民工进城、城市企业工人下岗等为题材的底层叙事出现，并形成新世纪以来一个较大的文学现象。再如，20世纪90年代以来的知识分子批判

---

① 王世诚：《当代中国新左派的历史遗产与未来》，《探索与争鸣》2006年第10期。

题材小说的兴盛，在某种程度上也与20世纪90年代中后期的人文精神大讨论有关。

第三，从文学自身发展规律来看，城市书写有其起源、发生、发展的延续性。城市书写与城市文学有其文学史资源，历史上所形成的城市书写的写作姿态、话语方式，甚至写作模式往往成为后代作家借鉴与超越的对象。从国外文学的影响看，巴尔扎克、司汤达、波德莱尔、德莱塞笔下的城市与城市化进程，以及其中的人性异化往往使城市成为被批判的对象，拉斯蒂涅、于连、嘉莉妹妹等形象在罪恶的大城市的历险故事，成为新世纪小说中的国瑞(《泥鳅》)、冯家昌(《城的灯》)在当代中国语境中的城市历险故事模板。而当代作家在批判城市的时候，也往往移植了巴尔扎克等人的批判话语，把城市塑造成"恶之花"。

新世纪小说城市书写的另一个资源是20世纪以来的中国现当代文学。虽然其间有50至70年代的反城市倾向横亘，但是总体而言，城市与城市生活、城市文化，像一条粗大的线索贯穿于20世纪文学之中。新世纪小说中的底层叙事与20世纪30年代茅盾等作家的左翼城市叙事之间，消费主义叙事、青春叙事与"新感觉"派刘呐鸥、穆时英的城市书写之间，都有深厚的联系。可以说，新世纪文学中的几种城市话语大都可以在现当代文学中找到其源头，新世纪小说中的城市书写是20世纪文学中城市书写的延续与发展。

另外，新世纪小说中的城市批判话语，其实也是中国传统文化中的道家思想、西方浪漫主义思想（特别是卢梭、索罗）、海德格尔的反技术思想，以及方兴未艾的生态美学思想的某种混合与杂糅。由于其广泛的文化资源支持，使之一度成为新世纪小说中最具影响力的城市话语。

总之，新世纪小说以其多种城市话语，构建起新世纪城市文化想象，为我们体验城市与城市日常生活提供了审美文化镜像。其日常生活转向、世俗化转向，以及其对于城市的多侧面叙述，注定其美学品质必然受到大众文化与后现代文化的影响，因而具有浅表化、平面化特征。在新的美学原则崛起之前，新世纪小说以其碎片化美学风格努力呈现21世纪的日常生活，即使没有深度，但其内在的焦虑预示着城市文学及其美学原则的困兽境况必将随着时代的发展而改变。

第二章
城市化：新世纪小说中的城乡空间政治

　　城乡关系是世界城市化进程中普遍存在的一种关系，这种关系往往表现为经济、文化、思想观念以及深层社会心理等方面的对立与冲突。作为世界城市化进程一部分的中国城市化进程，由于过分重视经济增长而忽视发展的平衡，同样造成渐趋紧张的城乡关系。特别是进入新世纪以后，中国经济持续增长，城市化进程加速发展，与此相伴而生的负面效应渐次浮出水面，并以城乡空间的等级与差异所导致的矛盾等形式凸显为当代社会生活中最主要的社会问题。列斐伏尔所说的空间政治将"导致增长和发展的不平衡"[1]已不再是可能，而是必然，城乡差异导致新一轮的不平衡发展。由于中国作为世界上最大的发展中国家的特殊国情，对增长与发展

---

[1] [法]亨利·勒菲弗著，李春译：《空间与政治》，上海：上海人民出版社2007年版，第61页。

的追求带来的社会阶层分化,以及增长、发展逻辑对底层的生存权利的剥夺与榨取,必然导致大范围负面效应。因而人的基本生存保障问题重被提出,并成为人们反思增长的参照系。

"文学是社会的象征性行为"[①],新世纪以来城乡关系及其后果同样被文学象征性表达,并被批评家阐释为20世纪中国文学城乡关系书写的延续。有论者认为,"农村与城市的对比和冲突一直是'现代性'的中国文学的中心焦虑。"[②]而从文化着眼,"农业文明与现代都市文明之间的敌意、冲突和暧昧的纠葛,作为当代中国一个重要的文化主题,正是建立在城市功能变化的前提上的,或者说是建立在传统农民的身份变化基础上的。"[③]事实上新世纪文学在农村与城市、传统与现代的冲突、纠葛中无法掩抑其土地情结,因而形成一种以传统道德为准的美学。这种美学是传统文化中的道家思想、生态主义美学思想以及20世纪以来海德格尔等哲学家

---

① [美]弗里德里克·詹姆逊著,王逢振、陈永国译:《政治无意识:作为社会象征行为的叙事》,北京:中国社会科学出版社1999年版,第8页。

② 张颐武:《新新中国的形象》,济南:山东文艺出版社2005年版,第135~136页。

③ 张柠:《文化的病症:中国当代经验研究》,上海:上海文艺出版社2004年版,第4页。

第二章 城市化：新世纪小说中的城乡空间政治

所倡导的"诗意生存"等多种思想观念的杂糅。其极端化表现就是在处理城乡二元对立时呈现出一边倒的态势：乡土成为作家们美化、神化的对象，而城市则是罪恶的渊薮、压抑人性的代表。作为一种象征行为，这是全球化、现代化、城市化进程中本土文化的最后抵抗，但是立足乡土立场的道德批判往往由于其对乡土或农民的拔高，以及对于城市的盲视而使之与理性洞察擦肩而过。对经济与传统社会的腐朽思想以及劣根性的新结盟的悬置，使得从文化角度简单地批判传统文化价值体系中的道德底线的被突破显得单调而虚假。诚如张柠所言："20世纪的中国，并没有完成农业文明批判的任务，更没有完成对它的'扬弃'。相反，一些坏的东西沉渣泛起，而一些好的东西却消失无踪。因此，乡土问题不仅仅是经济问题，也是文化改造和传承问题。"[①]

爱德华·W.索亚认为，"空间在其本身也许是原始赐予的，但空间的组织和意义却是社会变化、社会转型和社会经验的产物。"[②] 由此可见，城乡关系所牵涉的复杂性必须还原到城乡空间政治的复杂性之中，才能得到更好的解释，因为

---

① 张柠：《土地的黄昏——中国乡村经验的微观权力分析》，北京：东方出版社2005年版，第18页。
② ［美］爱德华·W.苏贾著，王文斌译：《后现代地理学：重申批判社会理论中的空间》，北京：商务印书馆2004年版，第121页。

任何事物的意义总是在与其他事物的关系中得到确证的。同样，城市的意义也是通过它与作为他者的乡村的复杂政治才得以确立的。新世纪小说中的城市，正是在城市化进程中通过对乡村空间的重塑与对进城农民的生存空间的生产，建构起其价值与意义。在城市与乡村的空间张力中，进入城市空间的农民工被城市空间塑造，而城市资本同时对乡村空间进行改造；另一方面，乡村空间也试图抵制城市资本的入侵，农民工也试图以乡土意识形态改造城市空间。究其本质，如果说前者是全球化进程的一种表现，那么后者就是本土化对全球化的一种抵抗。正是在这种复杂的交互关系中，城市的意义被建构起来。因此，本章第一节"缝隙空间与道德美学的错位"，从社会学的角度解释缝隙空间及其特征、新世纪小说中的缝隙空间与底层生存，进而探讨新世纪小说中的一种进城叙事模式，分析其美学形式的缺憾。第二节"'无土时代'重构城市空间的想象"，分析《无土时代》等新世纪小说对城市空间的修辞性想象与改造，进而分析产生这种想象的文化根源。第三节"乡村空间叙事及其意义"，以《湖光山色》为中心分析城市资本对乡村空间的形塑，以及在这一过程中乡村权力与商业资本的共谋关系，乡村空间叙事对城市化本身的反思以及对乡村社会深层结构的触及。

第一节 缝隙空间与道德美学的错位

新世纪小说对于城市化进程的表征集中在两个方面：一方面是城市资本对乡村空间的形塑，另一方面是农民工向城市空间的流动。大批农民工进城虽然源于资本对于劳动力资源的重新配置，但同时也是全球化语境中乡村衰落后农民在生存压力下的必然选择。由于文化资本、政治资本以及其他能够在城市获得确证的象征资本的匮乏，农民工进城后很难获得相对稳定的空间，因而只能挪用、占据城市某些"缝隙空间"[①]，构筑起流动的、临时的"城市生活"。缝隙空间合法性秩序的缺席导致失范与无序，栖居于此的农民工极易产生身份认同危机，并与城市正常秩序产生种种龃龉，从而形成复杂的现实生活。如此纷繁复杂的现实生活素材经过当代作家的遴选与提炼，便形成新世纪以来具有独特美学风格的写作方式。这种写作方式以一种苦难美学对缝隙空间的生存状况予以暴露，同时以伦理道德价值体系的标准对现代城市

[①] 对进城农民工及其他底层群体所占据的空间，学界大多用"城中村""城乡接合部""边缘地带"等不同概念命名，本书为强调其"亦城亦乡""非城非乡"的特点，统一采用童强的"缝隙空间"一词，见童强：《权力、资本与缝隙空间》，载陶东风、周宪主编《文化研究》第10辑，北京：社会科学文献出版社2010年版。

的冷漠无情给予批判。然而，新世纪小说这种以道德评价为核心的苦难美学在显示缝隙空间的同时又遮蔽了缝隙空间的运作过程，从而构成一种貌似现实主义的不及物写作。

一、缝隙空间及其社会学特征

城市化进程在完成对城市地理空间重构的同时，也生产出形形色色的缝隙空间。这些缝隙空间是远离城市社会生活中心的边缘地带，包括各种缝隙、角落、边缘等微不足道的空间形式。[①] 与普通的正常生存空间相比，它往往是非正式的、地下的、不确定的、被挪用或非法占据的空间，因为没有得到命名，或者被忽略，因而没有合法性。新世纪小说中的缝隙空间，有的是远离城市中心的地点，如城乡接合部、城中村、偏僻小巷、桥洞、涵洞等，如《无土时代》中被草儿洼民工占据的苏子村、《两亩地》中城乡之间的村庄两亩地，以及《市场"人物"》中提到的桥洞等。有的是挪用各种正式、正规空间，如《市场"人物"》中被李美凤租借的市场厕所值班室上面堆放杂物的阁楼，《两亩地》中一家半废弃的公园中那种早经废弃的四方形木屋等。还有的缝隙空

[①] 童强：《权力、资本与缝隙空间》，载陶东风、周宪主编《文化研究》第10辑，北京：社会科学文献出版社2010年版，第93页。

第二章　城市化：新世纪小说中的城乡空间政治

间则是处于城市中心，但在正式经营遮蔽之下，如《发廊》《吉宽的马车》中的发廊、《因为女人》中大学附近的小旅馆、《平安夜》中城市广场上的歌厅伊甸园，甚至高档酒店，如《放下武器》中县城近郊僻静处的酒楼"红磨坊"等，这些正规经营的局部空间里存在地下化、缝隙化的缝隙空间。所有这些缝隙空间无一例外都是城市化进程的伴生物，是城市中的灰色空间、异质空间。

按照列斐伏尔的观点，任何空间都不是空洞的，它往往蕴含着某种特定的意义。同样，处于中心与边缘二元对立结构中的缝隙空间，恰恰由于其与城市正常、规范、正式的空间的共生关系，因而具有强烈的解构、颠覆中心的能力，在某种情况下，缝隙空间具有"可以直接切入中心区域的特点"[①]。换言之，缝隙空间与城市的中心之间构成复杂的既对立又统一的关系，并在这种复杂的共生关系中显示出其存在的意义。

由于地缘的特殊性，缝隙空间往往处于社会法律、行为规范、价值观的边缘，从而生产出一种不同于城市法律规范体系，同样也异质于乡村道德规范体系的社会结构与空间秩

[①] 殷曼楟：《缝隙空间与都市中的社会认同危机》，载陶东风、周宪主编《文化研究》第10辑，北京：社会科学文献出版社2010年版，第111页。

序,以及异化的社会运作机制。缝隙空间社会状况的复杂与混乱主要体现在"失范"与"无序"上。

"失范"是与规范相对而言的。从社会学角度看,"失范意味着现代社会相互共存的集体人格和个体人格之间发生了龃龉,自我意识已经完全偏离了集体意识的轨道,冲破了社会整合的最后一道防线,使社会陷入了道德真空状态。"① 其本质是对于"规则""规范""原则""法律"的违背与超越。缝隙空间中的社会失范主要表现在道德失范、法律失范上。"道德观念是在社会里生活的人自觉应当遵守社会行为规范的信念。它包括行为规范、行为者的信念和社会的制裁。"② 在特定空间,不管是城市还是乡村,由于作为"熟人社会"里的他人的存在对自我产生舆论监管力量,因而自我自觉地遵守行为规范。然而当农民工进城并占据缝隙空间之后,乡土社会强大的道德力量及其支撑力量社会舆论都被缝隙空间的陌生人与城里人的冷漠社交逻辑替换。从农民工自身来说,作为外部束缚力量的道德与舆论消失在陌生人的世界中了,而新的束缚力量(城市里的现代文化规范与法律观念)

---

① 渠敬东:《涂尔干的遗产——现代社会及其可能性》,《社会学研究》,1999年第1期。

② 费孝通:《乡土中国》,南京:江苏文艺出版社2007年版,第33页。

第二章　城市化：新世纪小说中的城乡空间政治

尚未内化为自我的束缚力量。吊诡的是，在消解了乡土道德之后，进城农民却以乡土文化中的道德价值判断评价城市文化，并以此抵制城市文化，为自己不受城市道德文化规范与现代文化规范的束缚找到思想观念的依据。但事实是，缝隙空间的进城农民工的自我在现实中处于被放纵的状态，只有恪守强大的乡土文化道德力量或者主动接受现代文明规范，才能使之自律。

失范的结果就是社会空间的无序状态。"无序"是与秩序相对而言的，用鲍曼的话来说就是，"不可界定性、不连贯性、不一致性、不可协调性、不合逻辑性、非理性、歧义性、含混性、不可决断性、矛盾性。"[1] 缝隙空间中的无序，主要指的是价值体系混乱，或者没有价值体系，或者价值体系过多造成混乱。显而易见，"'缝隙空间'的挪用者往往是社会分层中最边缘、最底层的群体，外地人、拾荒者、无正当职业者等。"[2] 由于缝隙空间中人员来源复杂，因而所赖依凭的文化价值体系也呈现出多元趋势，在缺乏沟通与协商的情况下，没有一种价值体系能够占据缝隙空间的主导地

---

[1] ［英］齐格蒙特·鲍曼著，邵迎生译：《现代性与矛盾性》，商务印书馆2003年版，第11页。

[2] 童强：《权力、资本与缝隙空间》，载陶东风、周宪主编：《文化研究》第10辑，北京：社会科学文献出版社2010年版，第95页。

位，因而造成缝隙空间中的无序社会结构。如《两亩地》中的两亩地就是这样一个缝隙空间：本地人与外来者相互冲突，"不是东风压倒西风，就是西风压倒东风。"这样一个充满了复杂社会结构与秩序的村庄缺乏有效的制约、规范手段，因而不管有多少势力插手这里，这里还是一个无序的缝隙空间。

由于缝隙空间的失范、无序，生存于此种空间的农民工的基本生活保障必然缺失，他们只能是被遗忘、被歧视甚至被侮辱、被损害的底层群体。因此，缝隙空间所生产出来的对于城市的抵制与反抗也愈加激烈。如蔡毅江（《泥鳅》）走上反抗城市的道路且成为黑道人物，其实就是缝隙空间所生产憎恨的替补逻辑的极端表现。

二、新世纪小说中的缝隙空间与底层生存

"任何城市化过程都包含一个合并的问题，因为这一过程按照某种次序安排居民、活动和空间。"[①] 但是，缝隙空间的身份是暧昧的、不确定的，没有谁愿意为它负责，因而城市化过程中的缝隙空间是被忽略的，或者被抛弃、被遗

---

① ［法］伊夫·格拉夫梅耶尔著，徐伟民译：《城市社会学》，天津：天津人民出版社 2005 年版，第 71 页。

忘的；所以任何"安排"都不会落在缝隙空间中的生存者的头上。毋宁说他们努力通过缝隙空间的跳板获取完全的城市化，而城市化恰恰在城市规划的过程中试图清除、驱逐他们。在城市空间与缝隙空间的张力中，暂时栖身于缝隙空间的底层群体的身份与社会认同是模糊的。

虽然说缝隙空间是占据者为了在城市获得临时的生存空间，并为进一步在城市站稳脚跟积蓄力量的落脚点，但是缝隙空间的独特性决定了利用它通向成功的手段的无奈。如香香（《傻女香香》）占据的被定为危房的住宅楼，不但为香香暂时的生存提供了空间，而且也成为她和城里人刘德民衍生出一段故事，进而通过自己的身体进入"城市中心区域"——刘德民的家提供了便利条件。缝隙空间的不确定性、临时性注定它没有文化积淀，而缝隙空间巨大的生存压力也使得生存于此的"香香们"缺乏文化的现代化意识，而只有强烈的生存意志。因此，香香在获得成功的同时也失败了，因为她的身份的置换是浅表化、符号化的，她的思想并没有因为与城市知识分子的刘德民的同居而转变为现代人的思想。她利用自己的身体达到了止于身体的目的，除了物质空间的收获之外，还有套在自己生命活力之上的新的枷锁。

在缝隙空间中，像香香一样幸运通过缝隙空间的跳板

"直接切入中心区域"[①],"成功"转换了自己身份的例子并不多,孟夷纯(《高兴》)与小寇(《泥鳅》)都是失败者。因为缝隙空间身份暧昧,被排斥在正常社会秩序之外,所有的社会权利与保障都无从谈起,因而贫困、无助,社会关系的残缺是缝隙空间生存者的主要特点。缝隙空间生存资源的短缺,必然导致或隐或现的与城市正常空间秩序对抗的行为的产生。尤凤伟的小说《泥鳅》中的"泥鳅"以象征的方式揭示出缝隙空间中的反抗者特点,国瑞与蔡毅江虽然方式不同,但无一例外都是对城市的最笨拙的一种反抗。国瑞利用自己的身体进入城市中心区域,表面上看与香香有相似之处,不同的是国瑞进入城市中心之后,身份无法通过合法途径获得。因而在国瑞像泥鳅一样穿行于城市的时候,像泥鳅一样被人被捕捞烹食是其必然后果。相比之下,蔡毅江立足于缝隙空间,并利用缝隙空间的晦暗性与规范秩序的缺席来掩护自己,公然与城市空间对抗,成为城市生产出来的名副其实的"恶之花"。

生存于缝隙空间的群体进入城市的艰难,与城市人对外来人口的抵制分不开。因为在城市里的定居者看来,"外来

---

① 殷曼楟:《缝隙空间与都市中的社会认同危机》,载陶东风、周宪主编《文化研究》第10辑,北京:社会科学文献出版社2010年版,第111页。

者的流入始终表现为挑战定居人口的生活方式，不管新来者和老住户之间有什么客观差异。"① 因此作为城市异乡者的农民工被贴上落后、不讲卫生等标签，从而被城市人排斥、拒绝。《无土时代》中木城出版社社长达克就认为："这个城市本来干干净净的，人也穿得整齐，但涌进来很多农民工，城市的秩序就乱套了，横穿马路，乱扔东西，随地吐痰，大声喧哗。穿着破衣烂衫到处行走。"② 而且，"最可气的还不止于此，如果他们仅仅浮在大街上也就算了，问题是他们已逐渐侵入这个城市的内里。比如饭馆、澡堂。这也罢了，他们要吃饭，要洗澡。可是在舞厅、酒吧、公园，居然也能看到他们的身影。"③ 这里达克对农民工的排斥与拒绝，其实代表了城里人对乡下人的拒绝。

需要指出的是，新世纪小说中缝隙空间里的生存者不仅仅是主动进入缝隙空间的进城农民工，还有被城市化进程抛到边缘的人群，如被高楼大厦遮蔽的缝隙空间的原城市居民、下岗工人等。其中下岗工人是城市化进程中的国有企业改革的产品，在国有资产被转移之后，他们为经营者决策

---

① ［英］齐格蒙特·鲍曼、蒂姆·梅著，李康译：《社会学之思》第2版，北京：社会科学文献出版社2010年版，第33页。
② 赵本夫：《无土时代》，《长篇小说选刊》2008年第4期。
③ 赵本夫：《无土时代》，《长篇小说选刊》2008年第4期。

的失误或者资本的重组埋单。如下岗的某毛纺厂工人刘好(《婚姻穴位》)与绢纺厂工人倪红梅(《霓虹》)的边缘化与缝隙化生存，便是伴随着代表资本力量的厂长、经理们的权力转换与绅士化而被城市空间生产出来的。在多种权力关系以资源配置为名的掠夺中，底层群体成为时下这个场域中的牺牲者的标签。同样，由于城市中心的权力的排斥，下岗工人与进城农民成为与城市化发展相伴而生的"废弃物"，无法与城里人"分享同一文化模式、在相互依存的活动的民族体系中找到位置、作为公民参与构成公共生活的各种组织的活动"[①]。因此，这些生存于缝隙空间的群体成为城市这一庞大躯体之上的"毒瘤"，因为被剥夺了进入城市的权利，因而无法按照正常程序按部就班地融入城市。

三、缝隙空间与农民工进城叙事模式

城市化进程所生产的缝隙空间的无名状态，导致栖居于此的农民工的权利、保障的缺失。在恶性循环的链条中，他们持续受到各种侮辱与伤害，各种伤害都明白无误地指向他们的身体。新世纪小说中农民工进城叙事中的身体不但是小

---

① [法]伊夫·格拉夫梅耶尔著，徐伟民译：《城市社会学》，天津：天津人民出版社 2005 年版，第 75 页。

说情节模式的主要构成要素,而且象征着城市化进程中的文化冲突与对立。

农民进城的叙事模式并非新世纪文学的首创,这一叙事模式不但在中国现代文学,而且在世界文学中也屡见不鲜。巴尔扎克笔下的外省青年拉斯蒂涅、陀思妥耶夫斯基笔下的大学生拉斯科尔尼科夫、德莱塞笔下的村姑嘉莉妹妹,都曾演绎过一段进城奋斗的历史。同样,老舍笔下的祥子、路遥笔下的高加林,也都渴望城市生存空间。新世纪小说重复或者再现了城市小说的一个常见的叙事模式,即"一个男性外来者,被城市/女人所诱惑,在城市历险中成功或幻灭"[①]。新世纪小说中的城市异乡者刘高兴(《高兴》)被城市/孟夷纯诱惑与国瑞(《泥鳅》)被城市/玉姐诱惑而走上失败的道路,本质上与骆驼祥子被城市/虎妞诱惑而失败是一致的。作为城市象征的女人形象,显然内隐着作家心理无意识的菲勒斯中心主义。城市与女人身体的相似性使其对作为探险者、冒险家以及征服者的男性产生诱惑;但城市与女人同样是矛盾与悖论的聚合:既苍老又年轻,既是贞女又是妖妇,既迷人又腐朽,既善良又恶毒。孟夷纯与玉姐都以悖论性的

[①] 张英进著,秦立彦译:《中国现代文学与电影中的城市:空间、时间与性别构形》,南京:江苏人民出版社2007年版,第104页。

形式表现了城市的两面性:"城市/女人既是迷人的(年轻而贞洁),又是令人厌恶的(腐朽而虚荣),它(她)把男性冒险者'诱'入复杂的城市之网。"①而身陷迷宫之中的男性征服欲望却在复杂、纠结的网络中延宕了,这种延宕从某种程度上说是由于城市/女人造成的,是城市/女人污染了男性的纯洁性,是城市/女人使男性失去了童贞。甚至在失败的根源上,新世纪小说的叙事模式也重申并强调了城市/女人的罪行,并对其进行道德价值意义上的批判。国瑞(《泥鳅》)傍附富婆与于连·索黑尔(《红与黑》)勾引德瑞那妇人何其相似,只不过与其异国精神兄弟相比,国瑞已经蜕化成徒有虚表(国瑞外表与某明星酷似)、被动遭遇生存的城市异乡人了。

当然,新世纪小说中的农民进城叙事的发生背景、社会状况以及文化状况,都不同于此前任何一个时期,因而有着不同于其他时期的特质。借用已成套路的叙事模式的"旧瓶",新世纪小说装上了苦难经历与道德批判的"新酒"。新世纪小说以苦难叙事压抑了进城冒险者的男性被城市/女人诱惑的叙事模式,并杂糅了女性进城被侮辱与损害的叙事

---

① 张英进著,秦立彦译:《中国现代文学与电影中的城市:空间、时间与性别构形》,南京:江苏人民出版社2007年版,第104页。

模式，即进城的主体增补了女性，进城事件也增补了女性身体受损害的过程。进城女性吉美(《天河洗浴》)、孟夷纯(《高兴》)的身体都是城市男性欲望的对象，她们身体受损伤的情节背后起支配作用的是货币逻辑，即金钱能够购买一切的哲学。身体商品化的结果就是主体的消隐，但抵制商品化的结果同样是主体的被遮蔽、被弃绝。陶凤(《泥鳅》)在抵制男性欲望守护身体的努力中失去的是正常社会秩序下的精神，张毛妹(《问苍茫》)以传统道德抵制商品化的结果也是身体的毁灭。从身体受到损害或者死亡的角度来看，进城男性农民工身体的受损与被消灭，是同样的逻辑结果，即进城男性农民工的性别角色被遮蔽，他的身体同样是被异化的商品，被城市所消费。国瑞(《泥鳅》)与某电影明星酷似的身体给他带来了生活的转机，但从本质上说其实是他的身体的商品化。

新世纪小说中的这种进城农民工叙事虽然也混杂着商业主义的冲击，但最重要的是缝隙空间的政治性以文化冲突的形式凸显出来。进城农民工身体的受侮辱与损害，隐喻了全球化语境中本土传统所遭受的侮辱与损害。因而新世纪农民工进城叙事模式被置换之后，就是城市化进程中现代文化与传统文化之间的对立与冲突的故事。这些小说以道德价值体系为标准对城市做出宣判，其实是以乡土文化传统抵制全球化的努力。但悖谬的是,"在一个全球化的世界中处于本土化,这是被社会剥夺和贬黜的标志。"①问题的关键也许不是单纯以道德批评抵制全球化与城市化,而是深入研究与思索人是如何在全球化与城市化进程中被资本与各种权力异化的。诚如汪晖所言,"当代中国思想界放弃对资本活动过程(包括政治资本、经济资本和文化资本的复杂关系)的分析,放弃对市场、社会和国家的相互渗透又相互冲突的关系的研究,而仅仅将自己的视野束缚在道德的层面或者现代化意识形态的框架内,是一个特别值得注意的现象。"②

四、农民工进城叙事模式的缺失

从缝隙空间的社会学意义和作为文学表征的农民工进城叙事模式的关联度来看,新世纪小说对于缝隙空间的表现显然是不充分的,而且其叙事模式化倾向也导致美学形式创新的不足。道德美学与缝隙空间的错位导致了新世纪小说中的不及物写作。如果说这是某种现实主义,那么也只能说这是一种失败的现实主义。

首先是人物形象的平面化与浅表化以及雷同化,使得这

---

① [英]齐格蒙特·鲍曼著,郭国良、徐建华译:《全球化——人类的后果》,北京:商务印书馆2004年版,第2页。
② 汪晖:《死火重温》,北京:人民文学出版社2000年版,第47页。

第二章 城市化：新世纪小说中的城乡空间政治

种进城叙事模式为叙事而叙事。孟夷纯(《高兴》)与吉美(《天河洗浴》)的形象都没有什么深度，如果替换，似乎也无不可。即使是《泥鳅》中的国瑞，也由于酷似于连·索黑尔而失去光泽。恩格斯在《致玛·哈克奈斯》的信中写道："据我看来，现实主义的意思是，除细节的真实外，还要真实地再现典型环境中的典型人物。您的人物，就他们本身而言，是够典型的；但是环绕着这些人物并促使他们行动的环境，也许就不是那样典型了。"[①] 恩格斯这段名言用来衡量新世纪小说创作的得失，依然具有振聋发聩的力量。新世纪小说农民工进城叙事模式中存在的人物与环境的错位，其根本原因是作家生活体验的匮乏。如《高兴》中刘高兴的形象就异质于其生存环境缝隙空间，人物的性格也不是自然而然地从环境中显现出来，而好像是某种嫁接的结果。进城农民工的生存空间是城市里身份晦暗不明且异质于城市的缝隙空间，缝隙空间是形成复杂社会现实关系与典型性格的根本原因。离开了缝隙空间这一环境，作为主人公的刘高兴与其说是进城捡垃圾的农民工，不如说是古代话本小说中的落难才子。

其次是思想大于形象导致的对文学文本"有意味的形

[①] 恩格斯：《致玛·哈克奈斯》，《马克思恩格斯选集》第4卷，人民出版社1995年版，第683页。

式"探索的缺失。许多小说在城乡二元对立的思维模式下展开故事情节,在阶层复杂的对立中发掘人性恶的一面,展示抽象的"城市人"造成的底层群体的苦难,从而形成一种对城市的急功近利的批判。有些小说文本"对城市的描述完全可以用'穷凶极恶'来形容,'食肉者鄙'的偏执逻辑使世界变成一个单向的平面,对暴力和血腥的极力描述,也使小说的语言显得粗糙"[①]。如陈应松的《太平狗》、刘庆邦的《卧底》等,往往在揭示社会阴暗面的同时忽略了小说的形式美学。但是放弃了小说艺术探索之后,新世纪小说中的农民工进城叙事就变成了某种思想与观念的图解,急于表达批判的意图反而削弱了文本的力量。

　　脱离了作为典型环境的缝隙空间,新世纪小说农民工进城叙事只能以道德美学取胜。因而这些小说在塑造农民工形象时有意剔除了农民工身上种种落后、鄙陋习气,拔高了农民工的思想觉悟。从社会学的角度考察缝隙空间中的生存,我们发现新世纪小说对于城市缝隙空间生存的城市异乡者的"道德拔高",忽略了更复杂的空间关系。而且从道德批评的立场来看待农民工进城,遮蔽了社会文化场域的中心

---

　　① 邵燕君:《新世纪文学脉象》,合肥:安徽教育出版社2011年版,第103页。

矛盾，掩盖了底层苦难的真正原因。忽略了全球化以及资本与权力对各种资源的配置所导致的新的不平等，以及城乡文化、道德、价值观念的复杂的共生关系之后，进城农民工的苦难就简化成了传统文化的苦难。在中国社会从传统文化向现代文化转型的过程中，对传统文化中的弊端与劣根性的美化，其实不但无益于遭受苦难的社会底层群体，也极易对读者产生误导作用。从这个意义上讲，对缝隙空间社会生态的复杂性与多样性以及对小说美学形式的忽略，把道德批判美学化、时尚化，也许是新世纪小说农民工进城叙事（甚至底层叙事）最大的写作误区。

第二节 "无土时代"重构城市空间的想象

城市化过程的本质是以资本重新配置人口与土地等资源，是以技术理性规划更趋合理的社会结构、生活方式，其特征主要表现为从以农业为主的社会形态向以工商业和服务业为主的社会形态的转型。农业人口过于庞大、城市化并未与工业化同步且缺乏足够的空间，以及滞后于世界城市化等诸多原因，导致当代中国的城市化在以追求经济效果的思想主导下，呈现出前所未有的混沌与复杂。资本与土地、空间与人的矛盾被演绎成社会生活层面纷繁复杂的现实问题。城市化通过资本的运作,像洪水猛兽一样不断占据郊区土地及乡村土地拓展城市空间,但是城市化本身却无法给已经失去土地和即将失去土地的农民提供足够的进入城市的权利。空间的城市化,并没有与人的城市化同步,城市化所允诺的"城市让人生活得更美好"的诺言,也一再被延宕。

既然城市化许下的诺言无法及时兑现,那么失去了土地的农民如何依靠自己的力量完成城市化?"无土时代"的当代人如何重新想象城市?与一般的进城叙事关注"缝隙空间"中的底层生存的苦难不同,赵本夫的《无土时代》以浪漫主义手法一扫《老树客死他乡》《麦子》《在天上种麦子》等小说中的阴霾,成功在"在城市里种庄稼",并以此为契机改造了城市空间。在《无土时代》中,进入城市的权利已经不重要了,"人的城市化"也不重要了,最重要的是如何"治疗"已经"病入膏肓"的正在不断耗散的城市。《无土时代》在描述进城农民对城市之熵的体验的同时,把农民无法割舍而又视如生命的土地、庄稼作为某种象征意象,并以乡土立场抵制城市与城市化。由于中国农业传统与土地情结早已成为中国人的"集体无意识",新世纪小说中出现的对城市形象的"妖魔化"想象并不足为奇,而且,如果从文学史角度看,恋土与怀乡的主题本来就是中国现当代文学(甚至在世界文学中也屡见不鲜)的母题之一。即便如此,《无土时代》对这一主题的重新发掘，也并非简单以贴上了全球化这个新标签的恋土情结重温历史记忆。如果说《无土时代》对城市满怀厌恶的想象与对土地的深情依恋是乡土小说母题的某种延续，那么其对于城市空间的想象性重构无疑具有浪漫主义气质。尽管是一种修辞性想象，《无土时代》对于城市的批判、对城市理想空间的想象，以及其对土地及其深层文化意义的追寻，都是对城市化本身的一种反思。

一、作为耗散结构的城市空间

新世纪小说对于城市的"妖魔化"想象是城市批判话语的典型表现形式之一，其理论资源既有中国传统文化中的田园思想，又有西方现代社会批判理论以及科学理论作支撑。其基本逻辑是，城市化与现代化在带来科技不断进步、人们物质生活水平不断提高的同时，也带来对自然的破坏。换句话说，人类在征服自然、征服地球、攫取更多资源的同时，也攫取、剥夺了其他生物甚至人类自身及后代赖以生存的资源与权利。美国科学家杰里米·里夫金与特德·霍华德在《熵：一种新的世界观》中对城市与现代化的反思最具代表性。他们把整个世界看作是一个耗散结构，并用热力学第二定律对世界能量的转换进行分析："热力学第二定律解释了这个现象。它告诉我们每当能量从一种状态转化为另一种状态时，我们会'得到一定的惩罚'。这个惩罚就是我们损失了能在将来用于做某种功的一定能量。这就是所谓的熵。"①显然，科学与技术的进步为人类从大自然掠夺更多资源提供了方便，但是科学与技术的进步却无法减少熵的产生。随着熵的增加与资源的减少以及由此带来的越来越多的混乱，这个世界终将耗散殆尽。

新世纪小说对城市的批判性想象显然与这种思想密切相关，尤其是到处弥漫着城市之熵幽灵的《无土时代》，毫无疑问就是熵理论的图示化表征。小说一开篇就对衰颓的城市空间的代表"木城"进行了描述："太阳已经落下，天色渐渐暗下来，整座城市和楼房街道都变得模糊了。这时不知从哪里钻出成千上万只蝙蝠，在马路上空和楼房之间的空隙里吱吱飞行，倏然间阴风骤起。这些长相怕人的怪物总是在白天和黑夜交替之际悄然出现，把白天引渡到黑夜，又把黑夜引渡到黎明。这些神秘的使者老让人产生一种恐惧和惊慌，它仿佛预示着某种未知某种不祥。"②如果读者不是全神贯注，就会轻易把这一充满神秘氛围的城市空间等同于精灵曼舞的魔法世界。显然，作家通过夸张与隐喻等修辞对城市的书写

---

① ［美］杰里米·里夫金、特德·霍华德著，吕明、袁舟译：《熵：一种新的世界观》，上海：上海译文出版社1987年版，第29页。
② 赵本夫：《无土时代》，《长篇小说选刊》2008年第4期。

第二章 城市化：新世纪小说中的城乡空间政治

形成了一种亦真亦幻、扑朔迷离的美学效果。城市夜间的霓虹灯本来是象征城市丰富夜生活与奢华的意象，但作家却将其比喻为燃烧的火。火的燃烧必然带来灰烬，因而火的意象与"变得模糊"的城市与街道，都预示着城市衰落以至于毁灭。"蝙蝠"在文学与影视作品中一般指向神秘、黑暗、潮湿之地，这些地带一般由于久被废弃而显得阴森可怕。小说中"成千上万的蝙蝠"与其说是夸张，不如说是对于废弃之后的城市荒凉景观的遐想。在小说中，这不可抗拒的热力学第二定律在钱美姿读到的《地球上人类只能存活 250 万年》一文中再次闪现，并以令人震惊的内容使得钱美姿发疯："人类消失后 20 年，大街和农作物将接着消失。乡村道路会被野生植物覆盖。城市街道的消失将花费多一点时间。但即使像伦敦这样的城市街道，最后消失也用不了 50 年……没有了空气污染，城市的断墙上会布满青苔、爬山虎、毒蝎。"[①] 作家以耸人听闻的方式把城市的未来展现出来，形成了令人"震惊"的美学效果，虽然作家的本意还是为了强调现代化、城市化带来的城市物理空间的各种弊端。

在《无土时代》中，城市之熵不仅仅表现在城市物理空间的被污染、被毁坏，而且表现在城市人的精神的蜕变上：

---

① 赵本夫：《无土时代》，《长篇小说选刊》2008 年第 4 期。

· 083 ·

"他们为权为名为利为生存而拼搏而挣扎而相煎而倾轧而痛苦或精疲力竭或得意忘形或幸灾乐祸或绞尽脑汁或蝇营狗苟或不择手段或扭曲变态或逢迎拍马或悲观绝望或整夜失眠或拉帮结派或形单影孤或故作清高或酒后失态或窃笑或沮丧或痛不欲生等等所有这些,都属于城市特有的表情。"[1]作家通过一个不加标点的长句来揭示城市人心理的阴暗与焦虑、行为的怪异与乖张,以及其对伦理道德底线的挑战。这些概括性、抽象性的变态心理与变态行为具体化之后,就是出版社的编辑梁朝东以不断更换女友为乐事,收发室的钱美姿喜欢刺探别人的隐私并热衷检举、告密,酒吧里的暗娼简小姐敲诈与自己发生关系的伯伯,更有甚者是官员的弄虚作假。被许多作家同样表现过的城市文明病,在赵本夫笔下汇聚到一起:"卖淫、嫖娼、吸毒、贩毒、拐卖人口、强奸、偷窃、黑社会性质的团伙、渎职……"[2]社会的混乱与人的伦理道德的沦丧,确证了现代城市的衰颓不仅是物质性的,同时也是精神性的。

与城里人的病变相对的,则是乡村人健康、自然的未被污染的美好人性。小说中代表作家心目中理想乡村空间的草

---

[1] 赵本夫:《无土时代》,《长篇小说选刊》2008年第4期。
[2] 赵本夫:《无土时代》,《长篇小说选刊》2008年第4期。

儿洼农民，几乎个个都是完美的：坐怀不乱的村长方全林、敢作敢为的天柱、美丽大方的刘玉芬，甚至捡破烂的王长贵也不失淳朴。作家为了颠倒城乡二元结构中城市的优先地位，不惜使乡村人物性格模式化、概念化。虽然把乡村置于城市之上，还是一种二元结构，但是作家对于城市的批判意图更为显豁了。在这种新的二元结构中，城市各种文化病症的根源，集中表现为与大地的联系的断裂。理查德·利罕在讨论艾略特的诗歌时提出的观点，同样可以挪用在这里："因为丧失了与大地的联系，丧失了与自然节律和自然中的精神营养的联系，城市也丧失了其精神上的意义。"[1] 从修辞表达的角度说，木城其实隐喻了作为现代文明象征的城市，而城市的衰颓，其实是由于城市割断了自己与乡村的联系。正如赵本夫自己所说的那样，"人类文明发展到今天，社会开始进入了'无土时代'，这种文明使人离土地越来越远，离大自然越来越远了，对土地概念也越来越淡漠，但实际上城市最缺失的就是人对土地的亲近。"[2]

---

[1] [美]利罕著，吴子枫译：《文学中的城市：知识与文化的历史》，上海：上海人民出版社2009年版，第176页。
[2] 赵本夫、沙家强：《文学如何呈现记忆——赵本夫访谈录》，《南京师范大学文学院学报》2009年第4期，第2页。

二、重构城市空间的想象

从精神谱系上说,《无土时代》《放下武器》《吉宽的马车》等新世纪小说对城市的批判性想象,其实与20世纪90年代贾平凹的《废都》一脉相承,如果上溯到30年代,茅盾的《子夜》、沈从文的《八骏图》等都是其精神资源。相比之下,虽然新世纪小说批判的深度并未超越前人,但是其中出现的重构城市空间的想象,却令人耳目一新。如果说《瓦城上空的麦田》《老树客死他乡》《马路上不长庄稼》《城市里的庄稼》等小说以庄稼、植物在城市空间的生存状况喻指农民、乡土文化在城市空间的存在以及对城市空间的影响;那么《在天上种玉米》与《麦子》就是以某种抵制策略企图改变城市空间,而《无土时代》则正式完成了对城市空间的浪漫主义重构。在赵本夫看来,"现在的世界是个现实的、世俗的世界,很功利的时代,其实越是这种情况,越是需要浪漫。文学中的浪漫,作家的浪漫理想,事实上是实现不了的,他只是在尽力呼唤。浪漫主义存在的基础是,越是缺失的东西,越是要呼唤浪漫,但也许我们永远实现不了,我们仍然要呼唤它。"[①]《无土时代》中衰颓的城市现实当然是缺

---

① 赵本夫、沙家强:《文学如何呈现记忆——赵本夫访谈录》,《南京师范大学文学院学报》2009年第4期,第5页。

第二章 城市化：新世纪小说中的城乡空间政治

乏浪漫的，因此作家以浪漫主义手法营构了一个拯救城市里"被束缚的土地"的故事，并重构了城市空间。

在赵本夫笔下，城市物理空间是钢筋混凝土的丛林，这个丛林不但以其厚厚的盔甲遮蔽泥土，而且拒绝植物。即使有植物，植物也"要根据城市的美学原则而生长。它们的组合、形状和分配都要被精心规划"[①]。城市的物理空间秩序要求一切都要按部就班，依据既成规范行事。在《无土时代》中，拒绝植物、"马路上不长庄稼"的城市规则，被来自草儿洼的两个农民打破了。作为草儿洼乡村土地精神的代表，身为木城出版社总编的石陀不但在政协会议上提议："拆除高楼，扒开水泥地，让人脚踏实地，让树木花草自由地生长。"[②]而且他还身体力行，用锤子砸开混凝土地面，为了让泥土露出来，为了让几天之后，这里长出一簇草。而同样来自草儿洼的农民天柱，则利用一个绿化项目，给木城全城被规划为草坪的361块绿地移植上了麦子。在有惊无险地躲过"上面"的检查之后，城里人对于土地的记忆与感情被唤醒了。"这个城市的各个角落，凡是有土的地方，早已长出各种庄稼：高粱、玉米、大豆、山芋、谷子、稷子、芝

[①] 汪民安：《城市与植物》，《外国文学》2011年第4期，第147页。
[②] 赵本夫：《无土时代》，《长篇小说选刊》2008年第4期。

麻、花生……还有各种蔬菜：黄瓜、茄子、辣椒、丝瓜、扁豆、青菜。甚至还发现了西瓜、南瓜、甜瓜……一时间，这成了木城人最重要的话题。"①更奇特的是小说结尾，作家通过《木城晚报》传播出更乐观的消息，"据网上报道，在中国的其他十多个大中城市，也相继发现了玉米、高粱和大豆……"②显然，这是作家美好理想的浪漫主义表达。

事实上《无土时代》以在城里种庄稼的方式规划城市空间的浪漫主义美学，并非应对城市之熵的首创，国外一些城市规划学家其实也曾提出过类似的城市规划方案。如英国城市学家霍华德在《明日的田园城市》③中就曾提出过一种"城乡一体化"的城市规划模式。当然《无土时代》关心的不仅仅是对于城市空间的重构，而且还是一种文化隐喻的象征表达。小说中在城里种庄稼隐喻的是城市化进程中进城农民的另一种想象性选择，即不是被城市文化同化为工于理性算计、身患城市文明病症的城里人，而是以自身农耕文化传统去改变或同化城里人，改造冷冰冰的现代文化。在新世纪小说中，这一主题往往将作为传统文化能指的进城农民工塑造

---

① 赵本夫：《无土时代》，《长篇小说选刊》2008年第4期。
② 赵本夫：《无土时代》，《长篇小说选刊》2008年第4期。
③ [英]埃比尼泽·霍华德著，金经元译：《明日的田园城市》，北京：商务印书馆2000年版。

为失败者,如《老树客死他乡》通过老树被移植到城里后枯死比喻农民无法融入城市,《城市里的庄稼》表现了农民身份转变的艰难,《瓦城上空的麦田》同样是乡村文化被城市文化击溃的寓言。刘庆邦的《麦子》中,建敏偷偷在花池里种植的麦子被城管人员铲除,意味着乡土文化企图改变城市文化的任何小小的尝试都会失败。与这几篇小说中进城农民工文化认同的失败相比,《无土时代》成功地在城市里种植了庄稼,意味着农民对于城市物理空间想象性改造的成功,同时也意味着进城农民的另一种文化选择的成功,即文化同化的成功。

为了贯彻这一思路,《无土时代》重构城市空间的想象没有在城市物理空间的改变上止步,而是在此基础上还从社会空间、文化空间等方面想象城市空间重构的可能。面对城市空间的社会问题与文化病症,作家特意让几位政协委员完成治疗的任务。对于木城有四五万之多的暗娼,一个专门研究性病的专家不但在政协会议上主张妓女合法化,开个红灯区,持证上岗;而且身体力行,深入妓女队伍为她们防治性病。而政协的那位老诗人则通过为孩子们免费教授国学来传承传统文化。但是这一番极具激情的浪漫想象对于城市空间的改造仅仅是文本行为,与其说作家试图通过空间的重构在为城市文化病症开出一剂猛药,不如说作家这种修辞表达的终极所指依然是对于秩序的批判与对于自由的向往。因为现代化与城市化过程作为历史不但已经发生,而且已经没有任何迹象表明我们能够退回过去。在一个访谈中赵本夫说:"文明在某种意义上是一种秩序,文明社会也需要秩序,但任何秩序对生命个体就是一种束缚,甚至是一种扼杀、一种灾难。所以,文学有时候不是判断文明好与不好、人的本能好与不好,而是常常要表现这种无奈、痛苦和挣扎。"① 这里所说的无奈与挣扎,也许就是表现于《无土时代》中重构城市空间的想象的作家深层心理。

三、土地及其象征意义

新世纪小说对于城市与城市化的"妖魔化"叙事其实是社会文化变迁过程中的一种抵制策略。这种抵制无力改变强大的现代性逻辑,只能以传统文化作为武器,并试图通过传统文化中的优秀元素来治疗城市的现代文明病症。而土地及其文化象征意义,则是传统文化价值体系评判标准得以出场的全部依据。《无土时代》以土地为中心意象展开小说情节,并以"寻找"土地的逻辑证明现代城市的无根状态,就是这

---

① 赵本夫、沙家强:《文学如何呈现记忆——赵本夫访谈录》,《南京师范大学文学院学报》2009 年第 4 期,第 5 页。

种逻辑的演绎。

《无土时代》的情节如果抽象概括的话，就是寻找土地。木城出版社女编辑谷子受总编石陀委托寻找作家柴门，与草儿洼村村长方全林受柴知秋妻子的委托进城寻找天易，这两个寻找的情节线索都是寻找土地这条总线索下的分线索。之所以要寻找作家柴门是因为柴门思想的独特性，"几乎所有的政治家、哲学家、经济学家、作家及芸芸众生，都在歌颂都市文明，称颂都市文明是人类的巨大进步"①，但是柴门却说"城市错了，从拿上第一块城墙砖就错了。城市是人类最大的败笔。城市是生长在大地上的恶性肿瘤，城市并不是个值得羡慕的地方②"。通过柴门的名言"花盆是城里人对土地和祖先种植的残存记忆"③，我们不难发现作家柴门对于土地及农业文明的称颂，使其成为土地与传统文化的代言人。在另一条线索中，草儿洼的村长方全林寻找天易，则是因为天易"带走了大瓦屋家的魂魄"④，而这个被带走的"魂魄"其实就是对于土地的依恋之情。如果从隐喻的角度看，小说中的这两条线索都指向现实中的石陀这个人，其实暗示的是对于

---

① 赵本夫：《无土时代》，《长篇小说选刊》2008 年第 4 期。
② 赵本夫：《无土时代》，《长篇小说选刊》2008 年第 4 期。
③ 赵本夫：《无土时代》，《长篇小说选刊》2008 年第 4 期。
④ 赵本夫：《无土时代》，《长篇小说选刊》2008 年第 4 期。

土地的追寻,因为这个时代是"无土时代",土地被束缚、被遮蔽了。"在今日的城市中,泥土一劳永逸地消失了——似乎泥土和城市格格不入,似乎城市就是消灭了泥土的地方。"①

"土地"作为《无土时代》的中心意象,凝聚着多层文化意义。首先,土地由于与庄稼、农民的接近关系而被想象为二者的表征。斯宾格勒在《西方的没落》中指出:由于长期的劳作,"人自己也因此变成了植物,——就是说,变成了农民……敌对的自然变成了朋友;土地变成了大地母亲。在播种与生育、收获与死亡、孩子与谷粒之间,确立了一种深厚的关系。"②正因为这种亲缘性,土地、植物与农民是一体的,是一个所指的不同能指的表现。"事实上农民就是植物,就是土地,就是没有时间和历史的轮回。这正是他们在现代这个由线性观念支配的世界中遭遇悲惨的根本原因。"③当然,这是由乡村特定的社会文化空间决定的,"因为只有直接有赖于泥土的生活才会像植物一般地在一个地方生下根,这些生了根在一个小地方的人,才能在悠久的时间中,从容

---

① 汪民安:《城市与植物》,《外国文学》2011年第4期,第143页。
② 斯宾格勒著,吴琼译:《西方的没落·世界历史的透视》第2卷,上海:上海三联书店2006年版,第78页。
③ 张柠著:《土地的黄昏——中国乡村经验的微观权力分析》,北京:东方出版社2005年版,第15页。

地去摸熟每个人的生活，就像母亲对于她的儿女一般。"① 其次，土地象征着一种文化精神的母体，割断与土地的联系，其实是割断了与作为母体的传统文化精神的血脉联系。《无土时代》用"地气"的重要性来强调人类与大地的关系，离开了大地，人肯定会得各种疾病。因此，城市并不是孤立而生的。另外，在赵本夫看来，土地还象征着中国传统文化。小说中老诗人给小学生免费教授国学，就是作家对于传统文化如何传承的一种思考。

立足于土地及其价值评判体系，《无土时代》实现了对于城市文明病的批判。木城人之所以有那么多的城市病，就是因为他们与大地割断了联系。一方面，钢筋混凝土隔绝了城里人与大地的联系，另一方面，夜晚的霓虹灯以及其他各种灯光消灭了黑夜。因为不种植庄稼，四季轮回在城里同样没有意义。与传统的循环时间观相比，现代的直线型的时间观导致了欲望的无休止。本质上说，作为现代人，"我们改变了衡量人性的方式，从依靠大地的节律，变为依靠都市的机械装置。在那种机械装置的背后，隐藏着为了金钱而征服

---

① 费孝通著：《乡土中国》，南京：江苏文艺出版社2007年版，第10页。

自然的破坏性的欲望。"[①] 而且,"特大城市不仅毁坏了人与大地的共生关系,并且通过对大地的控制,而把人性囚禁在'自我'的纪念碑之中。"[②]

以《无土时代》为代表的批判城市及城市化的新世纪小说的意义与价值,主要体现在对以城市化为中心的现代性进程的合法性的质疑上。但问题的关键是,作为人类历史进程的城市化与现代化在中国进入全球一体化浪潮之中后,已无法退回过去。面对作为当代社会最大现实的城市化,选择文化批判的立场虽无可厚非,但是回避了转型时期社会的复杂性,以及资本与权力在这一过程中的运作,便使这种文化批判的力度大大减弱。因此,《无土时代》把土地情结与浪漫主义叙事嫁接到城市化进程与不断耗散的城市之上,并通过一种侦探模式的情节结构完成对现代城市的批判与对乡土传统的彰显,进而以类似行侠仗义的想象完成改造城市空间理想的象征表达,虽然使人耳目一新,但是依然没有为城市化提供实质性的改造方案。在这个意义上,新世纪小说对于城市化过程中城市空间的重构,依然停留在重修辞性想象的阶段。

---

① [美]理查德·利罕著,吴子枫译:《文学中的城市:知识与文化的历史》,上海:上海人民出版社2009年版,第180页。
② [美]理查德·利罕著,吴子枫译:《文学中的城市:知识与文化的历史》,上海:上海人民出版社2009年版,第180页。

第三节　乡村空间叙事及其意义

　　城市化过程不但改变了城市本身，而且通过资本的扩张与掠夺，深刻改变了乡村空间。在经济增长与社会繁荣的表象之下，乡村为城市化付出的代价却是经济衰退与环境、资源的破坏。在判若云泥的城乡二元对立秩序中，乡村不但是空间意义上城市的他者，而且也是时间意义上滞后于城市社会的共同体。在这一背景下，乡村社会的现代化呈现出倒退与进步杂糅的复杂局面。由于社会、经济、文化等方面与城市有着巨大差别，促使在城乡二元等级秩序中处于弱势地位的乡村被动向城市转化。这种转化既包括农民通过打工等方式进城接受现代文化洗礼置换身份的过程，也包括城市资本流向乡村，通过转换土地用途重塑乡村空间而使乡村"城市化"的过程。虽然两种进程逆向而行，其指归却都是民族国家的现代化，并与世界城市化遥相呼应。

　　与城市化过程中这两种进程相应，新世纪小说对于城市化的书写也形成了两种叙事模式，一种是农民工进城叙事,另一种是城市资本形塑乡村空间的叙事[①]。对于城市化过程中复杂的社会问题,新世纪小说及研究者往往聚焦于农民工进城叙事。不少作家都对这一题材表现出浓厚兴趣,曹征路、刘庆邦、徐则臣、尤凤伟、孙慧芬、荆永鸣以及迟子建、贾平凹、范小青等作家都把进城农民工的城市生活作为观察对象,书写他们在城市遭遇的不公与歧视。《泥鳅》《高兴》《北京候鸟》《吉宽的马车》等作品中所表现出的对于农民工进城不幸遭遇的同情,对于他们在城市的漩涡中的异化与人性迷失的书写以及对城市的虚伪、冷漠的批判,都是对城市化过程中当代农民城市化、现代化的艰难历程的忠实记录。农民工进城叙事模式引起批评界广泛关注,并被冠以"新乡土书写""底层叙事"等名号,从而形成一股创作题材热。[②]

与农民工进城叙事引起的强烈反响相比,新世纪小说中着眼于乡村空间受到城市商业文化的冲击而被动城市化的叙事,往往被视为20世纪以来农民现代化主题的某种延续,因而其价值与意义被低估甚至被忽略。事实上聚焦城市资本

---

① 为与"新乡土书写""底层书写"等区别,这里用"乡村空间叙事"特指与进城叙事相对的、书写城市资本流向乡村而引起乡村空间变化的叙事。

② 由于新世纪研究进城叙事文章很多,本书仅从叙事模式与美学风格概论其创作得失,参见本章第一节。

第二章 城市化：新世纪小说中的城乡空间政治

形塑乡村空间的叙事，把笔触伸向商业化冲击下农村社会的变迁，对社会转型时期乡村变迁之中的社会生活的复杂性进行书写，反思了城市化过程的得与失，因而突破了简单的城乡二元对立叙事模式。如周大新的《湖光山色》、胡学文的《逆水而行》、孙未的《养鹰人》、王华的《桥溪庄》等，都从不同侧面探索了乡村城市化的现实及其后果。这些小说没有回避城市化过程中复杂的历史与现实状况，也没有简单地把城市置于乡村道德价值体系的审判席上并对之宣判；而是通过对城市化过程中沉渣泛起的乡村权力空间对农民现代化、城市化阻滞的书写，对城市资本侵袭乡村空间及其带来的灾难性后果的呈示，显示出对转型时期社会现实以及处于传统与现代夹缝中的当代农民的生存困境的深切人文关怀。这些小说不但展示了城市化过程中当代社会的全部复杂性，而且对城市化本身的合法性提出质疑，对现代性进程本身进行反思，并对城市化可能的理性途径进行了想象性探索，而这恰恰是当代小说中标签式的农民工进城苦难叙事与简单、粗暴的反抗城市倾向的叙事所缺乏的。

一、城市化背景下的乡村权力空间

城市化推动了当代中国社会从以农业为主的乡土社会向以商业为主的现代城市社会转型，但是在大中城市经济快速增长走向繁荣的同时,乡村空间发生的社会变迁却是新旧杂陈的,甚至有的乡村出现了历史的倒退。尤其是在城市化过程中,当开放的城市空间成为经济增长的机器吸引了众多注视的目光之后,乡村空间的社会生活被城市耀眼的光芒遮蔽了。由于古老乡村民间社会长期浸泡于权力结构之中,加之城市化过程中乡村空间被主流声音遗忘的状态,权力对这一空间的控制就形成社会转型时期乡间社会的一种畸形社会形态。杨少衡的《啤酒箱事件》、胡学文的《逆水而行》、毕飞宇的《玉米》、阎连科的《黑猪毛,白猪毛》、曹征路的《豆选事件》等,都对乡村空间权力的滥用以及权力的争夺进行了反思,而周大新的《湖光山色》则把乡村权力放在城市化、现代化的大背景下,揭示了乡村空间权力政治对农村与农民现代化的阻滞。

作为第七届茅盾文学奖获奖作品,《湖光山色》显然不是一部简单的致富史或者扬善惩恶的通俗故事。孟繁华认为,"周大新以他对中国乡村生活的独特理解,既书写了乡村表层生活的巨大变迁和当代气息,同时也发现了乡村中国深层结构的坚固和蜕变的艰难。"[①] 所谓乡村的"深层结构"

---

① 孟繁华:《乡村中国的艰难蜕变——评周大新长篇小说〈湖光山色〉》,《名作欣赏》2009年第2期,第97页。

第二章 城市化：新世纪小说中的城乡空间政治

与"蜕变的艰难"，在小说中具体表现为权力至上的乡村空间秩序的惯性以及农民现代化的艰难。小说中的城市以及城市化被主人公楚暖暖想象为正面形象，代表着知识与现代文明。暖暖之所以能够冲破乡间权力和传统与旷开田恋爱、结婚，与她曾在象征现代文明的大城市北京的打工分不开。暖暖开起了"楚地居"旅社，又与象征现代文明的知识分不开。暖暖对城市生活方式与谭老伯的话深信不疑，其实隐喻的是当代农民对知识与现代文明的深信不疑。在暖暖与楚王庄现代化的过程中，知识扮演了启蒙者的角色。小说中的知识分子谭文博是北京这座大城市里研究历史的专家，在楚王庄野外考察的过程中偶遇暖暖并且发现了楚长城。在谭老伯及其后来到楚王庄的研究生们的不断启发（启蒙）下，暖暖开起了"楚地居"旅社，并走上致富道路。小说不经意间告诉我们，知识通过启蒙，不但使农民在现代化过程中摆脱束缚自身的传统思想，而且让他们在解放自己的同时找到锋利的武器，从而走出艰难困苦的生活，并且在与乡村空间中被扭曲的政治权力的交锋中取得暂时的胜利。如在旅店受到村主任詹石磴的干扰而无法让旅客游览楚长城时，暖暖就写信给谭老伯，请他带来省文化厅的领导排解困难。当村主任詹石磴阻止暖暖一家用自己的房子接待游人时，暖暖也学会利用法律武器保护自己的权利。谭老伯及其带来的研究生作为社会知识分子，不但代表着知识与智慧，而且是城市形象的象征，是现代文化的象征。以谭老伯为代表的知识分子对于楚长城的发现与保护，暗示了在当下历史语境中如何保护与传承积淀丰厚的历史文化遗产。而谭老伯对暖暖一家以及楚王庄走上富裕道路的引导，其实就是知识对农民现代化启蒙的象征。

但是，城市化进程中的乡村空间的社会生活是复杂的，知识与现代文明启蒙并引导农民与乡村走向现代化的过程并非一帆风顺，而是在触及乡村社会的深层结构时被处处掣肘。城市化过程中的乡村空间在本质上还是一个被权力控制的空间，乡村政治权力不但控制着农民的身体与思想，而且对他们的现代化进行阻挠，因为"权力在乡村中国至今仍是最高价值"[①]。而乡村民间社会又缺乏相应的监督和制约机制，这就导致乡土社会的权力与膨胀的个人欲望的结盟，从而生产出像詹石磴、旷开田这样的权力与个人欲望的奴隶。小说中的村主任詹石磴利用手中的权力两次占有暖暖的身体，利用农药事件拘留旷开田；而旷开田在当上村主任之后，同样飞扬跋扈、恣意妄为，不但与各种女人发生

---

① 孟繁华：《乡土文学传统的当代变迁——"农村题材"转向"新乡土文学"之后》，《文艺研究》2009年第10期，第28页。

第二章 城市化：新世纪小说中的城乡空间政治

性关系，而且利用手中的权力欺凌弱小。在这两个人的手中，权力被形象分解成对于具体的人和事的控制：在楚王庄，"他想办的事没有办不成的""他想睡的女人，没有睡不成的"。① 乡间权力之所以到处肆虐，与乡村社会的深层结构密切相关。在古老的乡土社会，"道德和法律，都因之得看所施的对象和'自己'的关系而加以程度上的伸缩。"因而"在这种社会中，一切普遍的标准并不发生作用"②。在这种缺乏普遍有效机制制约的情况下，权力往往越过樊篱成为控制乡村空间的独一无二的力量。从旷开田当上村主任之后的变化可以看出，乡村空间的权力已经成为一种资本，这种资本不但有控制乡村空间的能力，而且还会生产出新的权力关系，正如布尔迪厄所说，"权力的象征关系倾向于再生产并强化建构社会空间之结构的那些权力关系。"③

城市化过程中的乡村空间叙事往往被视为乡土叙事、农民现代化的叙事，但是《湖光山色》等小说中出现的乡村权力却并不是20世纪以来乡土文学中的旧传统的简单替换。

---

① 周大新：《湖光山色》，北京：作家出版社2006年版。
② 费孝通：《乡土中国》，南京：江苏文艺出版社2007年版，第39页。
③ [法]彼埃尔·布尔迪厄：《社会空间与象征权力》，见包亚明主编：《后现代性与地理学的政治》，上海：上海教育出版社2001年版，第306页。

在中国现当代文学乡土叙事中，农民现代化一般被叙述为反抗旧观念、旧传统的模式或者改造旧思想、旧观念的模式，但无论何种模式，最终都是以新思想、新观念的胜利而告终。新世纪以来乡土空间叙事所面临的社会复杂性在于，在城市化快速发展的同时，农村却走向凋敝，一些被改造、已被抛弃的思想与观念又沉渣泛起。尤其是权力对人的压榨以及对人性的扭曲，业已成为阻碍当代农民走向现代化与自我解放的绊脚石。《湖光山色》触及了乡村空间权力以及生产权力关系的土壤，但是如何限制住这种肆虐的权力，小说并没有提供解决之道。在权力控制的乡村空间，现代化的艰难不言而喻。虽然小说的结尾部分，旷开田和薛传薪被警察带走了，但是乡村社会权力并没有因此消失。所以，当暖暖在湖上空中的烟雾中看到象征权力的楚王赘的影像时，也只有无奈的祝祷，希望他远离乡村社会。

二、城市资本对乡村空间的形塑

在乡村权力政治背景中，乡村城市化往往表现为城市资本与乡村权力结盟，劫持土地，控制乡村，使乡村本土丧失主体性，沦为商业资本的工具。在这一过程中，城市商业资本向乡村的流动往往打着各种旗帜，如开发、投资、建设、保护等，其实质是城市商业资本通过对乡村土地使用权的租

第二章 城市化：新世纪小说中的城乡空间政治

用、购买，生产供城市中产阶级休假、娱乐的消费空间，是所谓全球化进程的一部分。资本追逐利益最大化的天性使乡村城市化过程在某种程度上成为压抑乡村现代化的工具，并生产出新的穷人。诚如齐格蒙特·鲍曼所言："对某些人来说全球化标志着一种新的自由，而对许多其他人而言，它则是残酷的飞来横祸。"①

在城市资本入侵之前，传统的乡土社会由自给自足的自然经济（或计划经济）维持着乡村的农业生产，土地没有被异化。因而土地与"自然环境是空间的一种诗意的、象征的类型。在土地使用计划图上，它不是被忽视，就是以一种背景的角色呈现。"②土地是农产品来源之大地，是田园牧歌的象征，是文学作品讴歌的对象。在某些诗人或哲学家那里，土地还通向一种神秘主义诗学。然而一旦城市商业资本侵入乡村，土地在前现代社会所拥有的光环便黯然失色，其所维系的社会伦理道德、价值取向以及文化体系都受到前所未有的冲击。孙未的《养鹰人》通过描述市场经济对于乡村的殖民或曰入侵，反思乡村城市化过程中乡村付出的代价。作为

---

① ［英］齐格蒙特·鲍曼著，郭国良、徐建华译：《全球化——人类的后果》，北京：商务印书馆2001年版，第2页。
② ［法］列斐伏尔：《空间政治学的反思》，包亚明（主编）：《现代性与空间的生产》，上海：上海教育出版社2002年版，第65页。

城市现代文化代表的"我"以及后来者把商业运作模式引入乡村，加速了乡村的现代化，但是这种现代化、城市化，却使人丧失了生活的乐趣，使人变成被掏空了精神的符码化存在，再也找不到生存的意义与价值。小说结尾对"我"跟随老爹捕鹰过程的叙述，无疑是对乡村古老文化传统与生活方式的回溯的象征。小说提出的命题是发人深思的：在城市化过程中，我们以为追求物质意义上的现代化能够给我们带来幸福，但是当乡村在这种意义上"现代化"之后，人的内心世界与情感的丰富多样性被商业化对金钱的欲望替换了，人的存在意义与价值却被搁置了。

《湖光山色》更关注城市资本对乡村主体性的褫夺。五洲国际旅游公司在楚王庄兴建"让城里人度假休息的绝好地方"，表面上是为挽住楚王庄衰颓的趋势，发展楚王庄，但即使小说主人公暖暖可能也没有想到，她打开的是潘多拉的盒子。五洲国际旅游公司在楚王庄兴建的"赏心苑"，作为城市殖民乡村的据点，一方面不断将货币哲学灌输到楚王庄，另一方面也将楚王庄这个乡土社会中的一切都商品化。不管是女性的贞操、肉体，还是男性的道德、良知，都在这个巨无霸的车轮之下发出碎裂的响声。原本民风淳朴的楚王庄发生了巨大变化：年轻的姑娘们为了挣到更多的钱，进入"赏心苑"做按摩女郎甚至出卖肉体；通过勤劳致富的农民，如麻老四在赏心苑染上性病；原本善良、胆怯，并深爱着暖暖的旷开田也变成了一个丢失道德、没有良知的象征权力的符号。

侵入乡村的五洲国际旅游公司是"设法以牺牲他人来提高自己的土地使用潜力"①。换句话说是，城市资本的来袭不是出于启蒙或者为乡村谋福利，而是赤裸裸地追逐商业利润。因为在城市资本看来，"土地是地点的基本要素，是提供财富和权力的市场商品。"② 土地能够带来利润和剩余价值，因而土地成为城市资本垂青并不断追逐的对象。因此，城市资本进入楚王庄，对薛传薪、旷开田以及那些神秘的旅客而言，"赏心苑"（甚至楚王庄）这片被劫持的土地生产出来的消费空间不但是休闲、娱乐的飞地，而且带来无限增长的利润。至于"赏心苑"的扩建是不是损害了青葱嫂、九鼎等农民的利益，是不是给他们的生活带来横祸，则是城市资本塑造乡村空间时避而不谈的。

吊诡的是，城市资本是以开发、保护的名义形塑乡土空

---

① 哈维·莫勒奇：《作为增长机器的城市：地点的政治经济学》，见汪民安、陈永国、马海良主编：《城市文化读本》，北京：北京大学出版社2008年版，第49页。

② 哈维·莫勒奇：《作为增长机器的城市：地点的政治经济学》，见汪民安、陈永国、马海良主编：《城市文化读本》，北京：北京大学出版社2008年版，第50页。

间的。城市资本借薛传薪之口给暖暖许下诺言，同时也给楚王庄许下诺言：五洲国际旅游公司投资楚王庄是开发、保护乡土空间。作为城市资本代言人的薛传薪将布道与许诺勾兑在一起，在遮蔽资本掠夺本性的前提下，给暖暖（楚王庄）勾画出一幅乡村城市化的美景。在小说中，薛传薪布道的科学性是由其所举例子中的欧洲国家，如西班牙、法国、英国以及意大利等西方国家的经验支撑的。如果联系小说前文旷开田上当购买杀草剂的情节，不难看出小贩的宣传与薛传薪的布道在话语模式上的相似性，"美国原装进口""全是英文"等语句，与欧美国家的乡土空间保护经验，其实都是掩盖谎言的华丽外衣。所谓的旅游景点的开发实质上是商业资本给城市中产人士或者富裕阶层生产的休闲度假村，是一个典型的消费空间。在资本永不停歇地追求金钱、利润的过程中，开发楚王庄的许诺延宕成一个曾经美好的谎言。开发乡村，改变普通大众的生活本来就是城市资本为了劫持土地而许下的诺言，但资本的本性使它只做出承诺的姿态但从不兑现。而且，为了从被它生产出来的消费空间赚取更高利润，薛传薪不惜违法经营，与握有楚王庄生杀大权的村主任旷开田沆瀣一气，把底层群体推至悬崖边上。

在城市资本重塑乡土空间之后，乡村的主体性身份消失了，乡土空间的权力结构同时得到了调整：原本是乡土的他者的城市资本，在与乡村政治权力结盟后，以"赏心苑"为据点，重新建构起乡村权力空间的等级秩序。这是现代化过程中的乡村不曾预料的，但这种扭曲的空间却是转型时期不可避免的扭曲的现实。

三、城市资本形塑乡村空间叙事的意义

在农民工进城叙事模式批判现代都市诱使进城农民堕落的同时，城市资本形塑乡村空间的叙事把乡村置于传统文化的惰性因素与城市资本的张力中，揭示出城市化过程中乡村生活的复杂性。与农民工进城叙事的城市批判立场不同，后者没有以非此即彼的思维方式对城市化做出简单的道德化评判，而是通过乡村城市化过程中的具体事件，深入思考城市化本身的合法性以及乡村社会的深层结构，并探讨了乡村城市化的理想模式。

新世纪小说中的这种乡村空间叙事对于乡土社会的深层结构的批判性审视，延续了20世纪中国文学反思国民性的主题，而这一点往往被城市化过程中的宏大命题所遮蔽，并被视为过时。事实上，城市化过程不但激活了传统中的一些腐朽的东西，而且使之与人性之恶混杂。《湖光山色》所触及的正是杂糅着商业主义物质欲望与权力欲望的乡间社会的深层文化结构。小说中对旷开田的人格裂变与人性异化的书

写，揭示出物质生活的改变与物品的极大丰富并不是真正的现代化。富裕并当上村主任的旷开田不仅没有接受现代文化的优秀成果，反而将传统文化的精华丢弃得一干二净。由此可见，"如果乡村的基本的社会结构和文化模式没有被触动，没有走向解体，无论什么程度的现代化的发展都必定是残缺不全的和'无根基的'。"①

此外，这种聚焦于城市资本形塑乡村空间的叙事还为乡村城市化提供了想象性经验。面对强大而稳固的乡土深层社会文化结构，《湖光山色》以浪漫主义笔法并通过暖暖这个理想化形象的努力，表达了作家的乡村城市化理想。一方面是接受与吸收现代文化的优秀传统，以现代理性取代传统的经验性文化模式。因为前现代社会的文化逻辑的特点是以血缘关系、地域关系等结成共同体，从而维护传统文化稳固的深层结构。要改变这种现状就必须以制度化的市场经济文化逻辑取代乡土社会的文化逻辑，从而促进其现代化步伐。从根本上说，"现代市场经济的确立有着十分明确的文化逻辑：它必然要求以现代性为核心的理性的、契约的、主体性的、创造性的文化肌理和文化模式，自然也就会对前现代的传统

---

① 衣俊卿：《现代化与文化阻滞力》，北京：人民出版社 2005 年版，第 29 页。

第二章 城市化：新世纪小说中的城乡空间政治

社会的自在的、经验性的、人情化的文化模式构成根本性的冲击。"[1] 另一方面，有甄别地吸纳传统文化的精华。小说中的古楚长城、出土的楚国器物以及关于楚王赀的传说等，从某种意义上说象征着传统文化。如果说小说结尾楚王庄楚国一条街的剪彩开业，是对传统文化改造性继承的话，那么暖暖祈祷烟雾中的楚王赀影像远离楚王庄，就意味着对于落后甚至残暴、变态的文化内涵的扬弃。但传统文化中的陈腐、落后思想是渗透在乡土中国的日常生活中的，是与农民结合成一体的，因而现代化依然任重而道远。

新世纪小说中的城市资本形塑乡村空间的叙事对城市化本身的反思，以及对城市化宏大叙事以增长为中心的合法性的解构，同样发人深思。如《桥溪庄》中被工业污染困扰的桥溪庄男性生育能力的丧失，象征着毫无节制的工业化也许会带来乡村的终结；而《养鹰人》则提出了人类生存的意义是否与物质的极大丰富有关的命题。在《刺猬歌》中，乡村田园牧歌的诗意生存以及人类与山林有灵性的动物之间的神秘关系，已被商业主义无止境的利益追求毁坏，小说将商业主义的代表唐童喻为土狼的子孙，而把果园拥有者美蒂喻为

---

[1] 衣俊卿：《现代化与文化阻滞力》，北京：人民出版社2005年版，第276页。

刺猬,主人公廖麦与唐童、美蒂的爱恨情仇其实是小说对商业资本拒斥与对传统文明眷恋的主题的隐喻表达。这些小说的共同主题是对乡村为城市化付出的无偿代价的惋惜,对城市商业资本的掠夺性的批判,正是在这个意义上,新世纪小说中的乡村空间叙事解构了城市化的宏大叙事。面对洪水猛兽般的城市与一败涂地、千疮百孔的乡村,我们每个人都会禁不住要问路在何方?城市化许诺的让人类生活更美好的理念的本质,依然是一部分人美好的生活建立在对另一部分人生活的摧毁之上。幸福生活的诺言依然被延宕,并成为那个可能永远也不会出场的戈多。

第三章

景观化：新世纪小说中的城市幻象

城市化改造一方面导致作为传统地域文化物质载体的城市分崩离析，另一方面造就以商业和消费为中心的现代城市奇观化景观。由于城市化的同质化改造尚在进行过程中，因此现代、后现代消费文化景观与前现代生活方式并置，形成一种混杂式城市景观。城市"景观化"的目的是城市道路、城市建筑以及各种物品的审美化，其生产逻辑是为了"被看"而生产，其最终目的是通过这种逻辑组织起城市生活。按照居伊·德波的看法，"景观同时将自己展现为社会自身，社会的一部分，抑或是统一的手段。"[①]而且景观发出的唯一信息是："呈现的东西都是好的，好的东西才呈现出

---

①［法］居伊·德波著，王昭风译：《景观社会》，南京大学出版社2007年版，第3页。

来。"① 因此,"景观自身展现为某种不容争辩和不可接近的事物。"② 处于城市化过程中的当代中国的城市景观,正是这种不可接近之物,它在经济快速增长的辉煌炫耀中表征现代化的成绩,同时掩盖资本与城市的秘密。

景观以视觉美学为中心的特征决定了它必然表征特定历史时期的社会状况与文化状况。诚如克里斯多弗·吉鲁特所言,"城市景观是一面多棱镜,它折射出我们时代的特征。"③ 但是,文学文本中的景观及其生产在此前的文学研究中尚付诸阙如。新世纪(甚至20世纪90年代以来)城市相关主题的研究大多将关注的目光投向几个关键点,如消费、欲望、底层等。让·鲍德里亚的消费理论、凯尔纳的媒体奇观理论以及菲斯克的大众文化与消费研究理论,成为20世纪90年代以来小说中的欲望叙事分析的利器,许多研究文本就这样在话语共鸣中完成对当代中国文化征候的解读,但消费奇观背后资本与垄断性政治权力的共谋,往往被忽略。

---

① [法]居伊·德波著,王昭风译:《景观社会》,南京大学出版社2007年版,第5页。
② [法]居伊·德波著,王昭风译:《景观社会》,南京大学出版社2007年版,第5页。
③ 克里斯多弗·吉鲁特:《运动中的景象:在时间中描述景观》,[美]查尔斯·瓦尔德海姆(编),刘海龙、刘东云、孙璐译:《景观都市主义》,北京:中国建筑工业出版社2011年版,第71页。

第三章 景观化：新世纪小说中的城市幻象

而以"底层文学"命名进城农民工遭遇与城市下岗工人生活题材的研究，则通常以道德为准绳批判城市之恶，但城市之恶背后的权力与资本的关系却同样被忽略。也许直接以城市化进程中资本与权力的运作为题的文学文本的欠缺，导致了研究者对于景观生产机制分析的不足，但是离开了对城市化及其运作机制的分析与描述，底层、消费与欲望等主题本身也是含混的。"文化绝不能游离于经济关系之外或只作为经济关系的派生物。"[①] 毋宁说，新世纪小说中的城市欲望、消费书写，甚至底层叙事，均与经济有着千丝万缕的复杂关系，因此新世纪小说中的城市书写研究必须立足于对当代社会政治、经济与文化的深层关系的分析。

本章将关注的焦点定在城市化过程中城市景观发生了什么变化，权力与资本是如何塑造城市景观的，以及新世纪小说中的城市奇观化叙事及其美学表征。第一节"新世纪小说中的城市地理空间"，以城市街道、城市建筑、城市区域为中心分析新世纪小说中的城市景观。第二节"新世纪小说中的城市景观与景观生产"，梳理新世纪小说景观书写的渊源及其特点，以《废都》《放下武器》《福布斯咒语》为例分析

---

① [英]迈克·克朗著，杨淑华、宋慧敏译：《文化地理学》，南京：南京大学出版社 2003 年版，第 132 页。

城市景观生产过程中权力与资本的运作。第三节"奇观化叙事及其美学表征",从物质欲望与身体欲望两个方面分析新世纪小说城市书写中的奇观化叙事及其美学特征,并进一步分析其写作误区。

第一节 新世纪小说中的城市地理空间

"景观化"已成为现代城市、现代社会标志性事件,居伊·德波在20世纪五六十年代就曾断言,"在现代生产条件无所不在的社会,生活本身展现为景观的庞大堆积。直接存在的一切全都转化为一个表象。"[①] 在今天的全球化语境中,城市已被纳入等级秩序并成为跨国资本流通环节中的节点,为了更好地锚定自身在全球地理中的位置,城市往往把增长放在首位,通过改善投资环境、建设经济开发区以及城市美化,生产出庞大的城市景观。城市化生产出的现代城市景观,"水平面是几何形的街道平面图构成的栅格,垂直面是国际风格的高楼大厦。"[②] 这些现代城市景观与"充满意义、内

---

① [法]居伊·德波著,王昭凤译:《景观社会》,南京:南京大学出版社2007年版,第3页。
② [英]斯科特·拉什、约翰·厄里著,王之光、商正译:《符号经济与空间经济》,北京:商务印书馆2006年版,第23页。

第三章　景观化：新世纪小说中的城市幻象

容，居住着鬼神的象征系统"的前现代景观、"非定向、令人头晕眼花的"[①]后现代空间景观共同组建起当代中国城市景观。

新世纪小说中城市景观的变迁以及现代城市景观的生产，是20世纪90年代以来城市化过程中处于转型时期的中国社会文化状况的症候式表达。现代城市与具有地域特点的传统老城并置，初露端倪的消费文化与传统日常生活方式混杂，进城务工的农民与新兴富裕阶层对峙等主题，都与城市景观及其生产过程密切相关。不管是作为居住地的城市，还是被塑造为消费空间的城市，空间上的城市街道、城市建筑及城市区域[②]在物理向度上的巨大变迁，都在多个层面影响人们的行为方式、思维习惯以及具体的日常生活。换言之，"城市地形中蕴含了许多有关社会秩序、社会控制、政治权力和文化优势的信息和线索。"[③]因此，新世纪小说中城市景观及其生产无疑是追问城市人生存状态的线索之一。

[①] ［英］斯科特·拉什、约翰·厄里著，王之光、商正译：《符号经济与空间经济》，北京：商务印书馆2006年版，第23页。

[②] 焦雨虹在《消费文化与都市表达——当代都市小说研究》中采用美国城市学家凯文·林奇对城市意象的划分，分析了当代都市小说中的城市意象，并视之为消费文化的符号表达。但其分析仅限于都市小说，且对于这些小说所表现的城市化时期的特殊景观及文化变迁，与资本和权力对城市地理、城市秩序的塑造之间的关系没有进行深入探讨。

[③] ［英］约翰·伦尼·肖特著，郑娟、梁捷译：《城市秩序：城市、文化与权力导论》，上海：上海人民出版社2010年版，第454页。

一、城市街道上的文化变迁

凯文·林奇把城市意象中物质形态的内容归纳为五种基本元素,"道路、边界、区域、节点和标志物"[1]。在这五种元素中,街道是城市意象中的主导因素,也是城市最重要的景观之一,可以说"没有街道,就没有城市"[2]。理查德·桑内特认为,如果把城市比喻为一个身体的话,那么连缀起城市各个部分的道路就是这个身体上的动脉和静脉,在这样的城市里,"人们可以像健康的血球一样川流不息"[3]。虽然街道的交通循环作用"是城市正常运转机制的基本要素"[4],但城市街道并不仅仅是交通的载体。街道一方面将城市切割成不同的功能单元,另一方面又使整个城市连接起来。城市的地理空间赖街道而得以展开,而人们也恰好通过街道观察、认识城市及其文化变迁。

街道首要的功能,当然是交通,但在新世纪小说中,这

---

[1] [美]凯文·林奇著,方益萍、何晓军译:《城市意象》,北京:华夏出版社2001年版,第35页。

[2] 汪民安:《身体、空间与后现代性》,南京:江苏人民出版社2005年版,第137页。

[3] [美]理查德·桑内特著,黄煜文译:《肉体与石头:西方文明中的身体与城市》,上海:上海译文出版社2011年版,第335页。

[4] [加]简·雅各布斯著,金衡山译:《美国大城市的死与生》,南京:译林出版社2005年版,第29页。

一功能却常常被城市化生产出来的特殊人群所遮蔽。德国思想家瓦尔特·本雅明就曾将现代知识分子的肖像画在街道上，那些无所事事的人、颓废诗人、躲避债务的小说家以及流浪汉们是现代城市的最初的体验者、观察者。新世纪小说同样敏锐捕捉到了快速城市化时代城市街道上的特殊人群：进城务工的农民、城市下岗工人、流浪者、沿街乞讨者、站街女，以及贴广告者和到处流窜的假证贩子，他们在不同时段穿越、占据着街道，成为当代中国城市街道上的新景观，如《霓虹》中城市霓虹灯下的站街女，《啊，北京》中流窜于中关村一带街道的假证贩子，《坏爸爸》中被"坏爸爸"操纵的沿街乞讨的小孩，以及《什么是垃圾，什么是爱》中无所事事的游荡者小丁等。这一群体既是城市化过程为追求秩序和谐而清除的"垃圾"，又是城市化过程所生产的奢靡的城市所需要的"药品"。沿街乞讨者用良知、慈善等"心灵之药"换取城市人的施舍，假证贩子为城市人的身份认同提供了各种证件，进城农民工则是城市的建设者。新世纪小说中的这一群体的存在，无意中揭示出城市自身的悖论：城市不是城里人自己而是外来者建造的，城市人的良知与仁慈必须通过沿街乞讨者的存在来确证，就连城市人的身份，也需要没有城市身份的人提供证明身份所必需的各种"证件"。游荡于新世纪小说城市街道上的这一特殊群体，毫无疑问是城市化时代各种悖论的征候式表达。

与街道上那些特殊群体对街道的占据相比，汽车则是现代城市街道上行色匆匆的过客。街道的加宽，立交桥、过街天桥、隧道、高速公路以及迂回和旋转的街道形式的出现，为现代城市，特别是汽车提供了实践"速度政治"的空间。街道上的汽车不但改变了城市人的生活方式，同样改变了街道的功能，使街道的交通价值凸显，同时使街道的隔离不仅仅表现为对城市不同建筑单元的分割，也表现为对汽车内外的空间分割。诚如列斐伏尔所言："城市生活被精微而又深刻地改变着，它牺牲于那个汽车多如牛毛的抽象空间……驾驶者只关心抵达目的地，他环顾四周，只看到他为此目的所需看到的东西，因此他仅仅感知到已经被物化、机械化和技术化的道路，他仅仅从一个功能角度看到道路：速度、仪表、设施。"[①] 汽车为人们提供了一个安全的家外之家，使他们在街道上能够通过汽车所提供的独立空间与街道分离，从而获得安全感。但是在"速度政治"支配下，街道的发展很快被增长更快的城市汽车数量超越，导致新一轮交通阻塞与街道的拥挤。

[①] 米米·谢乐尔、约翰·厄里：《城市与汽车》，见汪民安、陈永国、马海良主编《城市文化读本》，北京：北京大学出版社2008年版，第214页。

第三章 景观化：新世纪小说中的城市幻象

城市街道不但是交通的载体，而且具有文化功能，同时见证社会与文化的变迁。按照刘易斯·芒福德的说法，"在前现代的城市里，街道是空间，不是用来通行的，而是供人们生活的"[①]。但是城市化所规划构建的现代城市街道，则恰恰相反。在新世纪小说中，那种"供人们生活"的街道正在消失：不管是老舍曾经书写过的北京胡同，还是王安忆记忆中的上海里弄，乃至其他作家笔下正在成为过去的小城巷道，都正在被四通八达、威风凛凛的大街遮蔽或挤兑到城市边缘。城市新街道与旧街道之间的二元对立，正是现代城市与抱残守缺的传统城市之间二元对立的写照。如在迟子建《鬼魅丹青》中，银树大街和其他小巷子，就是当代社会变迁中的新旧并置的城市景观：银树大街"好像吃了好草的马，毛色油光，身上无一处疤痕，光光溜溜的，悦人耳目"，而那些与银树大街交会的小巷子，"通向的都是居民区，因而看上去灰头土脸的"[②]。在这里，现代化、城市化过程的时间性被空间化了，城市的秩序及空间政治以景观的形式表达出来。

城市街道的变迁与商业主义对街道两旁的商业空间的形

[①] [英]斯科特·拉什、约翰·厄里著，王之光、商正译：《符号经济与空间经济》，北京：商务印书馆2006年版，第20页。

[②] 迟子建：《鬼魅丹青》，《北京文学》2009年第9期，第4页。

塑,是城市消费主义文化对传统农业城市改造的物质表现,栖居于此的城市人的生活方式与价值观念必然随之变化。如在朱文颖的《高跟鞋》中,20世纪90年代以来的社会转型与文化变迁,就渗透于"地理经验与自我认同之间的紧密关联"①之中。小说通过城市化过程中上海市十宝街上的文化变迁与两个女人的成长历程,表现了消费文化对于女性身体的形塑过程。小说中的十宝街是一条寻常街道,它与南京路、霞飞路、外滩这些具有标志性意义的马路接壤,但也不是没有名气的广东路一般的荒凉街道。但就是这样一条街道,塑造了市场化过程中的最初的商人,以及最初的牺牲者。安弟和王小蕊堕入风尘,一方面是城市化进程中消费主义初露端倪时期,各种消费品如高跟鞋、香水,以及羽衣霓裳对她们的诱惑,小资生活方式对她们的诱惑,另一方面则是她们对十宝街的"春江水暖"的试探与体验,并把这种都市生活的体验不断内化为生活准则的结果。在这里,人的生存状况与街道的社会文化变迁形成一种互动,商业主义意识形态与消费至上的价值观借助街道的变迁渗透到人的城市体验中,而身体的商品化则形成街道的暧昧感并成为其符号化象征。

---

① [英]迈克·克朗著,杨淑华、宋慧敏译:《文化地理学》,南京:南京大学出版社2003年版,第49页。

二、构建城市秩序的建筑

如果说城市街道是城市身体的静脉与动脉，那么城市建筑就是构成城市身体的肉体与骨骼。对于人类而言，城市建筑所凝聚的意义是复杂的，就像韦尔施所说的，"建筑在现实层面和象征层面上，都是一样效果显著的。从现实层面的角度看，建筑提供了生活空间，给了我们活动的可能性。在象征层面上，它们铸就了我们对都市、共处和社会的看法，参与创造了我们的都市和文化想象、愿望"[1]。我们甚至可以说，人类社会的结构与秩序往往通过建筑体现出来。城市所充斥的从高楼大厦到被遗忘的小平房等形态各异的建筑，在给城市人提供栖居空间的同时，也划分出了城市人的身份等级，给每个人安排好在城市空间所能占据的位置，用约翰·伦尼·肖特的话说就是，城市建筑"巧妙暗示着人们在这个社会经济等级体系中的所处位置"[2]。而政治的、经济的以及文化的意义正是透过城市建筑，不但构建起城市科层化、制度化的社会生活，而且组织起城市庸碌繁忙的日常生活。

---

[1] [德]沃尔夫冈·韦尔施著，陆扬等译：《重构美学》，上海：上海译文出版社2006年版，第160页。
[2] [英]约翰·伦尼·肖特著，郑娟、梁捷译：《城市秩序：城市、文化与权力导论》，上海：上海人民出版社2010年版，第453页。

新世纪小说中反复出现的城市建筑不是农业城市中的民居、宗庙或者承载着历史文化意义的标志性建筑，而是最能体现城市化所带来的后果的两类建筑：沿街店铺与高楼大厦。这两类建筑构成城市两极生活方式的载体，分别是不同等级的人群的汇聚点，同时也是生产出不同的社会地位、意识形态以及价值体系的特定城市空间。新世纪小说通过对这两类城市景观的想象，借以表现社会转型时期复杂的文化变迁以及文化混杂状况。

（一）沿街店铺

城市街道的边界处是沿街小铺面：发廊、洗头房、KTV与小饭馆、咖啡屋、酒吧。在社会转型时期，街道两旁的店面交织着传统与现代的需求，既是维持城市人日常生活必需品的交换地，又因受到大超市、购物中心的挤压而忍辱负重。这些沿街铺面曾经是街道的眼睛，与夜晚的街灯一起营造着街道的安全，但是在城市化过程中，当它被各种城市规划驱赶的蜂拥而至的人群占据之后，这些沿街店铺也变成混杂着各种文化与不同游戏规则的城市空间。

发廊也许是新世纪小说，特别是底层叙事小说中出现频率最高的城市沿街店铺，《放下武器》《风雅颂》《发廊情话》《高兴》《吉宽的马车》等小说都把故事的一部分场景安排在这里，并将其存在作为批判城市生活腐化堕落的道具与底层群体生存不幸的表征。一般而言，发廊的基本功能是理发、美发，但是20世纪90年代以后它却变成了身份含混、复杂的缝隙空间。此前以男性店员为主且表意单一的理发店几乎集体消隐，取而代之的是几乎清一色的女性店员，而且发廊的广告牌及其内部空间往往被装饰得充满暧昧气息。"这样的发廊通常开在城市的边缘或者车站附近。"[①] 而且，发廊总是聚集在一处，形成规模效应。发廊的内部空间结构一般是："玻璃门进去是店面，一面墙上安着镜子，镜子下面一排长柜，上面摆着各种牌子的洗发液，另一面墙上通常贴着几张美人图，坐在镜子前面洗头，刚好可以看见墙上的美人在镜子里朝你抛媚眼。里间就是按摩房了，摆两张按摩床，灯是红色的，窗帘是遮光的，气氛有点儿暧昧。"[②] 作为沿街内涵隐晦的城市景观，发廊可能是城市化过程中较早将女性身体商业化的城市空间，作为城市化的一种后果，其文本与现实意义都值得反思。

与发廊相似，酒吧、咖啡馆同样是20世纪90年代以来的城市新景观。如果说发廊表征了混杂着传统文化与消费文化，在新世纪小说中呈现为既隐喻了欲望同时又包含着道

---

① 吴玄:《发廊》,《花城》2002年第5期。
② 吴玄:《发廊》,《花城》2002年第5期。

德批判的道具,那么酒吧与咖啡馆则是消费文化的含蓄表达。在包亚明的《上海酒吧——空间、消费与想象》中,酒吧与咖啡馆是"隐伏在星级宾馆的巨大阴影之中"的"隐秘的、暧昧的空间",[①]它并非单纯的日常生活空间,而是包含着某种异域,风情与文化怀旧情绪,且与城市人的"闲暇"与"趣味"紧密联系,并能够为其提供身份表达的具有复杂语义的空间。在新世纪小说中,咖啡屋与酒吧作为消费文化的表征,是城市人欲望与梦幻发生之地,《伊人伊人》中的"伊人酒吧"、《另一座城》中的"Park 97"酒吧和皮特的"咖喱乡"餐馆、《什么是垃圾,什么是爱》中小丁醉生梦死的酒吧等,都是充满了暧昧气息与都市秘密,颠覆家庭与婚姻,甚至解构传统文化价值观与生存方式的危险地带。

相比之下,小饭馆、小旅店本应不涉及伦理道德问题,理应获得故事的发生地或者社会生活中人与人日常交往活动空间的所指;但在新世纪小说中,这些空间不但丧失了老舍笔下茶馆的公共空间语义,也丧失了古典文学作品中小旅店的脉脉温情;如《风雅颂》中的"耙耧酒家"、《因为女人》中大学校园周围的小旅馆,都是充满了情色的空间,而

[①] 包亚明、王宏图、朱生坚等著:《上海酒吧——空间、消费与想象》,南京:江苏人民出版社2001年版,第6页。

在《我们的心多么顽固》中，小饭馆则成了老板占有女服务员的领地。显然在新世纪小说中，城市的腐化堕落及其对底层生存的压抑弥漫到城市空间的各个角落，小旅店、小饭馆都不例外。

不管是发廊、酒吧、咖啡馆，还是小饭馆、小旅店，这些城市建筑都被新世纪小说（尤其是底层叙事）想象成空间语义复杂的城市建筑。这种对沿街店铺的主观想象，一方面的确是城市化过程中城市各种文化混杂的表现，但另一方面又是当代作家对以消费为主导方向的城市文化的某种方式的拒绝或批判的表现。由于城市体验的匮乏，这种想象往往将城市二元化为光明与黑暗两种地理空间，通过对城市景观的二元想象表达某种先验的理念。

（二）高楼大厦

让城市向垂直方向延伸，在城市中心区建设摩天大楼，外围建设高层和多层楼房，以功能划分城市区域，这是勒·柯布西耶的城市规划思想。这种舶来的城市规划思想深刻影响了中国当代的城市化过程。如果说沿街横向铺开的小店铺尚未完全从传统文化中分化，那么城市中垂直方向发展的建筑，大酒店、大商场、写字楼等摩天大厦则完全是现代文化，尤其是后现代主义与消费文化的代表。从外表看，这些与沿街小铺面相比显得体积庞大的钢筋混凝土的盒子也许并不出奇，但是"其内部却呈现了由纷繁的景观和娱乐活动

· 125 ·

形成的令人眩晕的盛况"①。这些垂直发展的建筑通过对横向生长的建筑的蚕食与吞并完成自身的建构,并使自身成为生产新的社会阶层——绅士阶层的空间。

  在西方社会,"绅士"一词意味着内在的含蓄深沉、宽宏大量以及外在的衣着考究、举止文雅以及容貌洁净等,绅士化就意味着以此为标准塑造一种生活方式。大酒店、大商场以及高档写字楼等巨型建筑空间,一般都是内部装修讲究:光亮鲜洁的地面、富丽堂皇的墙面、价格不菲的各种装饰,这种被制造成梦幻景观的环境无疑对进入这里的人形成一种规范,使之绅士化。新世纪小说中的这种巨无霸式的城市建筑很多,如《梅茨的故事》中梅茨最豪华的黑天鹅宾馆、《湖光山色》中的赏心苑、《我们的心多么顽固》中的天堂璇宫、《放下武器》中的红磨坊酒店以及《教授》中的度假村建筑群等,都是百科全书式的微型城市。这种具备微型城市特征的城市建筑的特点是把整个世界都拼贴在一起,使之成为一个完全自足的世界,如邱华栋《教授》中的度假村:"无论是会议中心还是宾馆饭店,无论是餐厅食堂,还是游乐设施,都是一流的、排场的、奢华的。整个度假村的面积

---

  ① 玛格丽特·克劳福德:《大型购物中心里的世界》,见汪民安、陈永国、马海良主编:《城市文化读本》,北京:北京大学出版社2008年版,第234页。

很大,每个功能区划分很详细,距离也很远,需要搭乘橡皮轨道小火车在半空中来往。"其中功能齐全,酒店"不仅有穿着仿佛没有穿衣服的薄纱的俄罗斯姑娘热辣的钢管舞,还有室外各种露天温泉;有打扮成美人鱼在一旁陪伴的小姐给你按摩,还有室内桑拿、专业技师按摩、洗脚修脚,各种药物、鲜花、香熏洗浴;有保龄球、沙弧球、网球、乒乓球、台球项目,射箭馆、健身房、飞镖室、动感电影院"[①]。

然而,这种类似于微型城市景观的现代城市建筑,是建立在对平民街区的拆迁、对乡村土地殖民的基础之上的。与城市的小巷以及沿街铺面相比,它是光明、安全的世界,上层社会的富丽堂皇在这里展开。在某些方面,它也成为让·鲍德里亚所说的"仿像",是"一种由不断增长的物、服务和物质财富所构成的惊人的消费和丰盛现象"。[②]这种资本积累所形成的怪兽式的城市建筑,为绅士阶层提供丰盛的物品奇观,为城市化的高速发展与经济增长画上完满的句号。与表现沿街店铺等城市建筑的丰富性相比,新世纪小说对于城市高楼大厦的书写较为单一。如在《教授》《梅茨的故事》《浮华背后》以及《桃李》等新世纪小说中,这些城市

---

① 邱华栋:《教授》,武汉:长江文艺出版社2008年版。
② [法]让·鲍德里亚著,刘成富、全志钢译:《消费社会》,南京:南京大学出版社2008年版,第1页。

建筑仅仅被表现为故事的发生地，其意蕴的丰富性并没有被挖掘出来。最关键的是，新世纪小说在书写这类城市建筑时，常常会陷入对华丽消费物品的精雕细琢中而不能自拔，而且许多小说缺乏批判力度。

新世纪小说书写城市高楼大厦，特别是上层社会的生活空间时的捉襟见肘，虽然与作家的生活体验有关，但是其思想深度的乏善可陈，与缺乏对转型时期社会复杂现实的分析以及批判精神密切相关。另外，在消费社会的迷失以及对权力与资本共谋关系的有意回避，可能也是批评界所常说的其精神"缺钙"的主要原因。

三、渗透着资本与权力关系的城市区域

城市区域是构成城市身体的较大组织单元，它被街道或者围墙等具有分界标志的元素分割，包含若干街道、建筑，有的时候它甚至包括城市重要的节点或者标志物。从功能上分类，城市区域一般有工业区、商业区、休闲区、住宅区，学校、医院、政府部门等区域，以及城市与外部联系的通道——车站、城市内部象征性建筑等。[1] "不同的区域与不

---

[1] 城市中特殊的"缝隙空间"也应包括在内。有关"缝隙空间"的论述见第二章第一节。

同的社会阶层联系在一起。"① 因而城市区域所构成的物理空间同时是独具特征的社会空间、文化空间，它是"人类行为和社会结构之间的联接点"②。功能不同的区域在城市中占据不同的地位，那些占据中心地位的城市区域往往是城市权力中心，它不但组织起整个城市的政治、经济、文化秩序，而且把权力辐射到城市郊外的大片土地上。因为从功能上讲，"中心的功能不仅仅是用以引导、平衡并组织结构"，而且"使结构的组织原则对那种人们可称之为结构之游戏的东西加以限制"③。城市区域的结构恰恰就是由中心与边缘按照层级关系组织起城市的各种秩序的。

在新世纪小说中，城市区域包括城市商业区域、城市与外地相连的车站以及广场、公园等公共空间区域等，这些城市区域以其各自的独特性构成小说文本中独特的城市景观。这些城市景观渗透着城市化过程中资本与权力关系，在一些特定文本中指向文本的深层主题意蕴。

---

① ［美］凯文·林奇著，方益萍、何晓军译：《城市意象》，北京：华夏出版社2001年版，第52页。
② ［英］约翰·伦尼·肖特著，郑娟、梁捷译：《城市秩序：城市、文化与权力导论》，上海：上海人民出版社2010年版，第451页。
③ ［法］雅克·德里达著，张宁译：《书写与差异》，北京：生活·读书·新知三联书店2001年版，第502~503页。

（一）广场与公园

作为公共空间，广场与公园在转型时期的当代社会已经失去了过去的文化意义，变成资本与权力用以消费的对象。城市广场是城市街道、建筑之外，被分割出来的区域，从传统观念看，广场上一般都有作为标志性、象征性的建筑物，如北京天安门广场的人民英雄纪念碑，就具有特定历史文化含义。在特定历史时期，"广场确实与集会、庆典、示威、反抗等政治活动联系在一起"。①但人们更愿意把广场视为城市的中心与腹地，"它是一个核心，一个重要地区的焦点和象征"。②广场与广场上的标志性建筑往往通过历史文化的象征意味，起到凝聚人心、传承历史文化的作用。相比之下，公园是作为工作之外的休闲场所，在20世纪80年代文学中往往与"花前月下"的古典意蕴和浪漫的爱情故事相连。在新世纪小说中，"速度政治"主宰下的城市生活是快节奏的，人们日常生活的闲暇被繁忙的工作侵占，公园也成为快速城市化的废弃物。如《城的灯》中的城市公园、《一九八〇的情人》中的颐和园、《像天一样高》中乌鲁木齐

---

① 童强：《空间哲学》，北京：北京大学出版社2011年版，第146页。

② ［美］凯文·林奇著，方益萍、何晓军译：《城市意象》，北京：华夏出版社2001年版，第57页。

市的公园等。吊诡的是，公园与广场的功能与意义似乎在城市化过程中"调换"了：公园成为某些特定人群的聚会场所，如《无土时代》中聚集告密者交流心得的城市公园；而广场却被资本开辟成休闲、消遣的区域，如《白沙码头》中八师兄拉小提琴的广场。城市区域这种身份变化暗隐的，是社会转型过程中城市区域地位的变化，及其社会功能、文化意义的变化。

（二）车站

每个城市都有连接自身与外地的节点，这就是城市的门户区域：汽车站、火车站。车站是两个或多个空间区域的交叉点、连接点，是乡村空间与城市空间的中转站。小说《高兴》故事的发生地点始于车站又终于车站，与车站这一特殊区域的属性形成隐喻关系。作为两个空间的过渡地带，车站具有既是城市又是乡村，既非城市又非乡村的悖论性特点。这一特点是作为分界线的车站的本质属性，它既连接空间，又分割空间。虽然可以穿越，但这一过渡地带所连接的两个空间的身份认同、权力关系是判然有别的。《高兴》中车站的这种含糊不清的属性暗示了刘高兴经过一番拼搏，貌似成为在城里生活的"城里人"，但其身份依然模糊不清。他并没有完成从乡村到城市的穿越，他的失败与他自身缺乏相应资本以占据城市空间密切相关。

(三)商业区域

当代城市中最引人瞩目的景观还是商业景观,是商业街、购物广场等空间组织起来的城市中最繁华的商业区域。作为空间的商业区域汇集商品、人群以及消费活动,是分裂人格的集中表现。"她点、线、面杂糅,她强调空间感,并引入时间语汇,在这里时间被体验为漫步、行走、闲逛、驻留、观望以及发呆,她无身份、无等级,她朝向任何人任何事,她是事件的现场与证人,她看见幽会、等待、离别、欢乐与孤独,承载生命之重与生命之轻,她语义混乱、自说自话,她还瞻前顾后、左右逢源,她发散一切又吸纳一切。"① 作为景观的商业区域不但表征着欲望与分裂的人格,同时把人们引入一个非现实的审美空间,让人们在对琳琅满目的精美物品的流连忘返中丧失现实感。这种"日常生活的审美化"超越了经济与美学的范围,一方面是商品和包装、内置和外表、硬件和软件的换位,另一方面是软件的美学。换言之,商业区域的逻辑是通过美学化的商品,塑造人们的生活习惯、消费习惯,"在表面的审美化中,一统天下的是最肤浅的审美价值:不计目的的快感、娱乐和享受。"②

---

① 张念:《步行街:城市空间的性别魅影》,《天涯》2008年第1期。
② [德]沃尔夫冈·韦尔施著,陆扬等译:《重构美学》,上海:上海译文出版社2006年版,第6页。

第三章 景观化：新世纪小说中的城市幻象

城市"领导并控制着经济的历史"[①]，但控制城市本身的，依然是权力与资本。城市区域在整个城市版图中地位的浮沉，都与权力与资本的运作有关，但是这一点往往被商业区域的繁荣景观所遮蔽。在新世纪小说《福布斯咒语》《深喉》中，权力与资本也没有完全浮出水面，而是以一种神秘化的身份潜隐于文本的叙事层面，如《福布斯咒语》中给冯石的房地产提供巨大资金支撑，并从宏观角度为冯石的企业发展提供信息的神秘人物"老二"，《深喉》中影响南方大都市三大报业集团明争暗斗走向的、远在北京的"深喉"，都是充满了神秘的力量。新世纪小说中的这种不可知的神秘力量，本质上是政治权力的象征。在全球化时代，虽然"全球城市是全球经济中经济巨头和控制中心大量聚集的基地"[②]，但是由于特殊国情，市场化过程中的中国城市，一方面是全球网格中被资本象征性支配的节点，另一方面，也是政治权力控制中的棋子。可以说，正是权力与资本的双重力量，形塑了20世纪90年代以来的城市空间，并使之成为混杂美学的表征。

[①] ［德］奥斯瓦尔德·斯宾格勒著，吴琼译：《西方的没落·世界历史的透视》第2卷，上海：上海三联书店2006年版，第85页。
[②] ［美］萨斯基亚·萨森著，李纯一译：《全球化及其不满》，上海：上海书店出版社2011年版，第7页。

四、城市地理与新世纪小说的城市书写

从文化地理学的角度看,文学并非简单折射或者反映地理景观的镜子,而是与地理、历史、文化、经济乃至意识形态等交织在一起,是一个复杂的意义网络中的一部分。① 从这个角度看新世纪小说中的城市书写,我们就不能仅把它当作描述城市生活的资料而忽略它的启发性,因为"城市不仅是故事发生的场地,对城市地理景观的描述同样表达了对社会和生活的认识"②。不管这种对城市的认识是逼真的再现,还是虚构的臆想,新世纪小说都在努力建构城市与城市文化的文学镜像。

首先,不同作家对城市的理解不同,因而造成新世纪小说中城市与城市景观的不同空间语义。深受地域文化与传统文化影响的作家,如迟子建、王安忆、方方、池莉等,他们笔下的城市更多侧重城市的地域文化传统。在他们笔下,浓郁的怀旧之情弥漫在浓缩了传统与历史的城市街道、城市建筑甚至城市区域上,在城市化背景下无疑具有一种反讽的味

---

① [英]迈克·克朗著,杨淑华、宋慧敏译:《文化地理学》,南京:南京大学出版社 2003 年版,第 52 页。

② 迈克·克朗著,杨淑华、宋慧敏译:《文化地理学》,南京:南京大学出版社 2003 年版,第 45 页。

道。在陈应松、孙慧芬、尤凤伟、荆永鸣等作家笔下，城市街道、建筑、区域，被划分为泾渭分明的两部分，一部分是上层社会的光明之境，另一部分是充满黑暗的"地下世界"，城市空间的政治通过人物的行踪勾画出来，城市景观只具备象征意义。在卫慧、郭敬明等人的笔下，城市景观作为消费社会的表征，是成功人士与城市新贵的安乐窝。当然，这个安乐窝同时出现在所谓的官场小说、知识分子小说中，又表达着作家们对腐化、堕落的某种批判。

其次，当代中国城市化发展的速度飞快与社会生活变迁的迅捷，使作家们往往不及深思熟虑，因而以简单的二元对立模式对城市做出价值判断。如在进城模式叙事中，城市与乡村的二元对立被道德化的批评翻转，形成乡村优先的二元结构；在城市怀旧叙事中，传统意义上的城市与现代城市相对，对充满地域文化意义的城市的怀念在某种程度上消解了现代城市的意义；而在消费文化叙事中，乡村作为城市的对立面被彻底抹去。因此，新世纪小说对于城市的碎片化想象，充满了对立与吊诡，城市地理与文学之间复杂的意义联系往往被遮蔽。

在这个意义上说，新世纪小说中的城市书写尚未超越乡土书写，文学对于城市化飞速发展的这个时代的表达，还是不充分的。无论如何，作家应当更加深入地体验"影像胜过实物、副本胜过原本、表象胜过现实、外貌胜过本质"[①]的城市景观，探寻混杂着地理、文化要素与经济关系、权力关系等意义的城市街道、城市建筑以及城市区域，而不是跟随先验的城市理念臆想城市地理空间中的城市景观。

第二节　新世纪小说中的城市景观生产

　　城市化进程在建构现代城市景观，如摩天大楼、商业步行街、购物中心以及整齐划一的住宅楼的同时，也改变了城市地理与城市文化。历史记忆与文化积淀在征用土地、拆毁古建筑的过程中被悄无声息的抹去，取而代之的是在追求增长的意识形态主导下，城市化过程编织出的演绎资本与权力改造城市地理的新神话。在"城市越来越快地消除了自身历史与地理形成的空间结构对自身的影响"[②]之后，城与人的关系被抽象为一个"以影像为中介"[③]建构社会关系的"自主自

---

　　① [德]费尔巴哈著，荣震华译：《基督教的本质》，北京：商务印书馆1984年版，第20页。
　　② 童强：《空间哲学》，北京：北京大学出版社2011年版，第201页。
　　③ [法]居伊·德波著，王昭风译：《景观社会》，南京：南京大学出版社2007年版，第3页。

足的影像世界"。①在这个由景观的影像之流汇集成的世界中,城市人也同时异化为城市景观的一部分。

新世纪小说中的底层叙事、官场叙事、知识分子题材叙事,甚至日常生活叙事等,都从不同角度涉及城市景观,但直接书写城市景观规划与设计的文本不多,以建筑设计师生活为题材的仅有《天地之骨》等。新世纪小说中的城市景观往往是小说故事情节的背景,是与美丽田园相对的城市之恶的象征,人性堕落、精神迷失以及人格异化均与城市景观有关。尤为重要的是,城市景观的生产过程中权力与资本的运作往往被视为景观表象化、虚假化的源头。这种带有反城市化的叙事,是新世纪小说城市批判话语的一种表现形式,在这种城市批判的背后,依然是当代作家在传统与现代、全球化与本土化的张力中,向传统与本土回归的美学倾向。

一、《废都》与当代小说中城市形象的变化

1993年贾平凹《废都》的出版是当年文坛重要事件之一。由于处于特定历史时代的社会语境与文化传统中,《废都》的生产机制与围绕《废都》的各种争议反而使之成为"陕

---

① [法]居伊·德波著,王昭风译:《景观社会》,南京:南京大学出版社2007年版,第3页。

军东征"的重型武器。虽然《废都》所引起的争论众多，但归结起来无非是褒贬两种类型：褒扬者立足于其对明清小说技巧的继承、对现实的某种批判等，而批评者则从其商业化欲望书写中看到了传统价值的失落。时至今日，当市场化已经成为当下经济主导模式，社会生活同时发生巨变之后，反观围绕《废都》的各种争议，不难看出社会转型时期批评者面对文学商业化的复杂心态。对于《废都》的商业化运作机制及其文本价值，张柠如此概括：由于"在交换价值（市场规律）支配的文化背景下，一切价值都在力图走向'无差异性'，以便成为一般交换的等价物"[①]，因此，"审美经验变成了消费快感，精神符号变成了消费符号"。[②]

如果从城市书写的角度审视，我们发现《废都》的意义也许不仅仅是当代文学商业化的起源，它还是当代作家书写城市的立场转变的一个标志性事件。在新世纪以来的中国当代文学中，城市形象大都是正面的，是现代文明的象征；同时也是一般被表述为"封闭、落后、愚昧"的传统文化，特别是中国封建思想的对立面。因此在20世纪80年代的小

[①] 张柠：《文化的病症：中国当代经验研究》，上海：上海文艺出版社2004年版，第22页。
[②] 张柠：《文化的病症：中国当代经验研究》，上海：上海文艺出版社2004年版，第22页。

说中，走向城市的叙事情节模式往往意味着走向现代，走向自由、民主、光明、知识以及科学。如在《人生》中，高加林不惜一切代价向城市努力，表面上看是向往城市生活，向往与城市女性的婚恋，但本质上是向往现代文化，是为了脱离封闭、落后的乡土。即使在像《车站》那样具有现代主义美学特质的话剧中，城市同样是一种目标，是实现人生理想或者自我解放的终极目的的象征；虽然《车站》深受荒诞派剧作《等待戈多》的影响，但《车站》中的城市依然是现代的代名词。当然，从城市立场出发书写城市的小说，如《人到中年》，同样将城市书写成正面的形象，小说中的知识分子陆文婷不仅仅是大夫，而且象征了作为知识代表的城市；陆文婷忙忙碌碌的生活，同时也是城市生活的快节奏的体现。虽然 20 世纪 80 年代小说中也间或有对城市的不协调的声音出现，可占主导声音的，还是印证社会进步与文明的城市形象在文本中的回响。但是城市这种美好形象很快被《废都》的出现洗劫，城市中的"破坏性创造"、城市人心的险恶与人情的淡漠、城市社会的复杂，往往通过混乱的城市景观与到处蔓延的欲望表现出来，可以说，在 20 世纪 90 年代以后的小说中，城市已经蜕变为一个充满了虚假幻象的景观世界。

新世纪小说中的城市书写中，最典型的莫过于 20 世纪

80年代被抽象化为某种理念的城市，具体化为新旧杂陈的、混乱的城市景观。如在《放下武器》中，许春樵笔下的省会城市就充满了混乱："琐碎的自行车铃声灌满了大街小巷，密集的汽车拥挤着爬行在举步维艰的道路上，尾部冒出了断断续续的黑烟，一些暗藏的烟囱以固定的姿势继续喷吐着由来已久的工业灰烬，烟囱下面是灰烬一样稠密的人群蠕动在稀薄的光线里，他们来去匆匆，去向不明。而这些人当中有相当一部分是衣冠楚楚的强盗、骗子、小偷、妓女、越狱逃犯、杀手，还有'三八红旗手'、劳动模范、优秀党员、义务献血者，他们的服装和表情掩盖起了全部的真相。"①《放下武器》中的城市景观是新世纪城市批判话语中模式化的城市景观的代表。在《一张桌子的社会几何原理》《第三地晚餐》《北京候鸟》等小说中，这样的城市不但是被创造性破坏的历史与文化的象征，同时也是产生弱势群体并损害、侮辱弱势群体的具体语境。由于城市景观所造就的虚假的具有欺骗性的表象不但欺骗了进城者，而且压抑着懦弱的城市人，因此在《无土时代》中，作家以其浪漫主义手法将麦田移植到城市空间，使人与自然重新建立联系。

按照居伊·德波的看法，"景观的社会功能就是异化的具

---

① 许春樵：《放下武器》，北京：人民文学出版社2003年版。

体生产"[①]。城市的景观化，无疑对人性的迷失与堕落负有直接责任，因为景观化造成了人与自然的分离，也造成了人的主体意志的掏空。新世纪小说中的人性异化往往与城市景观紧密联系，并演绎出环境造就人的主题。如《放下武器》中郑天良的堕落、《泥鳅》中蔡毅江变为黑社会成员，以及《城的灯》中冯家昌的人性变异等。从《放下武器》揭示的社会环境可以看出，社会问题与政治问题的核心在于资本与权力对于社会生活的把持与重构，郑天良的腐化堕落过程本质上就是这种特殊的环境所造成的。除此之外，新世纪小说对于景观化城市的批判还表现在对乡土传统的美学抬高上，如《城的灯》中冯家昌兄弟在刘汉香墓前的忏悔，《像天一样高》中把田园置于城市之上的新二元模式的确立等，都是这种城市批判话语的表现。

如果追溯城市批判话语之源，那么巴尔扎克、波德莱尔、德莱塞等国外作家笔下的城市，茅盾、沈从文等现代作家笔下的城市，无疑是新世纪小说中景观化的城市的话语资源之一。但是，由于历史语境的不同，新世纪小说中的城市景观也并非国外作家与现代作家笔下城市的翻版。与其说新

[①] [法]居伊·德波著，王昭风译：《景观社会》，南京：南京大学出版社2007年版，第10页。

世纪小说中的城市批判话语是城市化过程的表征,不如说它同时还是处于传统与现代、全球化与本土化的文化张力中的当代作家文化焦虑的表征,也是处于在不安与摇摆中的当代文化价值取向中,向本土与传统回归的美学倾向的文学表征。

二、权力与景观生产

城市化景观生产的本质是同质化。如果说大大小小的城市也有所不同,那么这种不同也许仅仅是时间序列的空间化。从整片国土的工地化来看,城市规划与建设中弥漫的依然是以增长为目的的同质化思维。景观生产的同质化意味着作为现代空间的城市景观的生产在权力与资本的支配下,以消除地方化、以自身抽象化为目的。因此,现代城市景观大多以类似巨型火柴盒的钢筋混凝土形态呈现于世人面前。"即使看起来每一处建筑外观或街景都不一样,但它们都是按照同一种模式生产制作出来的,这种模式的实质是以鼓励千奇百怪的方式而在最终结果上趋于统一。"[①] 究其原因,城市景观并不是自在的客观存在物,而是权力的直接体现,

---

① 童强:《空间哲学》,北京:北京大学出版社2011年版,第202页。

第三章　景观化：新世纪小说中的城市幻象

"权力要求空间高度组织化"①。20世纪90年代以来的城市化过程中与垄断性政治权力一同主导了景观生产的，还有通过各种途径茁壮成长起来的"民族资本"，正是权力与资本的联袂演出，支配了当代中国城市化过程中的全部复杂性。

新世纪小说对城市景观生产过程的批判，滥觞于《废都》中对城市建设的关注。《废都》对于当代社会城市化过程中城市景观的生产及其后果的书写，虽然浅尝辄止，但依然是新时期以来最早关注城市规划的小说文本之一。小说开篇就对千年古都西京的城市景观的生产过程做了交代：

> 一时间，上京索要拨款，在下四处集资，干了一宗千古不朽之宏业，既修复了西京城墙，疏通了城河，沿城河边建成极富地方特色的娱乐场。又改建了三条大街：一条为仿唐建筑街，专售书画、瓷器；一条为仿宋建筑街，专营全市乃至全省民间小吃；一条仿明、清建筑街，集中了所有民间工艺品、土特产。②

---

① 童强：《空间哲学》，北京：北京大学出版社2011年版，第202页。
② 贾平凹：《废都》，桂林：漓江出版社，2012年。

· 143 ·

撒开这种城市景观生产过程是否合理不说，生产目的就已决定了这一过程的荒诞性。对于西京这样一个积淀了深厚文化底蕴的千年帝都，掌控规划权力的城市政府部门的城市规划既没有从如何保护文化出发，也没有考虑生活于此的平民的感受，而是"通过地方政府对资源的配置为所欲为地施加影响"①，这种行为的本质其实是身居高位的官员"需要开发一些象征性的事务"②的结果。这种城市规划的出发点与落脚点表面上在提高经济效益，其实还是为了官员的政治生涯积累政治资本。在一番破旧立新中荡涤传统文化载体的古建、街道以及物品的结果，是经济增长了，但是文化传统被割断了，古都西京人也完成了向无根的现代城市人的转变。这种转变显著地表现为货币哲学与经济头脑对人的行为方式的支配：对利益与金钱的追逐成为时代潮流，而束缚人们的传统价值观与道德观已随同被拆的古建、被改造的街道以及被束之高阁的文物一同烟消云散。现代都市的"恶之花"开遍这个有着悠久文明的城市：交通堵塞，车祸增多，住房拥

---

① 哈维·莫勒奇：《作为增长机器的城市：地点的政治经济学》，见汪民安、陈永国、马海良主编：《城市文化读本》，北京：北京大学出版社2008年版，第54页。

② 哈维·莫勒奇：《作为增长机器的城市：地点的政治经济学》，见汪民安、陈永国、马海良主编：《城市文化读本》，北京：北京大学出版社2008年版，第54页。

第三章　景观化：新世纪小说中的城市幻象

挤，环境污染加重，以及产生高犯罪率等。外地人称西京为贼城、烟城、暗娼城，其实是对这种社会变迁过程中处于混乱状态的城市秩序的通俗解释。

如果说《废都》透露了大都市城市景观生产的蛛丝马迹，那么《放下武器》则对城市化过程中垄断性的政治权力的运作进行了充分揭示。《放下武器》在探究一个政府官员（"我"舅舅）郑天良从当年改革开放的闯将腐化堕落为贪官的人生历程的同时，对工地化的当代城市进行了如实书写。小说有两个重要的城市背景，一个是雷同于作为"废都"西安的省会城市，另一个是郑天良的生活的小县城。小说对于城市化进程中权力与资本运作的揭示，主要表现在对小县城的城市规划的书写中。与《废都》中新任的西京市市长为了政绩，为了快速增长与能"看"得见的利益而营造形象工程类似，《放下武器》中的合安县县委书记黄以恒主导的城市规划，同样是以"视觉"为中心的景观生产。小说中黄以恒对吴成业的一番话语，是对合安县城市规划蓝图的总体描述：

我们县已经被列入了全省改革试点县，所以我们无论经济建设还是城市建设、乡村建设都要走在全省的最前面。明年底工业区一期工程投产后，全

· 145 ·

省的改革试点现场会就在我县开,所以县政府决定,要把这个会开成一个改革开放的示范会,经济腾飞的经验会,城乡一体化的观摩会,到时候五条商贸大道、工业区七大企业全面投产,合安县两年大变样的蓝图基本就实现了。现在我们为了强化试点县的内涵,决定在三省交界的王桥集新建一个经济实验区,建成横跨三省的农产品、小商品批零集散中心,另外就是要在从邻县进入我县境内的十八公里沿线道路两旁建新型的农民新村,十八公里一字排开的两层小楼,要让省市领导们一进入到我县境内就要看到改革开放的崭新面貌。①

如果不联系上下文和合安县的具体现实,黄以恒的这一城市规划的确很有气魄,但是这段话中表现出来的"视觉中心主义"有意无意解构了其宏大的气魄:规划中所有的景观都是为了领导们"看"的,是"要让省市领导们一进入到我县境内就要看到改革开放的崭新面貌"②。被生产出来的城市景观的全部目的在于展示,是通过满足以整齐、统一等美学

---

① 许春樵:《放下武器》,北京:人民文学出版社2003年版。
② 许春樵:《放下武器》,北京:人民文学出版社2003年版。

第三章　景观化：新世纪小说中的城市幻象

原则为基本要求的视觉效果，最终为达到特殊的政治目的而服务。由此可见，黄以恒为合安县绘制的宏伟蓝图只不过是生产以视觉效果为核心的景观罢了。居伊·德波所说的"景观就是一种代表其他活动而表现的专门化活动"[1]的观点，在这里得到了充分体现，而"最抽象、最易于骗人的视觉"[2]，也最不费力地成为社会生活的抽象。

为了实现命名为"五八十"工程的城市规划，黄以恒利用其所占有的象征资本——权力，以达到目的。在景观设计方面，黄以恒通过对规划方案的控制，使景观成为以"被看"为中心的对象。显然，这种景观生产暴露的是"意识形态体系的本质：真实生活的否定、奴役和贫乏"[3]。因此，它与实际功能脱节错位，以至于荒唐可笑也就变得不足为奇了。为了让省市领导"看到"农村的水井与改建的厕所，就将每户居民的水井与厕所建到居民楼的前面。为了让"被看"的民居"像一支迎接客人的仪仗队"，就要把所有的楼房设计成一个模式。为了新建被"看"的"五条三纵两横

---

[1]［法］居伊·德波，王昭风译：《景观社会》，南京大学出版社2007年版，第7页。
[2]［法］居伊·德波，王昭风译：《景观社会》，南京大学出版社2007年版，第6页。
[3]［法］居伊·德波，王昭风译：《景观社会》，南京大学出版社2007年版，第99页。

千米的商贸大道",根本不考虑它是否有场无市。这种"形象工程"的建造逻辑背后是完全出于个人目的的决策,恰恰也是"城市的外观与感觉反映了什么——还有谁——应该被看见,什么不该被看见,关于秩序与混乱的概念,关于美学力量的运用的决策"。① 显然这种景观生产的本质是"大跃进"思维模式与形式主义的幽灵的复活。虽然在权力的运作下,它一步步实施、完成,但它的完成也是它的末日。气势磅礴、恢弘夺目的工程在完成了上级领导的检查与肯定之后,也就走到了它的尽头:"电子原件厂、缫丝厂、轻工机械厂、水泵厂早已停机,除非有来料加工,厂房的机器才偶尔启动。"②"而工人们都放假回家了,他们在县城摆地摊、卖小吃、卖淫,你要想整顿市容,没门,想收税,就掏下岗证。"③ 小县城的城市化带来了混乱不堪的局面,但是作为责任人的黄以恒却扶摇直上,成为河远市市长。因此,这种城市化过程所生成的城市景观,其实是以规划的名义筹措政治资本。

从城市规划角度来说,《放下武器》无疑是对20世纪

---

① [美]沙朗·左京著,张廷佺、杨东霞、谈瀛洲译:《城市文化》,上海:上海教育出版社2006年版,第4页。
② 许春樵:《放下武器》,北京:人民文学出版社2003年版。
③ 许春樵:《放下武器》,北京:人民文学出版社2003年版。

90年代以来的城市化深刻反思的代表。垄断性政治权力在城市化过程中以宏大话语的方式,改变了当地城市景观,当然也改变了人们的生活方式,但其本质是"毁灭了城市并重建了一种伪乡村"以及"一种人工的新农民"。[①]小说中黄以恒在各种场合的政治演讲,只不过是权力话语的符号化。作为权力的表现符号,这些演讲在许诺、说服、命令等动作中建构起一场又一场语言的狂欢。如果说这种类似于"太极推手"的、连绵不断的符号盛宴还有什么意义的话,那么这个意义很可能就是在许下诺言的瞬间,其不断滑动的符号之链完成了引诱那些不明事理的人陷入圈套的欺骗过程。

三、资本与景观生产

城市化过程中资本与权力共同主宰了城市景观的改造、新建。这种城市规划在《我主沉浮》中被解释为"摸着石头过河",但事实却是在资本凶猛的河流中,权力通过与资本的共谋完成了"过河"的仪式,并且在资本的扶植下获取了更具垄断性的权力,作为代价的则是城市本身历史文化被割断,以及附着在这片土地上的大众的各种权利被褫夺。在各

[①] [法]居伊·德波著,王昭风译:《景观社会》,南京大学出版社2007年版,第80页。

种允诺之后，资本与权力各取所需，而土地与人则在这一过程中被榨干汁液。从新世纪小说中的此类作品中不难看出，资本与权力的共谋是通过话语政治，通过"速度政治"，在规划城市的同时也完成了对城市人的规训。因为在这个"速度"就是一切的时代，"速度政治"所代表的城市化与无止境的经济增长需求不但是官方意志的体现，而且"已不断地内化为当代国人强有力的习性和心理倾向"[①]。于是，新的城市类型出现了，这是消费社会与后现代主义文化与依然是前现代社会文化共同支配下的新型城市，虽然混乱，虽然肤浅，但生命力旺盛。

"速度政治"粉碎了农业文明时代具有周期性的自然时间，事物从生存到灭亡的自然时间被加速。在《福布斯咒语》中，高速运转的时代车轮碾碎了传统，也催生了以短暂、偶然、变化为主要特征的现代性。

> 现在的中国，每时每刻都在发生着巨大的变化。譬如说北京，每个星期，道路向前延伸四公里，无数的道路在进行着改造；每个星期，四百个

[①] 周宪：《速度政治与空间体验》，见陶东风、周宪主编：《文化研究．第10辑》，北京：社会科学文献出版社2010年版，第345页。

第三章 景观化：新世纪小说中的城市幻象

饭馆和三百个超市开业，同时，又有相当数量的饭馆和超市停业……每个星期，三百多万中外游客涌进北京，同时，二百万人来京出差或求职；每个星期，六百家公司敲锣打鼓开张大吉，同时，五百多家公司销声匿迹……北京是一个机会最多的城市，北京是世界上最宜居的城市。①

小说主人公冯石的这段话自然是作家对当代中国的认识，也是对20世纪90年代以来中国大地所发生的快速城市化所带来的经济繁荣的概括，但在快速增长的背后，则是关于土地的神话。哈维·莫勒奇认为，当代城市是一个以增长为核心的机器，其中土地是增长的关键。因为"任何特定的地块都是一种利益，任何特定的地区因而都是以土地为基础的利益集合体"②。《福布斯咒语》恰恰是一篇关于土地争夺的当代神话。从费尽心机拿到老酱油厂的土地开发权，到后来在老二的支持下圈地，冯石追逐着土地，在各种社会关系中展开资本原始积累与利润最大化的过程。

---

① 王刚：《福布斯咒语Ⅰ》，《当代》2009年第1期。
② 哈维·莫勒奇：《作为增长机器的城市：地点的政治经济学》，见汪民安、陈永国、马海良主编：《城市文化读本》，北京：北京大学出版社2008年版，第50页。

如果说《放下武器》反思的是城市化过程中垄断性政治权力的责任，那么《福布斯咒语》则从资本的角度解析了城市化过程中的利益分化、阶层分化过程。毋庸讳言，小说以美化的方式刻画了一个"民族资本家"冯石的成长过程。这个房地产大亨在银行行长、政府官员、国有企业厂长以及竞争对手之间穿梭，为达目的不惜玩弄一切手段。为了让徐行长再给自己贷款五千万，冯石设计并主演了一出出闹剧：拒不还钱并以此威胁徐行长继续给他贷款；拉拢徐行长的儿子徐绅；利用徐绅与工行行长周冰雪的同性恋关系贷款；以空头支票购买老酱油厂的地盘等等。《福布斯咒语》在书写冯石成功神话的同时，也揭示了资本原始积累的罪恶。马克思关于资本每一个毛孔都流着肮脏的血及其赤裸裸的剥削本性的断语，再一次得到印证。冯石成功的背后，是20世纪90年代以来城市化过程中，社会转型时期有关制度的空缺与传统道德的缺席。经济效率优先原则摧毁的不仅仅是传统的道德与良知，还有与特定历史时期紧密相关的人们的思维习惯、行为方式。正如小说中姜青所说："老酱油厂有地，政府有权，银行有钱，但都只能荒废着。只有冯石这个两手空空的骗子才能把它们纠集在一起。"[①] 在这里，冯石代表的就

---

① 王刚：《福布斯咒语Ⅰ》，《当代》2009年第1期。

是"资本",也只有资本具有改天换地的力量。在资本剥夺性积累过程中,政治权力通过特定的方式精心安排,"既确保剥夺性积累,又不会引起普遍的崩溃"①。因此在小说中,"让破烂不堪的酱油厂尽快从北京市地图上消失,让一片如国贸中心一般的建筑群尽快耸立起来,为现代化的首都增光添彩"②,才是政府官员的最大愿望,至于怎样实现这一目标,其中又纠结怎样的利益关系,尤其是对于弱势群体的生存会产生怎样的后果,则不在他们考虑之列。

如果说《废都》和《放下武器》中的城市规划主要体现为政治权力对于土地使用价值的置换,虽然这种过程只不过是形象工程,是政治舞台上必不可少的道具,那在《福布斯咒语》中,城市景观的生产就是资本追逐利润最大化的道具。虽然小说极力美化冯石,但是从冯石关于城市景观的宣言中,看不到多少关于城市规划的理性思考。《福布斯咒语》中的城市景观生产仅仅是抄袭、模仿、复制,用冯石的话说就是,"我要的就是抄袭,中国的现代化只要抄袭就够了。"③虽然后来在姜青的帮助下,冯石也请到一些国外的设

---

① [英]大卫·哈维,初立忠、沈晓雷译:《新帝国主义》,北京:社会科学文献出版社 2009 年版,第 123 页。
② 王刚:《福布斯咒语Ⅰ》,《当代》2009 年第 1 期。
③ 王刚:《福布斯咒语Ⅰ》,《当代》2009 年第 1 期。

计师，从人性化的角度改造旧房，但是资本追逐利益最大化的本性并没有改变，权力与资本对城市文化的控制姿态并没有改变。

莎朗·左京认为："建造一个城市，取决于人们如何综合利用土地、劳动和资本这些传统经济要素。但它也取决于人们如何处理排除与赋予使用权的象征语言。"[①]而这里的象征语言，就控制在权力与资本的手中。在这个意义上，《废都》《放下武器》和《福布斯咒语》中城市景观的塑造是偶然的、不连续的，甚至是随意的。正如雅各布斯所批评的，这种城市景观的生产"只知道规划城市的外表，或想象如何赋予它一个有序的令人赏心悦目的外部形象，而不知道它现在本身具有的功能，这样的做法是无效的。把追求事物的外表作为首要目的或主要内容，除了制造麻烦，别的什么也做不成"[②]。因此，从文本建构城市的角度来说，如何建构更加合理的城市景观与社会秩序，无疑是当代社会亟需解决的社会问题之一。

尽管新世纪小说中的城市景观书写往往被当作文本中故

[①] [美]沙朗·左京著，张廷佺、杨东霞、谈瀛洲译：《城市文化》，上海：上海教育出版社2006年版，第4页。
[②] [加]简·雅各布斯著，金衡山译：《美国大城市的死与生》，南京：译林出版社2005年版，第13页。

事情节展开的环境，或者是某种理念的象征，或者被视为小说主人公改造世界的对象，但这些文本中的景观往往显示出更多的意义。尤其是在书写当代中国城市化过程中的社会转型与文化变迁方面，新世纪小说为我们提供了城市化过程中的当代社会复杂关系的画卷，客观上表现出对于市场化过程的某种质疑，或隐或现地表达出城市批判意味。新世纪小说以城市景观批判为据点展开的城市批判，无疑是对当代中国城市化过程中的景观生产及其生产出的种种社会问题的反思，也是对市场化本身的合法性提出的质疑。卢森堡明确承认的马克思辩证法的伟大之处，即他指出了"市场自由化将不会产生一个和谐的国度，其中所有人都会非常富裕。相反，它将产生前所未有的社会不公平"[①]。这一论断时至今日依然有效，并在新世纪小说景观书写中得到印证。

第三节　城市奇观化叙事及其美学表征

城市是肉体与石头堆砌起来的森林，也是展示波谲云诡的城市奇观的舞台。这个巨大的舞台演绎出城市奇观与欲望

---

① ［英］大卫·哈维著，初立忠、沈晓雷译：《新帝国主义》，北京：社会科学文献出版社 2009 年版，第 116 页。

展演的悖论：一方面，千奇百怪的城市奇观将人们的感官刺激得渐趋麻木；另一方面，感官麻木的城市人为了摆脱千篇一律的感官冲击到处寻奇猎艳。也许城市生活内在的戏剧性就在于不断展演奇观，因而"经常搭起灯光照耀的舞台，等待剧情的发生"[①]。毋庸置疑，城市这一内在规定性是吸引每一个进入城市的外乡人并抚慰城市人心灵的"柏拉图之药"，这种甜蜜的药品虽然永远不会兑现自己的诺言，但是对于瞬息万变且已经解构了终极真理与永恒的城市生活来说，饮鸩止渴在某种程度上也许恰恰是终极真理与永恒。

无论城市奇观以怎样的能指替补之链变换面孔，其归根结底是商品经济时代的消费文化逻辑。尽管它常常披着当代社会基本价值观念的外衣，并以戏剧化的方式吸引观众的瞩目，借以达到引导个人对现代生活方式适应的目的。[②] 当代城市奇观的复杂之处在于，它以新奇、戏剧化、表演为特征，不遗余力地将后现代主义与消费文化渗透到城市社会生活与日常生活中，并与传统文化中的人情社会注重"关系"的观念纠缠在一起，形成组织当代中国城市生活的有力武

---

① [英]乔纳森·拉班著，欧阳昱译：《柔软的城市》，南京：南京大学出版社2011年版，第30页。

② [美]道格拉斯·凯尔纳著，史安斌译：《媒体奇观——当代美国社会文化透视》，北京：清华大学出版社2003年版，第2页。

器。在这种意识形态主导下,"遵循享乐主义,追逐眼前的快感,培养自我表现的生活方式,发展自恋和自私的人格类型"[①]的生存状态与传统文化中的节俭、勤劳、禁欲等生活态度并置,形成转型时期社会生活中特有的混杂着绚丽与滑稽的美学幻象。

城市奇观与人的欲望之间复杂的指意关系进入文学文本之后,就形成新世纪小说中奇观化的能指与叙事美学的映射关系。物质欲望与震惊美学、身体欲望与媚俗趣味的表征关系就是这种映射的两种形式。在新世纪小说中,这两种叙事美学形式的共同特点是作家主体精神的掏空与叙事的符号化,即以狂欢化的形式将城市奇观演绎出来,同时使作家自身的价值判断迷失于城市奇观之中。如果说前者是消费文化的符号,那么后者无疑是掏空了主体意志的身体符号的表征。

一、物质奇观与"震惊"美学

20 世纪 90 年代以来的市场化、城市化,推动了中国社会各个方面的极大发展,创造了一个消费物品极大丰富的时

[①][英]迈克·费瑟斯通著,刘精明译:《消费文化与后现代主义》,南京:译林出版社 2000 年版,第 165 页。

代。由于"以物做媒介是人们建立各种社会关系的一种重要方式"①。因而丰盛的消费物品建构起迥然相异于传统文化的消费文化。消费文化以其强大的力量引导、支配着城市文化的走向,重新塑造城市人的生活方式,建构城市人的身份认同并刷新了城市的社会空间。在消费文化建构城市文化的过程中,城市奇观文本充分迎合人们视觉上的"好奇"需求,将人们的注意力、想象力凝聚在光怪陆离的奇观化景观上,实践着震惊美学,从而激发人们的消费欲望。

城市化所带来的社会转型与文化变迁,必然引起文学叙事内容与形式的变化。这种变化集中表现为丰盛的消费物品与放纵的欲望进入文本,并进而形成一种流行的、可以称之为奇观化叙事的写作模式。奇观叙事首先表现为物质主义、享乐主义及其价值观念与审美方式对传统写作模式的侵蚀。

社会生活中丰盛的物品进入文学文本,并对20世纪80年代以来的以启蒙话语为中心的叙事产生巨大冲击,应该从1998年前后所谓新生代作家的创作算起。卫慧、邱华栋、朱文等人的创作触及了年轻一代人的生活方式以及产生这种生活方式的时代特征,这种生活方式背后的价值观念是消

---

① [英]西莉亚·卢瑞著,张萍译:《消费文化》,南京:南京大学出版社2003年版,第1页。

第三章 景观化：新世纪小说中的城市幻象

费主义观念及20世纪90年代以来进入中国的后现代思潮。作为"城市新贵"，这种价值观念的核心是对传统道德观念、信仰以及价值观的颠覆与解构。如卫慧的《上海宝贝》所塑造的新人类的代表倪可、天天，他们奉行的是消费文化，追逐眼前快感的享乐主义哲学，徜徉于物品极为丰富的都市，把千奇百怪的消费品纳入其日常生活。这种形同产品展销会或者后现代杂货店的消费主义叙事，遮蔽了城市化过程中的苦难与矛盾，以一种奇观化的方式生产文学文本，并把消费主义的流响带进新世纪。

新世纪小说中延续了展示物质奇观的消费主义叙事传统的，除了所谓青春叙事[①]、官场叙事之外，主要是剔除了卫慧等人笔下张扬而肆无忌惮的欲望书写，并发展出一套亦雅亦俗的叙事套路的，是可以称之为岭南都市传奇的代表作家张欣。张欣的小说往往以曲折的情节叙述社会下层女性，特别是小家碧玉（如《夜凉如水》中的叶丛碧、《浮华背后》中的莫亿亿等）与上层社会男性的情爱故事。在某种程度上，张欣也许试图通过这些女性的命运悲剧表达其对男权中心主义的批判；但是从文本所呈现的社会上层的生活方式来看，张欣的小说无疑又是消费社会物质奇观的载体。如《浮

---

① 参见第四章第一节。

华背后》一开篇,作家就先声夺人,把一副上层社会的奇观化生活景观呈现给莫亿亿观看,同时也给读者造成一种审美"震惊":

> 那是一间维多利亚式的极其宽敞的房子,三面墙均是顶天立地的穿衣镜,配套的软缎沙发也是维多利亚式的,黯淡的酒红色中深藏秋香色的细密花纹,似乎也藏着许多香艳无比且年代久远的嫔妃故事。梳妆台却是红木的,简约的明代遗风,一尘不染地与穿衣镜相映生辉。最讲究的是挂衣钩,檀木打制的仙鹤,细长的脖子向高处伸展,造型的确有点夸张,但这是一个试衣间,挂衣钩应该比梳妆台重要,你没有办法忽视它,除了外形美观,还淡淡飘动着似有似无的暗香。①

莫亿亿闯进的生活是她未曾经历的梦幻般的生活:这个由宽敞的房间、巨大的穿衣镜以及考究的梳妆台构成的空间,显然是与上层社会的生活方式紧密相连的。因为"在经济发展初期,毫无节制的消费,尤其是高档用品的消费,

---

① 张欣:《浮华背后》,《收获》2001 年第 3 期。

通常属于有闲阶级的专利"[1]。对于莫亿亿这个缺乏想象力的"穷人"来说，她手上的名牌——号称在香港独一无二的"阿曼尼"拖地裙令人震惊的"美"，一方面是由于其的确是设计精良，另一方面是其 12 万元港币的价格。莫亿亿的"眩晕感"无疑是下层面对压倒性的物质奇观不知所措的本能反应。而这种对于精美物品的体验之所以刻骨铭心，是因为她的身份与地位和这一生活方式的距离。莫亿亿的震惊自然是她以极短的时间穿越了判若云泥的两种生活方式的结果，即满足生存基本需要的生活和夸示性消费生活。但是对于将夸示性消费日常化的"绅士阶层"来说，这种夸示性消费也许仅仅是身份的某种象征。[2]

张欣笔下的物质奇观不仅体现在服饰与住宅上，更多体现在吃饭、交际中。对于中国人来说，吃饭的文化意义丰富，酒店饭桌上的交流与沟通往往甚于任何正式场合，在办公室、会议室、谈判桌上不能解决的问题往往可以借助饭桌解决。在这种情况下，主客在大酒店的聚会就不但是沟通各种关系的重要渠道，而且是以夸示性消费提高参加者的地

---

[1] 罗钢、王中忱主编：《消费文化读本》，北京：中国社会科学出版社 2003 年版，第 6 页。

[2] 罗钢、王中忱主编：《消费文化读本》，北京：中国社会科学出版社 2003 年版，第 16 页。

位、身份的标志。在《夜凉如水》中,叶丛碧参加的马爹利时尚尊贵新品位的酒会,就是这样一个令人眩晕、"吸引眼球"的场面:

> 丛碧还是第一次看到世界小姐、名模、明星、金牌主持人这么集中地出现在一个场合,他们的风采、服饰、品位把她的眼睛都看花了,后来发展到头晕目眩。宾客们争相与他们照相,闪光灯亮成一片。尤其是席间穿插的珠宝秀,由光芒四射的电影明星代言,电影明星的完美与耀眼,使酒会变得更加迷离和梦幻,如同天上人间。①

如此辉煌灿烂的奇观世界显然颠覆了作为下层生存者的叶丛碧的生活经验,并以一种猝不及防的美轮美奂置换了她此前对社会的认知方式。这种奇观化的城市生活场景属于有别于传统社会的现代生活,时代的烙印使之与前现代社会判然有别,恰如本雅明所说,"这个时代是一个大规模工业化的不适于人居住的令人眼花缭乱的时代"②。这个时代令人震

---

① 张欣:《夜凉如水》,《长篇小说选刊》2007年第1期。
② [德]本雅明著,张旭东等译:《发达资本主义时代的抒情诗人:论波德莱尔》,三联书店1998年版,第127页。

惊的奇观,一方面彰显了上层社会生存者的夸示性消费及其身份认同,另一方面又对下层社会生存者产生诱惑力,勾引起其深藏于潜意识之中的各种欲望,从而引发新一轮对于功名利禄的追逐。

新世纪小说中的奇观化叙事为了达到震惊美学的效果,往往借助戏剧化、事件化,甚至仿真的方式展演物质奇观。如戴来的《练习生活练习爱》中,范典典的闺中密友小芸为内衣展示会策划的设计方案,是把橱窗设计成卧室,在温馨浪漫的氛围中,男女模特身着作为被展示商品的内衣亲热。王刚的《福布斯咒语》中,主人公出于商业利益,为自己和姜青举办了堪称豪华的婚礼。不管这些奇观如何引人瞩目,其本质都是一样的,即"通过他人来激起每个人对物化社会的神话产生欲望"[①]。因此,基于城市奇观的城市社会空间中的所谓大众交流给予每个人的,"不是现实,而是对现实所产生的眩晕"[②]。张欣小说对于物质奇观的着迷,毫无疑问弱化了其似是而非的批判力度。徘徊于优雅的奇观体验与若有若无的批判性思考之间,新世纪小说中的物质奇观叙事把自

[①] [法]让·鲍德里亚著,刘成富、全志钢译:《消费社会》,南京:南京大学出版社2008年版,第45页。
[②] [法]让·鲍德里亚著,刘成富、全志钢译:《消费社会》,南京:南京大学出版社2008年版,第11页。

身也同化为一种奇观,正是这种游荡于文本内外且具有眩晕效果的城市奇观,吸引着无数乡下人进入城市,追逐他们的梦想。但是,这种具有双重身份的城市奇观的悖谬之处也许就像城市夜晚的霓虹灯一样,只有在黑夜才产生灿烂辉煌的魅力。它的功能就是既吸引来自乡村的外来者,同时又拒斥他们融入城市。

二、身体奇观与欲望表演的媚俗趣味

景观化的城市不但给城市人提供了赖以生活的空间,而且给城市人提供了表演的舞台。作为舞台的城市空间承载着丰富的意义:它既能够带来地区经济的增长,又是身体被当作商品交易的空间,更是欲望表演的舞台;它的某些空间是传统道德和官方意识形态所禁止的红灯区,但在某种意义上它又解决了某些无法明言的社会问题。作为欲望表演的舞台,城市的暧昧与秘密在这里的夜晚才完全打开。在一片欲望的放纵与经济利益的追逐中,权力与资本的丑恶面目浮动在城市上空,或隐或现。新世纪小说往往绕开了资本与权力,在"身体"所迸发出来的火焰中陷入迷途。

从词源的角度来说,欲望是人基本的生理、心理需求的外在表现形式。所谓"食色,性也"其实是阐述了关于人类生存的一个最基本的事实:任何人都是有欲望的。但是城市

第三章　景观化：新世纪小说中的城市幻象

舞台上的欲望是不受制约的欲望。在城市化过程中，节制欲望的传统观念被颠覆了，取而代之的是城市人无止境的欲望蔓延。就像鲍德里亚所说的，在现代社会，"作为社会存在（也就是说，能产生感觉，在价值上相对于其他人），人的'需求'是没有限制的"①。在某种意义上，城市化过程本身恰恰是人类无止境的欲望的象征。

20世纪90年代初，贾平凹的《废都》对于城市人欲望的书写曾引起激烈的反响，但随着城市化进程的加快与社会的转型，曾经是文本中令人大跌眼镜的欲望，已经伴随着金钱至上观念的普及遍地开花。社会生活中的道德逻辑由"饿死事小，失节事大"迅速转变为"没有钱是万万不能的"。在金钱支配一切的逻辑中，世间任何东西都可以被当作消费品购买，一个"我买故我在"的时代把传统价值观念冲击得七零八落。在"礼崩乐坏"之后，人们重视的是事物的交换价值而非使用价值。朱文的《我爱美元》赤裸裸地宣扬着货币哲学；卫慧的《上海宝贝》则将自身一分为二，精神上的自我与天天维持着纯洁、浪漫的爱情，肉体上的自我则与马克享受欲望满足的狂欢。新世纪初期小说中身体欲望书写的

---

①［法］让·鲍德里亚著，刘成富、全志钢译：《消费社会》，南京：南京大学出版社2008年版，第45页。

泛滥，不能说与20世纪90年代末期的世纪末情绪化写作没有关系。特别是新世纪初在网络上炒得沸沸扬扬的木子美的写作，不但将身体欲望的泛滥推向极致，而且混淆了文学与隐私、社会与个人之间的界限，在一片语言狂欢中完成了突破道德底线的仪式，但获利的也许只有运作于中的商业团体。

作为20世纪90年代都市欲望叙事的延伸，新世纪小说对于身体欲望的呈现，特别是对于肉体狂欢的迷恋几乎达到了病态的地步，其重要标志之一就是几乎所有的小说都把性与身体挂在嘴边，从而形成一种与物质奇观可以媲美的身体奇观。在农民工进城题材的小说中，女性的身体往往是通过贩卖美丽，来获得在城市立足的资本（不管是被动还是主动）。在学院知识分子题材的小说中，女性的身体又往往是拜倒在文化资本脚下的物品，是知识无往不胜的战利品。在一些网络都市小说中，性欲望的泛滥则达到了无以复加的地步，在某种程度上，有些小说中的男女主人公之间的身体狂欢已经没有实质性意义，只具备交换价值。新世纪小说中的女性身体已经俨然成为物品，被"当成最美的物品，当成最珍贵的交换材料"[①]，从而"使一种效益经济程式得以在

---

① [法]让·鲍德里亚著，刘成富、全志钢译：《消费社会》，南京：南京大学出版社2008年版，第127页。

第三章 景观化：新世纪小说中的城市幻象

与被解构了的身体、被解构了的性欲相适应的基础上建立起来"①。在这种对身体奇观与欲望表演的狂欢化叙事中，传统文化惯例与道德规范都被解构了，因而身体奇观叙事所展示的狂欢中的荒诞不经身体，变成了费瑟斯通所说的，"是不纯洁的低级身体，比例失调、及时行乐、感官洞开，是物质的身体，它是古典身体的对立面，古典身体是美的、对称的、升华的、间接感知的，因而也是理想的身体。"②

新世纪小说中以都市欲望为中心展演身体奇观的叙事虽说是消费主义文化的表征，但其叙事模式的程式化与对消费主义的迎合削减了其本来就不足的思想性与创造性，从而流于浅表化、平面化。慕容雪村的《成都，今夜请将我遗忘》、叶兆言的《我们的心多么顽固》、余华的《兄弟》等新世纪小说一个潜在的前提就是，城市化所带来的社会变迁给欲望的泛滥打开了方便之门。在这些小说中，人物的"自我"往往是失去平衡的，在代表身体本能的"本我"与代表社会文化惯例的"超我"之间的交锋中，身体本能取得胜利并主导这个非理性的"自我"。如在《兄弟》中，李光头不仅到处放纵

---

① ［法］让·鲍德里亚著，刘成富、全志钢译：《消费社会》，南京：南京大学出版社 2008 年版，第 127 页。
② ［英］迈克·费瑟斯通著，刘精明译：《消费文化与后现代主义》，南京：译林出版社 2000 年版，第 115 页。

自己的性欲望，而且也与自己在这个世界上唯一的亲人，宋钢的妻子林红偷欢。在《我们的心多么顽固》中，主人公到处追逐女性身体，就连和他已经有染的小鱼的母亲也不放过。在身体本能的非理性驱动下，放纵的自我已将社会文化法则建立的秩序踩在脚下。而在《成都，今夜请将我遗忘》中，陈重则更彻底地放纵非理性的自我。如果说李光头与老四在放纵欲望时还企图以种种掩饰来维持社会关系的话，那么陈重就是赤裸裸地颠覆传统伦理关系与现代社会法则。陈重与很多女性的肉体往来，颠覆了传统伦理，他与妻子、父母、朋友、同事的关系，同样是解构了正常社会秩序中的社会交往法则。在非理性暂时战胜理性原则的同时，也为悲剧的结局埋下了炸药。也许，新世纪小说中放纵的欲望恰恰是城市化过程中非理性的资本与无节制的权力的某种象征，作为资本与权力寄生于小说文本中的能指，这种放纵的欲望既是城市化的结果，又是可以展示的城市舞台上的奇观。最重要的是，权力与资本还可以通过这一看似绚丽而又充满诱惑力的奇观达到隐身的目的。在一片欲望化的城市奇观的表演中，这种模式化叙事完成了所指缺席的浅表化、平面化的叙事，使文本本身也成为城市化过程中充满诱惑的消费品。

新世纪小说中对于身体欲望毫无节制的书写，是消费主义文化的表征，当然也是媚俗趣味泛滥的表现。卡林内斯库认为，媚俗艺术往往通过一种审美虚假化，"将除了包含纯意识形态信息之外别无他物的包裹贴上艺术产品的标签"①。在这个意义上，《兄弟》与《成都，今夜请将我遗忘》《我们的心多么顽固》中的对身体奇观与欲望表演不遗余力的书写，其实也是消费主义主导下的媚俗趣味的文学表现。《兄弟》中李光头的偷窥事件、结扎事件、处女美人大赛事件，与余华所说的一段话，"当我写到《兄弟》下部时，我突然发现今天这个时代的传奇性比任何过去的时代都要丰富。当然这种传奇性充满了荒诞的色彩，这也是我对这个时代最强烈的感受，而且是总体的感受，不是那种点滴的感受"②，恰好印证了其叙事逻辑的奇观化，即通过取消先锋主义阻拒性语言的美学形式，将浅表化、通俗化叙事形式与城市奇观的表征相结合，从而完成一场话语狂欢，并最终达到以媚俗趣味迎合商业化运作模式的目的。

三、奇观化叙事的缺陷

新世纪小说中的城市奇观叙事，无论是物质欲望叙事，还是身体欲望叙事，其美学特征与缺陷都突出表现为所指的

---

① ［美］马泰·卡林内斯库著，顾爱彬、李瑞华译：《现代性的五副面孔》，北京：商务印书馆2002年版，第249页。
② 余华：《余华现在说》，《南方周末》2006年4月27日。

缺席与能指的盛宴。在掏空了思想深度与历史责任之后，奇观化叙事陷入奇观本身，同时也使自身奇观化。当然，这种奇观化叙事最终难免像任何奇观一样，在给人们留下惊鸿一瞥的短暂惊奇之后，变成毫无光泽的瓦砾。

奇观化叙事的最大缺陷就是陷于奇观而不能超越。事实上，非理性而恣肆放纵的欲望对于理性与秩序的毁坏这一题材，也是中外文学中常见的题材。作为叙事性作品的题材，其本身也许并无高下之分，关键是作家如何通过自己的艺术概括力，从中提炼出"真金"。纳博科夫的《洛丽塔》、马尔克斯的《霍乱时期的爱情》，都不乏对生命个体不可遏制的欲望的书写，但是前者通过亨伯特对洛丽塔的畸形欲望，深入开掘人的深层无意识；而后者则通过阿里萨和费尔米纳之间持续了半个世纪的爱情，展开哥伦比亚人破坏自己的历史。相比之下，《我们的心是多么顽固》复制了《霍乱时期的爱情》的情节模式，却遗失了后者对历史与人性的思考；《成都，今夜请将我遗忘》试图演绎《金瓶梅》的当代版本，却没有留下性格鲜明的文学形象。《夜凉如水》与《兄弟》除了能引起读者阅读快感的"奇观"之外，并没有多少经得起思考的东西。由此可见，新世纪小说中的奇观叙事最需要反省的，也许恰恰是其"围绕着模仿、仿造、假冒以及我们所说

第三章 景观化：新世纪小说中的城市幻象

的欺骗与自我欺骗的美学"①。

新世纪小说中的这种恶俗趣味的兴盛，当然与城市化过程所带来的消费文化意识形态的影响分不开，但是最根本的还是作家历史责任感与使命意识的匮乏。由于对权力与资本所主导的城市化及其所带来的社会问题缺乏深刻认识，因而在书写城市与城市化过程中难免陷入泥淖。莎朗·左京在《城市文化》中面对当代城市文化，曾经提出一个尖锐的问题，城市是谁的城市？②谁，以什么名义，主宰城市，在城市这个大舞台上表演，至关重要。因为资本与权力的最终控制，是城市景观奇幻表象得以释放的原动力。20世纪90年代以来，文学在一番令人眼花缭乱的奇观表演中完成从政治的婢女向商业的附庸的身份置换，并与商业通过共谋关系以戏剧化、事件化的方式表征出消费时代的特征，但在这一过程中文学到底失去了什么，值得我们深思。

---

① [美]马泰·卡林内斯库著，顾爱彬、李瑞华译：《现代性的五副面孔》，北京：商务印书馆2002年版，第246页。
② [美]沙朗·左京著，张廷佺、杨东霞、谈瀛洲译：《城市文化》，上海：上海教育出版社2006年版，第1页。

第四章

日常化：新世纪小说中的城市生活

城市化进程不但带来城市景观的变迁，更重要的是它同时通过重塑城市空间从而达到塑造一种现代城市文化的目的。这种城市文化本质上是现代文化的表征，是"对既定目标的工具性追求，即遵循理性的规则和程序，通过尽可能有效的方法达到目标"[1]。具体而言，它以市场化原则为依托，将工具理性深深刻入城市文化的肌体，并通过科层化、制度化重新组织城市生活，使城市人的思维模式、生活习惯以及行为方式无不以理性化为基本准则。在这种情况下，作为人类最基本的生存形态的日常生活必然受其影响，发展出带有现代文化特征的表达形式，如孤独、焦虑、浮躁、沉沦甚至自杀等社会心理与行为。这些看似是心理学范畴的文化表达

---

[1] ［英］戴维·英格利斯著，张秋月、周雷亚译：《文化与日常生活》，北京：中央编译出版社2010年版，第50页。

第四章 日常化：新世纪小说中的城市生活

形式，其实还是城市化与现代化带来的"文明病"。在这个意义上说，马克思提出的经济基础决定上层建筑的论断并没有过时，不但文化，日常生活同样"受制于经济体制"[①]。

中国当代社会的城市化与现代化的复杂之处在于多种文化的并置与混合，从而形成一种文化杂糅[②]，即"将至今还是分离的——或者相对分离的——文化模式、观念、品位、风格以及态度交织在一起"[③]。这种文化杂糅深深镌刻在人们的日常生活中，体现为变迁之中文化的复杂形态：一方面，在以工具理性为特征的现代文化改造城市生活的同时，中国传统文化依然根深蒂固，它深深植入日常生活之中，钳制着人们的思维模式、生活习惯与行为方式。另一方面，形塑城市景观的权力与资本同样渗透到日常生活中，以货币哲学与技术理性改造人们传统的生活方式。因此，城市人的日常生活不但受到以血缘关系定位的"熟人社会"的伦理制约，而且受到工具理性的挤兑以至于碎片化，在双重乃至多重文化规则组织的日常生活中，城市人生存的复杂被演绎到了极致。

[①] [法]鲁尔·瓦纳格姆著，张新木、戴秋霞、王也频译：《日常生活的革命》，南京：南京大学出版社2008年版，第16页。

[②] 文化杂糅，也有学者称之为"杂种文化"或"混杂化与混合化"文化。

[③] [英]戴维·英格利斯著，张秋月、周雷亚译：《文化与日常生活》，北京：中央编译出版社2010年版，第164页。

这种复杂到极致的日常生活在新世纪小说中有诸多表现：城市化所带来的传统价值观念的断裂（如鬼子《瓦城上空的麦田》、孙慧芬《致无尽联系》等），消费观念与市场逻辑对城市人生活观念的塑造（如郭敬明《小时代2.0虚铜时代》、阎真《因为女人》），城市日常生活的平庸与琐屑对人的理想与崇高感的解构与颠覆（如艾伟《爱人同志》、李佩甫《等等灵魂》），异化的日常生活中人的主体的被"掏空"与符号化（如刁斗《身份》、范小青《生于清晨或黄昏》），等等，都是新世纪小说日常生活叙事常见的主题。相比之下，在新世纪日常生活叙事中，对城市体验进行描摹的作品反而较少，这与当代作家城市生活体验的匮乏不无关系。城市生活给城市人带来的孤独、焦虑、苦闷、麻木甚至沉沦等体验，还缺乏深刻的书写者。值得注意的是，新世纪小说中有关抵制日常生活主题的作品，如格非《蒙娜丽莎的微笑》、施伟《逃脱术》等，开辟出了日常生活叙事中抵制城市的主题。事实上，城市繁复、平庸而又琐碎的日常生活无疑是一种病态的生活、异化的生活，因此超越抑或抵抗日常生活便成为人们的不二选择。中国人几乎有一种很普遍的道家情怀：一旦受到压抑，便采用逃离的方式（如逃到乡村、山林）躲避各种责任，而这种逃离也恰恰是德·塞托所谓的日常生活的抵制策略。这种抵制策略的叙事，无疑又和进城叙事模式中的反城市话语遥相呼应，构成新世纪小说城市批判话语的组成部分。

日常生活是文化变迁的表征，新世纪小说对于城市日常生活的书写，同样是城市化背景下城市文化变迁的表征。本章以日常生活中的文化变迁为基点，分析城市化所带来的文化杂糅对日常生活的深刻影响。第一节"现代文化对日常生活的组织"，考察日常生活中技术理性对日常消费活动、日常交往活动以及日常观念活动的侵袭。第二节"沉沦与荒诞：城市日常生活体验"，从都市体验的角度出发，描述社会转型时期城市人的冷漠、麻木与沉沦。第三节"抵制策略与日常生活叙事的危机"，考察新世纪小说中城市人对同质化的抵制与反城市化的逃离，并进而分析新世纪小说日常生活叙事的不足。

第一节　现代文化对日常生活的组织

城市化给当下社会政治、经济、文化等领域带来的冲击折射到日常生活中，就是政治权力与商业资本对社会秩序的重新组织，及其在日常生活的各个层面烙上现代文化的烙印，恰如菲斯克所言："城市是自由与束缚的混合物。它提倡某种行为方式、运动方式以及思维方式。它是终极文本，由资本、法律、秩序创造和再创造而成，它的设计是为了达到最有效的实践，即保证由资本、法律、秩序的力量构成日常生活。"① 具体而言，现代文化对于城市日常生活的影响，主要体现为工具理性通过现代时间观念对日常生活秩序的重组，货币理性通过市场组织人们的日常消费活动，以及人际交往的理性化。理性化原则对于日常生活殖民的结果，是以货币为一般等价物的价值体系的出现，和原有以血缘、情感为依托的价值体系的崩溃。因为"货币经济始终要求人们依据货币价值对这些对象进行估价，最终让货币价值作为唯一有效的价值出现，人们越来越迅速地同事物中那些经济上无法表达的特别意义擦肩而过"②。用马克思的话说就是，"一切固定的东西都烟消云散了，一切神圣的东西都被亵渎了"③。再也没有什么稳固不变的价值了，一切都处于变动不居之中，"认识的、行动的、理想的构成的内涵，从固着的、实质的和稳定的形式转化成发展的、运动的和易变的

---

① [美]约翰·菲斯克著，杨全强译：《解读大众文化》，南京：南京大学出版社2006年版，第160页。
② [德]格奥尔格·西美尔著，顾仁明译：《金钱、性别、现代生活风格》，上海：学林出版社2000年版，第8页。
③《马克思恩格斯选集》第1卷，北京：人民出版社1972年版，第254页。

状态。"①

城市化对日常生活的深刻影响表现于新世纪小说中,便是这种以"变动不居"为主要特征的现代文化对日常生活组织的表征。日常生活成为传统与现代冲突和交融的主战场,不管是日常消费活动、日常交往活动还是日常观念活动,②现代文化都扮演着组织者的角色。

一、消费受控的日常生活

日常消费③指的是"衣食住行、饮食男女等以个体的肉体生命延续为宗旨的日常生活资料的获取与消费活动"④,由于"现代文化的发展是以凌驾于精神文化之上的物质文化的主导地位为基础的"⑤,因此,城市化过程顺理成章地通过对社会化大生产与政治经济运行的组织,将市场运行的逻辑与

---

① [德]格奥尔格·西美尔著,顾仁明译:《金钱、性别、现代生活风格》,上海:学林出版社2000年版,第15页。
② 衣俊卿:《现代化与日常生活批判——人自身现代化的文化透视》,北京:人民出版社2005年版,第14~15页。
③ 这里的消费主要指个体为了维持生存而消耗各种生活资料的过程。
④ 衣俊卿:《现代化与日常生活批判——人自身现代化的文化透视》,北京:人民出版社2005年版,第102页。
⑤ [德]格奥尔格·西美尔:《大都会与精神生活》,见汪民安、陈永国、马海良主编:《城市文化读本》,北京:北京大学出版社2008年版,第140页。

货币哲学渗透到日常消费之中。在新世纪小说中，有两种几乎是天壤之别的日常消费，一种是夸示性消费，另一种是维持生存的消费。这两种截然不同的日常消费生活构成了悖谬的、处于城市化过程中的当代城市日常消费生活，表现了城市化过程所带来的社会变迁对普通人日常生活的复杂影响。

新世纪小说对于夸示性消费叙事的青睐，毫无疑问至少可以追溯到20世纪90年代末期卫慧等人小说中的消费文化想象。20世纪90年代末期的当代文学中出现的消费文化想象，是资本积累达到一定阶段而导致物质丰富社会出现的产物，其本质是物质主义、享乐主义，是对消费社会的奇观、展示逻辑的臣服。这种夸示性消费出现的前提是在现代工业社会"商品登上了使人膜拜的宝座"[1]，其本质是商品拜物教主导的对奇迹、奇观式的商品的膜拜："在日常生活中，消费的益处并不是作为工作或生产过程的结合来体验的，而是作为奇迹。"[2] 从夸示性消费的角度审视，卫慧的《上海宝贝》确是当代中国初来乍现的消费社会的表达，但这种表达是通过恋物癖和性诱惑构建起一个跟国际接轨的消费主义的

---

[1] [德] 瓦尔特·本雅明著，王涌译：《波德莱尔：发达资本主义时代的抒情诗人》，南京：译林出版社2012年版，第173页。

[2] [法] 让·鲍德里亚著，刘成富、全志钢译：《消费社会》，南京：南京大学出版社2008年版，第8页。

第四章 日常化：新世纪小说中的城市生活

神话。[①] 学者张柠在其《文化的病症》中罗列了卫慧《上海宝贝》中那些她所知道的全部名牌商品：

> 苏格兰威士忌、卡布基诺咖啡、施特劳斯钢琴、妈妈之选色拉乳、三得利汽水、德芙巧克力、进口女性自慰器（没有牌子，可能是瞎编的）、TKEA布沙发、CK香水和内衣、CHANEL长裙、GUCCI西装、吉利剃须刀、TEDLAPIDNS香烟、哈瓦那雪茄、《泰坦尼克号》电影、《ELLE》杂志、尼采、金斯堡、普拉斯、毕加索……[②]

如此琳琅满目的商品，给《上海宝贝》贴上了一层绚丽耀眼的金属光泽，使之似乎沾染上"绅士化"气息。对此，张柠用幽默的语气说道，自20世纪70年代以来，中国还没有哪一个商品博览会可以和卫慧的"博览会"相比。[③] 与其

[①] 张柠认为卫慧的《上海宝贝》其实是"用一大堆谎言制造了一种生活的幻觉"。张柠：《文化的病症：中国当代经验研究》，上海：上海文艺出版社2004年版，第118页。
[②] 张柠：《文化的病症：中国当代经验研究》，上海：上海文艺出版社2004年版，第118页。
[③] 张柠：《文化的病症：中国当代经验研究》，上海：上海文艺出版社2004年版，第118页。

说卫慧的《上海宝贝》表达了经济繁荣带来的时尚，倒不如说它暴露了某种恋物癖，正如本雅明所断言的，"时尚的命脉在于恋物癖"①。恋物癖加上炫耀式心理（如小说中到处引用名人语句以炫耀其文化资本），使得《上海宝贝》成为城市化所造就的利益集团夸示其消费能力的符号象征。因此，从某种角度说，与其说卫慧打开了潘多拉的盒子，不如说她打开了时尚的日常生活消费主义书写的大门，新世纪以来的小说中对于商品的膜拜就滥觞于此。

沿着20世纪90年代末卫慧等人的足迹，郭敬明编织了上海这个被称为"东方巴黎"的大都市的日常消费生活。从《幻城》《悲伤逆流成河》《小时代1.0折纸时代》到《小时代2.0虚铜时代》，郭敬明通过成功的商业化运作模式把物质主义时代的日常生活记录了下来。如果对比郭敬明和卫慧的写作，我们发现恋物癖与对商品拜物教的臣服，是其共同特征。在发表于《人民文学》2009年第8期的《小时代2.0虚铜时代》中，郭敬明通过卢旺达烘焙咖啡、《当月时经》、香槟、PRADA毛衣、CHANEL珠宝山茶花的首饰、Long champ包包、Kenzo包包、LV包包、H&M黑色大

---

① [德]瓦尔特·本雅明著，王涌译：《波德莱尔：发达资本主义时代的抒情诗人》，南京：译林出版社2012年版，第174页。

衣等生活用品，以及英国最大的零售公司玛莎百货、上海仅有的两家大卖场、高级别墅等上流社会的日常生活空间，构建了一幅消费时代物质英雄的日常生活图景。在某种意义上，郭敬明对于上海日常消费生活的想象，并没有超越卫慧的炫耀与夸示，二者对于消费社会丰盛物品的汉大赋式的铺陈，都是掏空了意义的商业性写作行为，这种写作极易给读者造成现实错觉，让人们误以为装点着丰盛物质的消费社会已经来临。

事实上，尽管郭敬明们笔下的城市日常生活中已经充满了耐用消费品，而非廉价的生活必需品，但是当代中国还远不是所谓的消费社会。城市化进程在塑造出卫慧和郭敬明笔下的倪可、顾里等完美的消费者的同时，也以挑剔的眼光给通过非正当手段进入消费者群体的安弟、王小蕊（《高跟鞋》），以及铁流（《猜到尽头》）等人颁发合格证书；但是几乎与此同时，城市化以掠夺的方式剥夺了另外一些人的消费者资格，并给他们贴上"有缺陷的、不完美的、先天不足的消费者"[1]的标签，这些不合格的消费者都是社会底层追逐廉价生活必需品的消费者。显然，这个被标榜为"消费

---

[1] ［英］齐格蒙特·鲍曼著，李兰等译：《工作、消费、新穷人》，长春：吉林出版集团有限责任公司2010年版，第85页。

社会"的时代，在彰显充满令人惊叹的奇迹的日常消费的同时，也拒绝了普通民众的普遍参与。但是缺席了绝大多数普通民众的日常消费的"消费社会"，其本身的合法性也是值得怀疑的。

在曹征路的《霓虹》中，我们看到的是现代文化所塑造的另外一种日常消费生活。主人公倪红梅在国有企业改革前，是出色的技术工人、小组长、团支书。一句话，她是一个符合社会需要的生产者的角色；但是在国有企业改革后，她变成了一个有缺陷的消费者。年迈的婆婆需要照顾，年幼的女儿治病无钱，倪红梅只有通过出卖自己的身体，换取生存的本钱。倪红梅人生转折的轨迹，恰好表征了现代文化对日常生活侵袭的全过程。与倪红梅的人生悲剧相比，同处于城市霓虹灯下的阿红和阿月的人生经历也表现了货币哲学冷酷而现实的真理："货币经济与理性操控被内在地联结在一起。在对人对事的态度上，它们都显得务实，而且，这种务实态度把一种形式上的公正与冷酷无情相结合。"[①]她们和倪红梅最大的现实就是需要生存所必需的金钱，因此阿红十五六岁就出来洗头，没多久就跟一个小老板生了儿子，而

---

① [德]格奥尔格·西美尔：《大都会与精神生活》，见汪民安、陈永国、马海良主编：《城市文化读本》，北京：北京大学出版社2008年版，第133页。

阿月则是父亲逼她出来通过出卖身体,供两个弟弟读书和家里致富。

对照新世纪小说中的两种日常消费,不难看出所谓的"消费叙事"对城市化过程中复杂的现实与历史的回避。如果从整体角度看,新世纪小说对于日常消费的表现,无疑构成一幅城市化所生产出的具有等级特征的消费者序列图,表现在这幅图画中的对比修辞,让文学的担当与责任变得沉重。郭敬明的"小时代"叙事虽然在华丽的语词之下并无多少深刻内涵,但"小时代"这一概念,却道出了其"消费叙事"的本质:这是一个沉湎于物质与超现实主义的"幻城"的时代。

二、传统伦理解体的日常交往

日常交往是"杂谈闲聊、礼尚往来等以日常语言为媒介、以血缘关系和天然情感为基础的日常交往活动"[①]。城市化过程对于人和人之间以血缘关系和天然情感为基础的日常交往活动产生了溶解作用,这是现代文化与传统文化标志性的区别之一。传统与现代的交锋所引起的冲突、传统人际关系纽带的解体、新型伦理关系的萌芽,构成了新世纪小说中

---

① 衣俊卿:《现代化与日常生活批判——人自身现代化的文化透视》,北京:人民出版社 2005 年版,第 102 页。

复杂的日常人际交往活动。

孙慧芬的《致无尽联系》通过回老家过年这个典型的事件，表达了城市化过程中两种日常交往方式的冲突。一种是传统交往方式，这种交往方式以血缘为纽带，把人和人的社会关系简化为血缘的远近。当然，作为维系中国社会伦理关系几千年的一种文化惯例，其惯性是自不待言的。另一种交往方式显然是随着现代化、城市化而来的现代交往方式。这种交往方式以社会中的职业为中心，围绕职业的上下级构成同事关系网络图。显然，两种交往方式所连接的人际关系都很重要，一种是中国人的传统文化命脉，另一种是个人发展所必须依凭的命脉。在这种情况下，城市化过程中的现代人只能奔走于已经建立起来的现代理性化的日常生活交往与依旧深陷传统文化氛围中的日常交往之间，一身疲惫。显然，这种处于无尽联系中的现代人既是幸福的又是痛苦的，之所以幸福是因为我们生活在一个温情脉脉的传统之中，之所以痛苦则是因为分身乏术，无力承受这无尽联系。显然，"社会生活愈发达，人和人之间的往来也愈繁重，单靠人情不易维持相互间权利和义务的平衡。"[①]

[①] 费孝通:《乡土中国》，南京：江苏文艺出版社2007年版，第80页。

第四章 日常化：新世纪小说中的城市生活

如果说在《致无尽联系》中，主人公一身疲惫但还左右逢源地维持了两种日常交往中的关系的话，那么在鬼子的《瓦城上空的麦田》、李佩甫的《等等灵魂》、艾伟的《爱人同志》、诺亚《我的妻，放了我》、慕容雪村《成都，今夜请将我遗忘》等小说中，维系传统日常交往的纽带已被摧毁。在商业主义思维和技术理性的冲击下，传统文化中浓厚的人情稀薄化、疏离化。当代人的父子之情、夫妻之情、朋友之情统统丧失，传统牢不可破的血缘关系统统断裂，人与人之间的诚信危机使这个风险社会变得诡谲莫测。

鬼子的《瓦城上空的麦田》就讲述了父子间日常交往的困难，其根本原因是技术理性控制下的当代日常生活对人的丰富的情感世界的敉平。小说主人公李四的六十大寿被忙碌奔波于城市生活的子女们遗忘了，愤怒的他上城质问，但子女们都认为父亲小题大做。在一个偶然的车祸事件中，李四为了发泄自己的愤怒，把自己的身份证件和死于车祸的捡垃圾老头对调，孰料李四再也无法找回"父亲"这个身份。他想方设法接近自己的子女，但是都被当作骗子对待。小说的叙事笔法显然是带有夸张与荒诞特质的，但是这个充满了偶然、奇迹化情节的故事，却揭示了当代日常生活中人的情感世界的干涸。李四身份的确认方式仅仅依赖于一个抽象的身份证，除此之外，其生活习惯、行为方式、言谈举止甚至相

· 185 ·

貌等等，能够表明一个人的身份的丰富的个性特征都被遮蔽了。李四的子女们认定李四是个想要冒充自己父亲的骗子的做法看似荒诞，但却符合现代技术理性控制下的现代人的思维方式与行动逻辑。这种思维方式与行动逻辑就是马尔库塞所说的"单向度社会"中的"单向度思想"，是高速发展的现代社会的伴生物。按照这种逻辑，身份置换为捡垃圾老头的李四是穷人，而"贫穷意味着被排除在一切'正常生活'之外"①。因此，李四的子女依循现代文化逻辑，怀疑李四企图通过冒充自己的父亲以达到某种目的。与李四对于亲情的看重相比，李四的子女更重视自己的工作、城市生活：李瓦要请局长吃饭，李香贷款跑出租挣钱，李城要与女朋友谈恋爱。换句话说，李四子女的日常生活已经完全被现代文化，或者说是"单向度社会"的文化支配了。李四对于自己的六十大寿的重视，在子女们的现代思维看来的确是小题大做了。显然，在城市化所带来的技术理性控制下，作为个体，李四与子女们所代表的现代文化逻辑对抗是可笑的，他的"拒绝'随大流'的思想情绪显得是神经过敏和软弱无力

---

① ［英］齐格蒙特·鲍曼著，李兰等译：《工作、消费、新穷人》，长春：吉林出版集团有限责任公司2010年版，第85页。

的"①。

颠覆传统血缘关系纽带的并非仅仅是技术理性支配的思维方式，还有货币理性笼罩的商业化过程。李佩甫的《等等灵魂》不但营构了一个充满神奇促销手段与丰盛商品的商业世界的日常生活空间，而且描述了商业主义侵入稳固、庸常的日常生活，并使坚固的人性、人情以及亲属关系解体的全过程。与《城的灯》相似，《等等灵魂》也塑造了一个具有硬汉性格的人物形象，但是这个硬汉的灵魂在商业主义主宰的日常生活中同样迷失了。小说主人公任秋风从部队转业回家，却发现自己的妻子苗青青已经投入他人的怀抱。失意、痛苦的他在好友齐康民和三个女大学生上官云霓、陶小桃和江雪的帮助下，将一个濒临倒闭的商场扭亏为盈，并使之成为该市最大的商场之一。但是随着商场的节节胜利，任秋风的硬汉性格却被商业主义消磨殆尽。他不但跌入江雪的诱惑陷阱，背叛了新任妻子上官云霓，而且堕入其他女性的陷阱，最终落得商业惨败。小说明白无误地告诉读者：任秋风在从商过程中不但使自己的硬汉性格丧失殆尽，而且使重新缔结的亲属关系、朋友关系销匿无形。弗里德曼的断言，

---

① ［美］赫伯特·马尔库塞著，刘继译：《单向度的人：发达工业社会意识形态研究》，上海：上海译文出版社2008年版，第9页。

"商业化过程最强有力的结果是亲属关系和其他个人义务的先赋网络的溶解"①,得到了最好的脚注。日常生活的两面:平庸与神奇,在现代商业主义中被演绎得淋漓尽致。任秋风通过把广告做到中央电视台,把广告做到天上,使其商业活动充满了神奇,也使自己的人生价值得到确证;但同时,平庸世俗的日常生活也缓慢地侵蚀着灵魂,使他原本固有的价值观念、道德原则消融于商业主义之水。

商业主义解构稳固的传统社会日常生活的一个重要结果,是临时契约取代"永久制度"。②表现于日常人际伦理关系,就是新世纪小说常见的临时性、短暂性的新型伦理关系的出现。这种出现于城市日常生活的新型伦理关系,解构了责任、使命等宏大命题,日常交往中的情感、性爱及婚姻都完美地分离了。如毕飞宇的《相爱的日子》,写一对处于城市边缘的年轻人在没有走向婚姻的资本的情况下,如何在临时的日常交往中维持"性"爱;于晓威的《在淮海路怎样横穿街道》写一对都市男女在都有各自婚姻的前提下,就像违反交通规则横穿马路一样相遇交欢,然后各自回到彼此正

---

① [美]乔纳森·弗里德曼著,郭建如译:《文化认同与全球性进程》,北京:商务印书馆2004年版,第42页。
② [法]让-弗朗索瓦·利奥塔尔著,车槿山译:《后现代状态:关于知识的报告》,南京:南京大学出版社2011年版,第225页。

常的生活轨道中；在孙未的《打火》中，一对都市白领一同吃饭、同居，但是彼此却并不进入精神层面的生活，双方都以最小付出为生活准则，唯恐承担责任。当然，进城叙事也有同样的书写，如魏微《大老郑的女人》、王手《市场人物》中临时搭建起的夫妻关系，等等。这种诞生于当代城市的日常交往新伦理，脱离了血缘关系、天然情感联系以及人与人之间由此而确立的责任，看似无情，但却是城市日常生活中最经济的选择："因为它的灵活性最大，费用最低，其他各种动机也随之而来，一切因素都有助于更佳的操作性。"[1] 显然，这种新型的日常交往伦理既是城市化过程中城市社会空间所生产出来的特殊的人际交往模式，也是现代工具理性思维支配下的工于计算的思维方式的体现。

三、现代观念组织下的日常观念

日常观念是"伴随着日常消费活动、日常交往活动和其他各种日常活动的非创造性的、重复性的日常观念活动"[2]。显而易见，日常观念活动是一种文化惯例，它通过固定的思

---

[1] ［法］让-弗朗索瓦·利奥塔尔著，车槿山译：《后现代状态：关于知识的报告》，南京：南京大学出版社2011年版，第225页。
[2] 衣俊卿：《现代化与日常生活批判——人自身现代化的文化透视》，北京：人民出版社2005年版，第102页。

维模式运行于人们的日常生活观念中，并对日常生活产生某种影响。在当代城市化过程中，现代文化对人们的日常生活的组织主要体现为以现代观念置换传统观念，如金钱至上观念、淡薄的人情观念以及性观念的变化等，当然最重要的是时间和空间观念。在大卫·哈维看来，"每个社会形态都建构客观的空间和时间观念，以符合物质与社会再生产的需求和目的，并且根据这些概念来组织物质实践。"[①] 转型时期的当代社会也不例外，现代文化投射在城市生活中，集中体现为现代时间观念与空间观念对传统时空观念的改造。

新世纪小说中的现代时间是紧张有序，并以一种"速度"意识形态组织起日常生活的秩序的。前现代社会"实际经验的序列"[②] 意义上的时间，在中国传统观念中是具有周期性的，且与自然的变化、季节的轮回以及生命的循环往复具有同构特点的，这种时间经验是通过日常生活的感知经验可以得到确认的时间。新世纪小说中，进城农民王红旗（《在天上种玉米》）、天柱（《无土时代》）以及建敏（《麦子》）对土地与庄稼的执着，其实是对基于土地与季节轮回的时间

[①] 包亚明主编：《现代性与空间的生产》，上海：上海教育出版社2002年版，第377页。
[②] ［法］H.孟德拉斯著，李培林译：《农民的终结》，北京：社会科学文献出版社2010年版，第48页。

第四章 日常化：新世纪小说中的城市生活

观念及生活秩序的怀念，也是其无法割舍传统生活方式的表现。但是城市化将现代时间观念，即一种理性化的、可以通过数字计算的时间经验带入人们的日常生活之中，并使之逐渐成为惯例，成为日常重复性、非创造性的观念。这种时间秩序将人锚定在日常生活连绵不断的流水线上，让何汉晴（《出门寻死》）、"我"堂姐夫（《逃脱术》）这样的底层生存者随波逐流，就连冯石（《福布斯咒语》）这样的资本家同样无法逃遁这种抽象的、机械的时间。尤其是在进入新世纪以后，随着中国加入世贸组织，中国进入了全球化大潮之中。在这种条件下，时间经验已经被速度体验替换："物质的障碍不断得到克服，虚拟的赛博空间更是变得越来越不牢靠，速递、闪婚、快餐、高铁、直播、短信、电邮、视频……无数以快速为标志的活动、技术、事物被发明出来。"[1]当然更重要的是，这种日常体验被内化为观念："面对社会生活结构和经济发展的高速节拍，这种'速度政治'已不断地内化为当代中国人强有力的习性和心理倾向。"[2]当时间观念被"速度政治"所取代，时间同时也被碎片化。碎片化的时间

---

[1] 周宪：《速度政治与空间体验》，见陶东风、周宪主编：《文化研究．第10辑》，北京：社会科学文献出版社2010年版，第343~344页。
[2] 周宪：《速度政治与空间体验》，见陶东风、周宪主编：《文化研究．第10辑》，北京：社会科学文献出版社2010年版，第345页。

所组织起的日常生活是异化的日常生活，工作伦理贬抑了生活情趣，如在《春天的二十二个夜晚》中陈米松与毛榛毫无征兆的婚变，其实是在现代时间观念支配下，内化为观念形态的理性思考问题的思维方式对于感情的压抑。陈米松和毛榛都没有错，他们都在利用一切可资利用的时间，并把这些时间有效地组织为工作时间，可以说他们把日常碎片化的时间拼贴成了一幅完整的象征着事业成功、学术成功的精美的人生成功图景，但是却没有给自己和对方的感情留下足够抚慰创伤的空间。

显然，现代时间观念崇尚的是以工作伦理、货币理性为核心的有序生活，当这种观念渗透到日常生活中之后，就形成了新的伦理道德标准。这种新的伦理道德标准在城市化过程中逐渐内化为文化惯例，并以空间化的方式呈现时间上的先后序列（进步/落后）。如果说现代时间观念渗透在日常生活中，并建构起新的伦理道德标准，那么现代空间观念则通过城市空间将现代空间经验烙在每一个现代人的身上，让他们自觉地通过文化认同确证现代文化。如在进城叙事模式中，城市街道、城市建筑以及城市区域以空间形式所象征的秩序与意义，是规约进城农民工并使之产生认同的文化符号；一旦个人同强大的秩序之间产生龃龉，悲剧就会产生。五富（《高兴》）与国瑞（《泥鳅》）的悲剧，在某种程度上就是空间体验与身份认同的矛盾的必然结果。城市空间中所体现出来的"速度政治",表现于邱华栋等人的小说便是高速公路、高楼大厦、别墅等城市空间所体现的现代意味,这些充满现代意义的城市景观将现代空间观念表现得淋漓尽致。相比之下,在所谓官场叙事中,空间渗透了更多的市场经济逻辑,往往被当作瓜分、支配的对象;新世纪小说中这种表现为"权力运作的基础"[①]的空间,还将城市化与现代化的宏大叙事观念化,并传播到广大国土的每一个角落。如在《子虚先生在乌有乡》《一树酸梨惊风雨》《湖光山色》中,乡村空间就承载着双重意义,它一方面是权力和资本追逐的对象,另一方面又是改造国民传统空间观念的载体。

从深层次上说,"现代生活最深层次的问题来源于个人在社会压力、传统习惯、外来文化、生活方式面前保持个人的独立和个性的要求"[②]。虽然货币理性与现代时空观念改变了城市人的日常观念,但是传统文化中的血缘关系、天然联系以及重视人与人之间情义的观念,在被压抑的同时也会反弹,从而成为抵制城市化过程中冷冰冰的、中性的货币理性

[①] 汪民安:《身体、空间与后现代性》,南京:江苏人民出版社2005年版,第107页。

[②] [德]格奥尔格·西美尔:《大都会与精神生活》,见汪民安、陈永国、马海良主编:《城市文化读本》,北京:北京大学出版社2008年版,第132页。

以及非人的现代时间的某种工具。如《风雅颂》中的杨科逃离城市回到老家耙耧山区,《能不忆蜀葵》中的淳于阳立也逃离城市回到小岛,而《艾多斯》中的艾多斯离开城市后在遥远的草原生存等。新世纪小说这类"逃离城市"主题的小说从某种程度上也表现了当代中国城市日常生活中,处于传统与现代两种观念夹击下的现代人的另一种选择——对城市日常生活的诗意抵抗。

第二节 沉沦与荒诞:城市日常生活体验

衣俊卿认为,中国传统社会的日常生活包括"衣食住行、饮食男女、婚丧嫁娶、礼尚往来等日常消费活动、交往活动和观念活动",它"是一个凭借给定的归类模式和重复性思维,以及血缘、天然情感、经验常识、传统习俗等加以维系的自在的、未分化的、近乎自然的领域,它直接塑造了自在自发的活动主体"[①]。随着新世纪以来的社会转型与市场经济的发展,传统社会的日常生活受到城市化所带来的现代文化的侵袭。但是中国当代城市化过程中现代文化对于日常

[①] 李小娟主编:《走向中国的日常生活批判》,北京:人民出版社2005年版,第89页。

生活的影响并非现代文化对传统文化的取而代之，而是呈现出一种渐变的复杂动态过程。一方面城市日常生活深受现代文化影响，货币哲学与情感理性化将人们的日常生活空间改变为理性化的空间，但另一方面，传统熟人社会的血缘关系及其伦理道德规范还在努力维系着人们的日常生活，并试图发挥更大作用。因此，混杂化、混合化是当代中国城市化过程中日常生活的文化形态的重要特征。在文化混杂化犬牙交错的矛盾中，当代城市人的日常生活被撕裂为碎片，各种复杂的城市体验翻涌在城市化过程中的当代城市人的心头。因而在现代技术理性的支配下，城市人的社会关系纠结冷漠与热情之中，城市人的心理体验变成无穷无尽的焦虑，城市人的生存状态呈现为挣扎与沉沦，以至于感到生存的荒诞。

与城市化过程相应，新时期以来的当代文学也重新"发现"了久被政治话语遮蔽的日常生活主题，繁复平庸而又充满神奇的日常生活渐次进入文本，从而使当代文学发生了一个所谓的"日常化""世俗化"转向。用衣俊卿的话说就是，"人们放弃了传统精英文化用理性、人生的价值、历史的意义、人的终极关怀等深度文化价值取向为大众构造的理性文化或理想文化空间，开始向衣食住行、饮食男女等日常生计

（生活原生态）回归"[1]。如果说20世纪90年代池莉的《烦恼人生》、谌容的《懒得离婚》等作品还显示了初涉日常生活而不忍将理想、人生等宏大命题全部抛弃，那么20世纪90年代末以来到新世纪的小说则全面解构了这些宏大叙事。日常生活中的边缘化、沉沦、迷失以及异化的人生，都展露在新世纪小说中。随着社会阶层的分化，货币理性支配了每个人的日常生活，因而日常生活中不再有《烦恼人生》中还带有希望的烦恼，而是在一片商业繁荣的海市蜃楼中展开琐屑庸常的人生。理想、崇高等宏大叙事已销匿无踪，而不管其结果是否是"在'躲避'伪崇高、假道学的同时以至于把所有的理想视若瘟疫"[2]。因为在新世纪，文学作品中的形象已由20世纪80年代以来的"理想的人"逐渐过渡为90年代"世俗的人"，进而转变为新世纪"日常的人"。[3]

一、沉沦：日常在世的基本样式

"在人类社会的历史发展过程中，如果把历史巨变看作

---

[1] 衣俊卿：《现代化与文化阻滞力》，北京：人民出版社2005年版，第14页。
[2] 黄发有：《重建理想主义的尊严——对近三十年中国文学的一种反思与展望》，《南方文坛》2008年第6期。
[3] 冯欣：《理想的人·世俗的人·欲望的人——论新时期以来小说中日常生活主题的变迁》，《兰州大学学报》（社会科学版）2007年第5期。

第四章　日常化：新世纪小说中的城市生活

是推动社会转型的动态存在的话，那么日常生活就是充满了烦琐与平庸，点缀着极其短暂微小的神奇的固态存在。"[1] 技术理性统治之下的现代日常生活之所以平庸、缺乏创造性活力，其根本原因就是日常乃是由常人统治的一种平均状态。在海德格尔看来，"平均状态先行描绘出了什么是可能而且容许去冒险尝试的东西，它看守着任何挤上前来的例外。任何优越状态都被不声不响地压住"[2]。因此，作为日常生活中的城市人往往从本真的存在状态脱落，沉沦[3]于日常生活非本真状态之中。

城市人在日常生活中沉沦，首先是由于日常生活中的"常人"为了维护日常平均状态而监管、打压企图超越日常的"此在"。在《鬼魅丹青》中，迟子建叙写了几种不同的婚姻，借以思考日常生活的奥秘：卓霞与罗郁的婚姻有爱无性，刘良阖与齐向荣的婚姻有性无爱；蔡雪岚与刘文波的婚姻性爱无果。如果婚姻里的秘密始终没有泄露，所有人的生活也许都是沿着正常的轨道运行。但日常生活中的常人总是

---

[1] 王兴文：《论回族作家李进祥小说中的文化符号》，《宁夏师范学院学报》2012年第1期。
[2] [德]马丁·海德格尔著，陈嘉映、王庆节译：《存在与时间》，北京：生活·读书·新知三联书店1987年版，第156页。
[3] 此处"沉沦"一词并非道德意义上的堕落，而是取海德格尔《存在与时间》中的意义，意指陷落于日常生活的非本真状态。

通过闲谈、好奇刺探秘密,并将秘密公开,从而使"此在"沦落于日常生活。小说中,罗郁的生活方式被公开后,被常人以公众舆论的方式打压成性无能的怪人;蔡雪岚因为没有生育能力,慑于公众舆论,忍受丈夫的出轨。日常生活中的个体无法以纯粹独立的方式表达自己的主体意志,其实是"常人"以闲言碎语控制日常生活所致。闲言在统治日常生活的同时,也使个体无法抵达自己想要的生活,也无法完成自身的超越,因为闲言"锁闭了在世,掩盖世内存在者"[①],它提供给公众的仅仅是假象。迟子建对日常生活中的假象和真相的辩证关系的揭示,使《鬼魅丹青》同时也附着了一层形而上的韵味:人总是生活在常人的闲言碎语中,超越这种日常生活,或许会付出意想不到的代价。在小说的结尾,迟子建揭示出蔡雪岚坠楼事件的真相和她试图超越道德规训的努力,但这种超越也随着她的死亡而灰飞烟灭。

纷繁复杂的城市生活中,除了常人的压制使得城市人沉沦于非本真状态,城市人自己无所用心的好奇,也往往使他们沦落于非本真的日常状态中。城市人的好奇,并不是为了领会自己的生存状态,而仅仅是为看而看,"它贪新骛奇,

---

① [德]马丁·海德格尔著,陈嘉映、王庆节译:《存在与时间》,北京:生活·读书·新知三联书店 2010 年版,第 197 页。

仅只为了从这一新奇重新跳到另一新奇上去"[1]。因此，城市生活中几乎"每一个人从一开头就窥测他人，窥测他人如何举止，窥测他人将应答些什么"[2]。在戴来的《练习生活练习爱》中，范典典通过望远镜偷窥服装模特马力的私人空间，而柳自全则通过望远镜偷窥范典典的私人生活空间。偷窥不但给范典典，也给柳自全带来极大的快感。小说煞有介事地在偷窥情节中插入了其他情节，闺中女友芸芸对爱情失望，因此购买了一个制作精良的模特"爱人"；范典典的父亲与吴秀芝的偷情；马力与妹妹的畸形情感以及柳自全对范典典的追求。种种情爱关系似乎只有柳自全对范典典的追求还看似正常，但在小说的结尾，这个看似正常的过程也因柳自全身染艾滋病而终结。小说中的人与人交往的言谈、对新奇事物的好奇以及对生活对爱的两可的感受，共同构建起日常中在此存在的城市人的存在样式，跌落于常人的非本真状态的漩涡中，而不能走向澄明的本真生存状态。

从另外一个角度看，日常生活中也有神秘的一面，它构成了某种陷阱，引诱城市人陷入其中，因为"在世就其本身

---

[1] [德]马丁·海德格尔著，陈嘉映、王庆节译：《存在与时间》，北京：生活·读书·新知三联书店1987年版，第209页。
[2] [德]马丁·海德格尔著，陈嘉映、王庆节译：《存在与时间》，北京：生活·读书·新知三联书店1987年版，第210页。

而言就是有引诱力的"①。普玄的《普通话陷阱》去除了日常的神秘一面，讲述了一个蕴含着悖论性的人生哲理的爱情故事。杜光辉在高中时代就对转学而来的女同学马小蝉产生爱情，但由于当时的"坏学生"袁啸勇的威胁，只好放弃了这段爱情。在经过大学、研究生的学习之后，杜光辉娶上了地产大王的女儿，并成为绅士阶层人物。在偶遇马小蝉后，这个已有家室的男人凭借文化资本、财富以及地位，俘获了马小蝉的心灵与肉体，但他对马小蝉的俘获仅仅是肉体的需要，因而当马小蝉企图把作为他们爱情结晶象征的孩子生下来的时候，他就千方百计阻挠，最终导致了孩子的流产与马小蝉的自杀。小说的题目"普通话陷阱"以隐喻的方式涵盖整篇小说的主题：普通话在当地是很少有人说的，它与当地人的方言构成一种二元对立关系。由于是官方语言，而且小说的文本世界中普通话的讲述者是来自当地一个大厂，且美丽、出众的马小蝉，因而普通话在二元对立的等级秩序中占据优势地位，显得神圣不可侵犯。在"普通话"的诱惑下，岳绪英学习普通话的结果是不得不自杀；袁啸勇追求马小蝉十九年，却被半路杀出的杜光辉将其俘获。马小蝉对杜光辉

---

① [德]马丁·海德格尔著，陈嘉映、王庆节译：《存在与时间》，北京：生活·读书·新知三联书店1987年版，第215页。

的追求也是同样的：杜光辉的文化资本及其身份，都使得其形象具有"普通话"这个隐喻所具有的一切光晕。正是光晕效应使马小蝉陷入其中，最终和岳绪英、袁啸勇一样，成为"普通话陷阱"的牺牲品。

二、荒诞：日常生活中的城市体验

城市化过程的必然结果之一就是城市人口的激增与城市人口密度的增大。人口增多意味着本来是本土的、地域的文化特征的淡化，多样性、差异性的文化认同的形成。显然，作为城市集体人口的组成部分，来自不同地方带有不同文化背景的人口在城市化过程中冲击并改变了单一、整体化、特征鲜明的地方性（城市）文化。血缘关系、邻里关系、世代生活在一起而形成的同一的生活方式、生活习惯以及情感都被撕裂，人与人之间的关系也变得淡漠了，正如路易·沃斯所言："都市社会关系的特征是肤浅、淡薄和短暂。"①

日常生活的单调、重复与城市生活的"速度政治"叠加，形成快速而又单调的城市日常生活，在这种生活中，人的感官在各种不断涌现的新鲜事物冲击下丧失功能，因为"城

---

① 路易·沃斯：《作为一种生活方式的都市主义》，见《城市文化读本》，北京：北京大学出版社2008年版，第148页。

市的日常就是某种形式的去感官化,它提供的感官材料的声音过于'响亮',使人的神经趋于疲惫,甚至使它遭受重创"①。为了适应这个快节奏的生活,人们来不及对生活中的各种事物、事件详加考察,只能走马观花。"对都市现象的反应使器官变得麻木不仁,毫无个性。"②这是城市日常生活体验的基本特征。

城市日常生活的单调与繁复往往使人的麻木感达到一种百无聊赖的地步,甚至使人产生各种阴暗心理。"日复一日的最为稀松平常的家庭和栖居空间里的衣食住行行为"③本身就具有消解宏大叙事的功能,日常时间的循环本身也具有祛魅作用。本·海默尔认为,"同一物的永恒轮回就是日常的时间的基本特征,日常的时间性被经验为使人筋疲力尽、虚弱不堪的百无聊赖"④。在这种百无聊赖中,一切光环都会褪色。艾伟的《爱人同志》就表现了日常生活的烦琐、庸常以

---

① [英]本·海默尔著,王志宏译:《日常生活与文化理论导论》,北京:商务印书馆2008年版,第70页。
② [德]格奥尔格·西美尔:《大都会与精神生活》,见汪民安、陈永国、马海良主编:《城市文化读本》,北京:北京大学出版社2008年版,第132页。
③ 陆扬:《日常生活审美化批判》,上海:复旦大学出版社2012年版,第294页。
④ [英]本·海默尔著,王志宏译:《日常生活与文化理论导论》,北京:商务印书馆2008年版,第16页。

第四章 日常化：新世纪小说中的城市生活

及其对神秘、炫丽的祛魅过程。小说叙述的是20世纪80年代初，在对越自卫反击战中失去双腿的战斗英雄刘亚军和一个普通女孩张小影之间的恋爱、婚姻历程。在张小影和曾经笼罩着英雄光环的刘亚军从恋爱到结婚以及婚后的日常生活中，神奇与炫丽的光环日渐褪去原来的色泽，取而代之的是衰减的爱，最终变成刻骨的恨。沧海桑田般变迁的社会生活敉平了曾经的崇高与炫丽，繁复琐屑的日常生活磨去曾经的热情与爱，一场似乎是旷世无匹的婚恋，夹杂着意识形态的助推力，但在现实的日常生活中，这只不过是一场闹剧，当然更是一场荒诞的悲剧。

　　城市生活所导致的日常生活的麻木感并非不能认知世界，或者无力改变生活，而是根本就不屑于理解世界，甚至对生活充满了厌倦。如朱文《什么是垃圾，什么是爱》中小丁的混乱与无聊，《陌生人》中何开来形同"多余人""局外人"的淡漠与无所事事，《像我一样没用》中毫无个性、麻木不仁的形象——丁小可，也同样是小丁与何开来的血缘兄弟。丁小可大学毕业后分配到广播电台工作，由于广播的主流媒体地位在20世纪90年代之后被电视、网络取代，因而"在电台工作"这一身份也随之失去了其光环效果，作为电视台工作人员的丁小可也变得清闲，他的嗜好就只有下围棋。丁小可的嗜好并不仅仅是玩物丧志的图解，而且是他对

· 203 ·

于人生、生活没有既定目标,同时对一切都厌倦的表现,因为在他看来,生活中的一切无论怎样都可以。这种对待人生、对待生活的态度其实是对人生、生活的拒绝。因此,当他听说妻子和曾连厚好上了,他也不是怒不可遏地去追根寻底,而是毫不在意;当妻子提出要和他离婚,他也无所谓;当曾连厚被人杀死,他作为犯罪嫌疑人含冤被捕入狱,他依然没有太大反应;在警察的审问和监狱犯人的欺凌下,他竟然认为自己就是凶手,也不为自己辩解。小说的荒诞之处在于,当案情最终真相大白,丁小可被无罪释放的时候,他竟然在公安局门口一边痛哭,一边破口大骂。因为他的目标就是等死,但是被释放后,连这个希望都破灭了,他还要继续生活下去,因此感觉自己的自尊受辱。丁小可的人生是麻木的人生,或者说是一个"不正常"的人生。这里的所谓正常与否,当然是按照社会学中的一般伦理规范来确定的。每一个社会都会按照一定的标准塑造符合其规范的成员,就当代社会来说,"社会塑造其成员的方法受社会分工的需要和既定社会标准左右"①。按照齐格蒙特·鲍曼的说法,现代社会要求社会成员扮演生产者的角色,而到了晚期现代或者说后

---

① [英]齐格蒙特·鲍曼著,仇子明、李兰译:《工作、消费、新穷人》,长春:吉林出版集团有限责任公司2010年版,第64页。

现代时期,"社会塑造其成员的方法首先是由扮演消费者角色的需要和既定社会标准的摆布"[①]。如此,在生产社会,所谓的正常就是勤快、节俭,努力工作;而在消费社会,所谓的正常就变成了消费者的生活,即"在公开展示的愉悦感和真实体验的机会之间,专注于作出相应的选择"[②]。即使按照中国传统文化的道德规范来看,小说中的主人公丁小可也是不正常的。主人公丁小可的人生态度是什么都不选择,或者说是拒绝选择生活,因此不管在工作伦理规范还是在传统道德规范看来,他的人生态度都是否定性的,是不具备价值与意义的。丁小可的形象与《陌生人》中的何开来的形象同样是现代社会异化人生的标本。他们对什么都无所谓,对什么都厌倦,如果说他们还有所谓希望,那么这个希望就是早点离开这个世界。这种异化人生显然是狂飙突进的城市化、现代化的伴生物。丁小可们的生存的幻灭感,其实是无力改变社会,无力应付日新月异的城市发展的必然结果。他们被抛出社会的正常状态,同时无法找到确认自己身份的恰当的社会地位,因而自暴自弃。

---

① [英]齐格蒙特·鲍曼著,李兰等译:《工作、消费、新穷人》,长春:吉林出版集团有限责任公司2010年版,第85页。
② [英]齐格蒙特·鲍曼著,李兰等译:《工作、消费、新穷人》,长春:吉林出版集团有限责任公司2010年版,第85页。

与城市化过程相伴的现代文化对传统文化的冲击渗透于城市日常生活,给人们带来的城市体验不仅仅是荒诞的生命体验与沉沦的生存状态。事实上城市人的生存焦虑、对物质的迷恋、无根的漂泊感等,都是有别于乡村生活的城市日常生活中独特的生存体验。但是如果深入考察这些城市体验之间的内在联系,我们不难发现在迷恋城市物质与生活的表象之下,是现代人不可遏制的沉沦状态与对世界荒诞感的生命体悟。也许更重要的是,在书写城市日常体验的同时不放弃对社会转型时期宏大话语的追问:我们在获得了经济增长与生活物质丰富的同时,是不是在精神层面有同样的收获?如果人的生存价值与意义被悬置,那么以"让人类生活得更美好"为宗旨的城市发展目标本身还有意义与价值吗?

第三节 抵制策略与日常生活叙事的危机

城市化过程中资本和权力通过对城市空间的不断重组,如旧城改造、新区建设、拆迁安置、道路拓宽等,不但重塑了城市空间,而且为空间增添了新的意义,即通过城市空间的构形从而形成对城市人的生存状态的规划与培养。正如菲斯克所言:"城市规划不仅仅是建筑上和地理上的问题,而且包括对被涤除了历史与社会特性的民众的设计。"①从这个意义上说，当代中国城市化过程中的城市地理空间的结构性变化，一方面是改善了城市外观，但最根本的是现代化与技术理性、货币理性对社会生活与日常生活的组织的制度化。德·塞托借用福柯的权力理论分析了城市空间对城市人的规训：城市规划的技术手段与程序，是"微小的工具"，"仅仅通过对'细节'的组织，便能够将一种人类生活的繁多性变成'规训化'城市，能够对所有与教育、医疗、司法、军队或者就业有关方面的异常进行管理、区别、分类、等级化"②。由此可见，城市空间并非一个到处混沌的迷宫，充满了未知事物；毋宁说城市在某种程度上类似于福柯所说的"全景敞视监狱"，到处都有监控手段，它随时准备清理城市功能主义管理中的垃圾（不规则、异常、疾病、死亡等）。③

面对城市化通过空间的构形所实施的对城市日常生活的组织化、秩序化规范，城市人沉沦于日常生活或者迷失于消

---

① ［美］约翰·菲斯克著，杨全强译：《解读大众文化》，南京：南京大学出版社2006年版，第160页。
② ［法］米歇尔·德·塞托著，方琳琳、黄春柳译：《日常生活实践1.实践的艺术》，南京：南京大学出版社2009年版，第173页。
③ ［法］米歇尔·德·塞托著，方琳琳、黄春柳译：《日常生活实践1.实践的艺术》，南京：南京大学出版社2009年版，第171页。

费文化所营构的欲望之网，是一种常态选择，但是也有相当一部分城市人以消极的方式抵制资本与权力的控制，这就是德·塞托所说的抵制日常生活的策略。按照德·塞托的观点，在城市日常生活中，城市人并非心甘情愿地被消费社会的逻辑俘虏，而是通过一些特殊的策略与手段对之进行抵制，即"将权力与资本的统治秩序隐喻化：使之在另一个层面上运行"①。这种抵制策略的目的其实是使权力与资本的力量落空，从而达到抵制的目的。在德·塞托看来，"居住、交通、言说、阅读、购物或烹饪，这些活动似乎与战术的计谋和意外收获的特征相符：'弱者'在'强者'建立的秩序中运用的花招，在他者的领域中运用技巧的艺术，猎人的诡计，机动多变的灵活性，令人欣喜的、诗意的和战争的新点子。"②

在当代中国的城市化背景下，传统以血缘关系为主、充满温情的日常生活正在向被消费控制的现代日常生活过渡，但权力与资本的强力早已渗透到日常生活之中，并成为控制日常生活的主要力量。在这种特殊的语境中，城市人的日常生活被异化：他们"行为怪僻，畏惧交流，而且个性软弱，

---

① [法]米歇尔·德·塞托著，方琳琳、黄春柳译：《日常生活实践 1. 实践的艺术》，南京：南京大学出版社 2009 年版，第 92 页。
② [法]米歇尔·德·塞托著，方琳琳、黄春柳译：《日常生活实践 1. 实践的艺术》，南京：南京大学出版社 2009 年版，第 100 页。

缺乏激情"。"他们更乐于以一种无所事事的消极方式（诸如偷窥之类），游走于现代生活的缝隙之间，在孤独中恪守自我，将自己的社会关系削减到最低限度。"[1]这种自我封闭的生存方式，在某种意义上说其实是城市人对日常生活的抵制。新世纪小说对传统、道德、理想、历史、主体等宏大叙事的解构，与对日常生活的琐屑、平庸的不厌其烦的书写，同样是一种试图抵制日常生活的写作姿态。但是新世纪小说书写当代城市人的消极抵制日常生活叙事抗争意识的缺乏，使其乏善可陈。不管是努力拒绝日常生活平均状态对个性的平均化、同质化，还是逃离城市日常生活，城市人抵制日常生活的策略的软弱性，都使其缺乏力度。这两种抵制策略，都不是真正的抗争，也无法构成具有崇高审美特征的美学品质，因此，新世纪小说的日常生活叙事仅仅是抛弃了理想追求的小叙事。

一、拒绝同质化的悲剧

新世纪小说的日常生活叙事中的抵制策略首先表现在拒绝同质化上。所谓的同质化，其实是城市化通过对空间与时

---

[1] 洪治纲：《缝隙中的呓语——论七十年代出生女作家群的当代都市书写》，何锐主编：《把脉70后：新锐作家小说评析》，南京：江苏文艺出版社2010年版，第59页。

间的控制，将城市人塑造成合格的、标准的生产者，正常的、完美的消费者，是试图将城市人的日常生活维持成平均状态。正如海德格尔所言，日常生活的基本状态是常人维持其秩序的平均状态，这种平均状态在城市化过程中的具体表现，就是西美尔所说的货币理性与技术理性对日常生活的全面殖民："中性与冷漠的金钱变成了所有价值的公分母（基准），它彻底地掏空了事物的内核、个性、特殊的价值与可比性。"① 而在列斐伏尔看来，现代城市日常生活是全面异化的日常生活："现代性的基本特征就是异化，异化已经不仅渗透到工作场地，而且，致命的是，它已经渗透到了日常生活自身之中。"② 这种异化的突出之处在于，商品形式对于日常生活的殖民化驱逐了生存的诗意。不管是海德格尔所说的"平均状态"，还是西美尔所说的货币理性对事物价值的"掏空"，抑或是列斐伏尔所说的"异化"，其实都道出了现代城市日常生活通过同质化对于诗意的驱逐、对人的个性的挤兑，以及对理想主义的排斥。

站在超越或者抵制这种日常生活的立场上反对同质化或

---

① [德]格奥尔格·西美尔著：《大都会与精神生活》，见汪民安、陈永国、马海良主编：《城市文化读本》，北京：北京大学出版社2008年版，第135页。

② [英]本·海默尔著，王志宏译：《日常生活与文化理论导论》，北京：商务印书馆2008年版，第247页。

第四章　日常化：新世纪小说中的城市生活

者平均状态，在常人看来，这显然是荒诞不经的。新世纪小说中的向光（《男人是水，女人是油》）、丁小可（《像我一样没用》）、何开来（《陌生人》）等，就是这种荒诞的角色。向光本来对生活没有什么不满，但是同学之间的攀比使他气馁，在两个功成名就的同学面前，他除了不值钱的"才气"和"清高"一无所有。丁小可除了下围棋无所事事，对于正常的日常生活充满了厌倦。而何开来则抵制正常人的日常生活，因此他变成了一个几乎无用的"陌生人"，对什么事都不负责，对什么都没有兴趣。与其说是他们的人格出现了缺憾，不如说是现代化、同质化的日常生活造成了这种滞后于时代的人格。虽然三个人程度不同的抵制日常生活（向光是抵制，丁小可是厌倦，而何开来是拒绝），但他们最终是无法抵制异化的人生的。因为，"任何人都无法摆脱这种异化，当他力图摆脱这种异化的时候，他就自我孤立起来，这正是异化的尖锐形式"[①]。换句话说，这三个人抵制日常生活的方式是拒绝同质化、平均状态的日常生活，但这种抵制的确是很消极的抵制，以至于似乎什么也没有做。

与何开来、丁小可等的几乎消极的抵制略有区别，张欣

[①] 陈学明、吴松、远东编：《让日常生活成为艺术——列菲伏尔、赫勒论日常生活》，昆明：云南人民出版社1998年版，第6页。

笔下的李希特对于日常生活的平庸与繁复的抵制，弥漫着理想主义行将消失的悲剧氛围。张欣一贯以豪门情节演绎都市人生与城市奇观的二重奏，但在发表于2009年第3期《收获》上的《对面是何人》中，我们看到了城市普通居民的日常生活。小说情节的核心是如一和丈夫李希特的故事：李希特下岗之后就整天待在家里看武侠小说、武侠电影，变成了中国版本的堂吉诃德。与吴玄笔下的何开来、丁小可对于日常生活的无奈甚至绝望相比，李希特虽然同样不关心日常生活中的柴米油盐，但是他是有理想、有寄托的，虽然这个寄托就是创作武侠小说、拍摄武侠电影。如一买彩票中奖后，李希特为了能够拍摄电影，不惜通过与如一离婚，拿走600万奖金和雷霆去拍电影。在把彩票奖金挥霍一空后，他们的电影不但没有票房收入，也没有取得预期的效果。在雷霆自杀身亡后，李希特自杀未遂。小说在结尾为李希特画上了一个大大的句号，让他在解救儿子脱离传销队伍的过程中死亡，总算是挽回了一点面子。《对面是何人》展现了日常生活的两面：一面是李希特热火朝天的武侠梦，另一面却是如一勤劳、节俭地养家糊口。浪漫主义与现实主义的结合看似奇怪，却阐述了日常生活的真谛：如一任劳任怨挣钱养活李希特，是因为李希特的梦想就是她的梦想，那是日常生活神奇的一面；而李希特空虚的幻想不能离开衣食住行，这是日常生活平庸与琐碎的一面。代表日常生活神奇一面的李希特，寄生在如一、许二欢等人平庸的日常生活中，恰恰是日常生活辩证法的体现。

李希特的梦想虚幻而不现实，表现了在商业主义时代，理性思维对于城市日常生活的重塑，以及对于非理性和个性化因素的排斥。因为"尽管在城市之中，以非理性冲动为特征的极端个性并非完全不可能，但无论如何，这种极端个性与典型的城市生活是对立的"[①]。城市化的过程就是要敉平一切个性，制造出符合社会标准的同质化的生产者与消费者，在这种情况下，个体的灵性、精巧、理想主义等都萎缩了，因为这些不能兑现为货币，无法以货币来衡量其价值。李希特对于日常生活的平庸与单调，有明确的认识，比如经常挂在嘴边的"你能不能有点理想"，无疑是他企图抵制同质化、平均状态的日常生活，但是花巨资拍摄武侠电影的失败，使他的这种抵抗最终只能以悲剧结束。

二、逃离日常化的尴尬

城市化过程中，最能概括城市特征的关键词是"变化"，

[①] 陈学明、吴松、远东编：《让日常生活成为艺术——列菲伏尔、赫勒论日常生活》，昆明：云南人民出版社1998年版，第134页。

变化使城市各个空间元素处于不断变动之中。反过来说，人口和资本随着城市化的魔棒不断流动，又使得城市空间的"变"成为常态。在变动不居的城市生活中，安全、稳定、可靠等心理需求使城市日常生活的焦虑凸显出来，因此，逃避城市琐屑、平庸的日常生活，拒绝被技术理性同质化，寻求安宁、稳定的精神家园的主题，不断出现在新世纪小说中，并成为所谓"反城市叙事"的一部分。新世纪小说中的逃避、逃离、消解或者抵制日常生活的叙事，表现了城市人对资本与权力的控制的某种抵制策略，尽管这种抵制是无力的。

　　新世纪小说中的逃离日常生活主题在葛水平的《纸鸽子》、施伟的《逃脱术》以及格非的《蒙娜丽莎的微笑》中，主要表现为无法融入权力与资本形塑的科层化社会日常生活，而对之采取一种诗意或惨烈的抵制。在《纸鸽子》中，中学生吴所谓无法忍受母亲的唠叨，竟要跳楼自杀；在《逃脱术》中，"我"堂姐夫同样无法在城市化带来的充满混乱的价值体系的日常生活中找到自我认同，因而以"逃脱术"（死亡）逃离了令他无所适从的日常生活；也许《蒙娜丽莎的微笑》中胡惟丐对日常生活的逃离——出家修行——最具理性，但逃离了现代性标志的城市之后，他对城市的抵制以及他的自我认同都变得模棱两可了。这三个人物以逃离的方

第四章 日常化：新世纪小说中的城市生活

式抵制日常生活，显然是他们在充满流动性的现代城市生活中无法找到归属与认同的结果。由于在后传统社会，"认同不再是既定的或归属的存在，而必定受到混乱的环境的制约"[①]，因此，他们在无法定位自己在城市化过程中的稳固、不变的位置的时候，就选择了拒绝任何位置，逃离日常生活的抵制策略。

在新世纪小说逃离日常生活的主题中，最常见的情节模式是主人公由于无法融入城市化时代充满混乱的日常生活，而逃离城市回归田园。阎连科的《风雅颂》、张炜的《能不忆蜀葵》、邱华栋的《艾多斯》、姚鄂梅的《像天一样高》、宁肯的《蒙面之城》等小说中，都流露出浓郁的"归田园居"的意味。如在《蒙面之城》中，主人公马格拒绝城市生活方式到处流浪，表现出对乡村自然生命及其生存方式的推崇。在《像天一样高》中，小西和康赛在陶乐艰苦的村居生活，也是对现代城市生活方式的拒绝，以及对商业资本侵袭下异化的日常生活的拒绝。张炜的《能不忆蜀葵》也表现了对于城市日常生活的逃避，小说的结尾，淳于阳立不知所终，而叙述者"我"则肯定地认为他逃离城市，回归到田园牧歌之

---

① 周宪：《视觉文化的转向》，北京：北京大学出版社2008年版，第104页。

中了。小说中的小岛及小岛上的蜀葵，无疑具有象征作用，蜀葵也许是精神的象征，是自然之美的象征。忆蜀葵，其实还是对于已趋没落的传统文化的追忆，是对商业化大潮冲击下人的自然本性的追忆——如果真的有这种自然本性的话。显然，在这些小说中，城市化是现代社会日常生活一切病症的源头，要抵制权力与资本控制下的科层化社会的日常生活，就必须回到乡村与田园，回到大地与传统。

然而，回到乡土与传统仅仅是一种理想化叙事。因为在城市化过程中，不但城市发生了巨大变迁，乡村同样被城市资本重塑，变成了大城市的影子与"摹本"。因而所谓的回到田园与传统，只不过是回到了另一座"城市"（或伪乡村），而不是已成记忆的乡村。新世纪小说中的逃离日常生活回归乡村主题的尴尬之处也许就在这里：逃避城市、逃离日常的结果恰恰是不断回到城市、回到日常。阎连科的《风雅颂》虽然因其缺乏基本的大学校园生活经验与生活逻辑而为人诟病，但小说所表现的逃离主题却很准确地描述了这种尴尬。小说叙述的是清燕大学中文系副教授杨科在资料室花了五年时间完成学术专著《风雅之颂——关于〈诗经〉精神的本源探究》后回到家，却碰到妻子赵茹萍和副校长李广智同床共枕、偷欢取乐。比之妻子的不忠，更让他无法接受的是他辛辛苦苦完成的专著无法发表，与过去的出版专著给稿

第四章 日常化：新世纪小说中的城市生活

费相比，如今出版社竟然要杨科自己掏钱。在家事和自己学术繁杂事务交织中，杨科意外参加了学生组织的游行，被媒体曝光，影响了清燕大学的声誉。在校领导的一致"同意"下，杨科被送进精神病院。后来杨科从精神病院逃出，回到老家耙耧山区的乡村，去寻找他的初恋情人付玲珍。小说对主人公杨科遭遇书写的最终用意是对知识分子的批判，《风雅颂》中清燕大学的副校长李广智与格非的《欲望的旗帜》中的哲学教授贾兰坡、阎真的《沧浪之水》中的卫生厅厅长池大为、邱华栋《教授》中的经济学教授赵亮、张者《桃李》中的法学教授邵景明、阿袁《顾博士的婚姻经济学》中的顾博士，构成了20世纪90年代到新世纪的所谓学院知识分子的群体画像。但是小说对于知识分子的灰色日常生活并没有给出最佳解决方案，只是让主人公杨科逃离了城市，回到老家耙耧山区。然而吊诡的是，过去的小县城已经被城市化了，小县城的天堂街上分布的饭店、酒家、旅馆、啤酒屋、洗脚房和发廊、推拿、按摩，与其他小县城几乎异曲同工。杨科老家县城的城市景观分明告诉我们，在城市化时代，没有哪一个地方能够独立存在，所有的地方都被卷入了城市化的旋涡。在这种情况下，杨科寻求精神家园的期望注定是要失败的。

《风雅颂》不断逃离但又无法逃离日常的尴尬，其实隐喻的是传统文化在现代社会的尴尬，小说对性的书写恰恰表达了作家在传统与现代之间的徘徊不定。一方面作家表现出对以欲望为中心的现代文化的拒绝与抵制，另一方面小说自身却不断解构这种拒绝与抵制。小说对于杨科的性生活书写表现出一种刻意的回避，如在杨科和玲珍之间有很多次机会可以完成身体的狂欢，但是杨科每一次都压抑了身体的欲望；在杨科和妻子赵茹萍之间，小说提到他们有性生活，但是没有书写他们之间正常的性生活。对于杨科眼中赵茹萍和李广智的偷情，杨科不是气急败坏，而是站在旁观者的立场上怀疑李广智的性能力，也怀疑妻子赵茹萍能不能得到满足；杨科进入老家县城天堂街的每一个色情场所，都是为了挽救这里的失足女孩，而不是满足自己身体的欲望。显然，杨科对于性的态度是压抑的，而这种压抑在某种意义上，其实象征了传统文化对欲望的节制。与之相反，小说中李广智与赵茹萍以及小县城的色情场所中毫无节制的欲望表演，则象征了现代城市文化的堕落。杨科压抑自己的性欲望，追寻自己的精神家园，但其悖论就在于家园的不存在——那个曾经的田园牧歌般的乡村已经被城市化、现代化摧毁。因此，杨科逃离城市日常生活的行动注定是失败的。在全球化席卷一切的现代社会，日常生活的牢笼注定是无可逃避的。

新世纪小说中的逃离主题，表面上是对于城市日常生活的拒绝或者抵制，但是从本质上说，这种抵制表征的是全球化时代本土文化对于全球化与都市化的抵制。在这种抵制中，所谓回归田园、回归传统，其实是处于全球与本土的文化张力中的当代作家对中国文化何去何从的一种文学思考。但是，如果从未来的发展着眼，逃离城市日常生活却又无法回归传统的尴尬境遇，又使这种抵制本身显得苍白无力。

三、日常生活叙事的危机

新世纪日常生活叙事解构、颠覆传统，质疑宏大叙事的合法性的写作姿态无疑具有创新精神，但是在解构的同时，新世纪日常生活叙事缺乏建构精神与理想追求。纵观新世纪小说中的日常生活叙事，我们发现虽然新世纪小说的日常生活叙事也不乏抵制日常生活之作，但其中鲜有抗争主题的出现。这种若有若无的消极的抵制策略，无疑是日常生活叙事的潜在危机。缺乏崇高美学品格的消极抵抗，极易使新世纪日常生活叙事陷入一种庸俗化的叙事误区。

首先，在解构了理想、精神、主体、历史等话语之后，新世纪日常生活叙事往往陷入消费、欲望甚至无聊的陷阱。如发表在《人民文学》2004年第8期上的《珍珠树上》，以城市某小区住户李老汉追查该栋楼房谁在乱扔安全套为线索，书写城市人的生活状况。虽然我们也可以将之称为日常生活书写，但是不管是章念的婚外恋与酗酒，还是主治大夫的两次婚姻的过渡过程，甚至程西的性无能，都是日常生活中平庸的事件，并不能给读者提供审美愉悦。在看似自然主义的生活原生态的摹写中，除了表现出对安全套所象征的混乱欲望的揭示，小说没有提供更多的东西。与其说小说想探讨某个宏大命题，不如说是故作噱头，从事不及物写作。这种日常生活叙事的泛滥，极易导致对鸡毛蒜皮之类琐屑事件不厌其烦的精雕细琢，从而遮蔽城市化所带来的人的异化生存及其灾难性后果。

此外，抗争意识的缺乏使新世纪小说日常生活叙事缺乏崇高的美学追求，沦为日常生活的机械反应，对城市日常生活的消极抵制，也往往由于其软弱性而显得缺乏力度。诸如叶弥笔下的小男人袁庭玉（叶弥《小男人》）、吴玄笔下的陌生人何开来（吴玄《陌生人》），以及张欣笔下的武侠迷李希特（张欣《对面是何人》），虽然这些人物都不满于城市化所带来的技术理性与货币哲学支配的现代生活方式，但是他们普遍缺乏抗争意识。如果说李希特还努力抵制了消费社会的生活方式的话，那何开来与袁庭玉则是无力抗争，更多的是消极生存，甚至把生命本身的价值一并弃置。抗争精神的匮乏使之必然缺乏崇高美学品格，从而使作品的历史责任与担当变得可有可无。

第四章 日常化：新世纪小说中的城市生活

缺乏抗争意识与崇高美学追求的日常生活叙事，是城市化所带来的文化多元、众声喧哗的城市日常生活中被主流话语遮蔽的日常生存状态的表征，但是忽略了城市化的大背景，这种日常生活叙事极易陷入危机。虽然这种危机不易察觉，但我们必须认识到作家历史使命感的缺乏、对更为广阔的社会生活的关注不够，以及作家急功近利的写作姿态，都是这种危机产生的原因。在城市化背景下，如何更好地讲述中国当代史，如何为重新想象中国而写作，应该是当代作家的共同使命，局限于日常生活的世俗化书写而忘记自己应该担当的历史使命，无疑是一件遗憾的事情。

余论
城市化与新世纪文学想象

中国加入世界贸易组织和成功申办奥运会被认为是中国新时期以来的现代性追求的美好回报,但是国家层面的经济增长和既得利益集团的成功并不能掩盖中国发展中国家的本质。20世纪90年代后期到新世纪初期,人们对消费主义文化的惊鸿一瞥满足了某种意识形态想象,但这恰恰表现了后殖民意识对中国当代社会复杂现实的误读。虽然"新左派"思潮与2004年左右的底层文学把人们的目光从"赶英超美"的进化论思维的变体中扯回当下,但是积极的、具有建设性的批判意识依然是当代社会缺乏的文化精神。不管是民族主义想象还是西方自由主义想象,都企图用直接移植某种理念的方式取代对当代社会现实做细致、深入的分析。当代中国虽然在经济上取得了令世界瞩目的成就,但是对取得这一成就所付出的代价仍然估计不足。因此,当代中国国力的强大与文化的弱者形象几乎成为令人不堪忍受的悖论。与这种悖论相比，社会生活的复杂更让人担忧：资本与权力对资源的掠夺与控制造成新的不均；社会两极分化所造成的对立与新的"仇富"意识已经成为社会现实中某种不可调和的矛盾的产物；各种资源逐渐紧缺，而自然环境被城市化破坏；被垄断市场的"上帝之手"驱赶到城市街道上的漫无目的的人群……社会学家孙立平所说的社会的断裂，已经使社会离心力越来越大，现代性追求所带来的不可知的焦虑、不稳定、不安全、不知所措，已经成为当代人对这个风险社会最直接的生存体验。

社会转型时期的复杂社会现实决定了当下中国城市文化的混杂化、流动性，这是处于全球化、城市化以及现代化过程与对古老乡土中国传统的怀旧情绪的夹缝中的当代中国文化的写照。虽然任何时期任何地域的文化都并非铁板一块，而是处于不断变动的状态之中，即使我们可以借助某些文化理论说文化是某种先验的、给定的东西，不如说文化是生成的、被建构的，是"一些由人自己编织的意义之网"[1]。但是中国当下这种文化的混杂性、流动性、复杂性，几乎是人类历史上罕见的。虽然欧美等国在19世纪末到20世纪中叶也经历了大规模的城市化，但是相比之下，欧美等国的城

---

[1] ［美］克利福德·格尔茨著，韩莉译：《文化的解释》，南京：译林出版社2008年版，第5页。

市化、现代化可以远溯到工业革命，而且其城市化是内在因素促发的、渐进的过程。中国当下的城市化与现代化在短短30年几乎走完了西方一些国家几百年的路程，由于中国幅员辽阔，因此城市化与现代化必然是以空间差异体现出时间差异的一个过程，空间上的各种文化形态的杂糅与并置成为社会转型时期必然的文化景观。而与现代化并行的城市化过程中，在许多优良传统被弃置的同时，各种丑陋的东西乘虚而入，造成复杂的局面。

特里·伊格尔顿认为："'文化'这个词，通常被认为指称一种社会，实际上却是想象该社会的一种标准化方式。它还可以是按照他人的模型想象自己的社会条件的一种方式，要么是历史上的丛林人，要么是政治上的未来人。"[①] 按照这种理解去解读新世纪小说对于城市文化的表征，我们发现在社会转型的背景下，新世纪小说对于当代城市文化的表征，其记忆与想象意义大于建构意义。虽然新世纪小说有对于底层生存的关注，也有对消费主义文化诱导下的"拜物教"思想的批判，还有对技术理性统治下的日常生活的观照，但如果着眼于建构一种新型城市文化，想象一种新的生活方式，

---

① ［英］特里·伊格尔顿著，方杰译：《文化的观念》，南京：南京大学出版社2003年版，第28页。

编织一种新的作为当代社会努力目标的"意义之网",作家们则显得手不应心。虽然王旭光在《天地之骨》中以抒情的笔调让主人公曾思凡设计出了兼顾各阶层利益的城市景观,但这一景观依然停留在图纸上;虽然赵本夫在《无土时代》中以浪漫主义笔法重构了城市空间,但这个空间仅仅是一种修辞表达。虽然袁劲梅在《罗坎村》中通过两种文化对比分析了中国文化中的"人治"思维,但是她依然没有提出建设性的文化想象。从另一方面来说,如果说城市文化必然有某种能够代表其整体性的内在精神,那么这种城市精神恰恰是新世纪小说没有表现出来的。如果说新世纪小说也反映了某种城市精神,那么有可能仅仅是具有地域文化特征的,在全球化、城市化过程中抱残守缺的地域文化,而不是具有现代气质的城市文化。

莎朗·左京认为,"我们这些居住于城市中的人,倾向于把文化视作这一所在的粗俗视觉的解毒剂。"是因为"据说这些文化活动可以把我们拔出日常生活的泥淖,升入仪式化的快乐的神圣空间"[1]。如果从这个方面看待新世纪小说的城市书写,尽管新世纪小说在如何建构新型城市文化、编织怎

---

[1] [美]莎朗·左京著,张廷佺、杨东霞、谈瀛洲译:《城市文化》,上海:上海教育出版社2006年版,第1页。

样的"意义之网"方面乏善可陈，但是新世纪小说还是给我们提供了当代中国城市化过程中的城市文化镜像，这种文化镜像表达了当代作家对于社会转型时期的城市的某种想象。

首先值得肯定的是兴起于2004年左右的底层写作，不但是对20世纪90年代末期到新世纪初期的欲望泛化的消费主义都市书写的反拨，而且标志着现实主义创作倾向的回归。虽然底层写作远未达到恩格斯所说的"美学与历史"[①]完美结合的高度，而且其致命弱点就是形式方面缺乏"有意味的形式"[②]因素，但是底层写作对于城市的想象为当代文学的城市想象增加了一个新面孔，这就是与城市富丽堂皇的景观相对的"缝隙空间"中的底层生存相。在城市的"光明"与"黑暗"的对比中，资本与权力运作所造成的全部现实才能得以彰显。新世纪小说中以底层为中心的叙事模式的价值与意义还在于，通过对城市化所造成的"垃圾""有缺陷的消费者"[③]的书写，给我们提供了被卫慧、葛红兵[④]等人笔下的

---

① 恩格斯：《致斐·拉萨尔》，见《马克思恩格斯选集》第4卷，人民出版社1995年版，第561页。
② [英]克莱夫·贝尔著，周金环等译：《艺术》，中国文联出版公司1984年版。
③ [英]齐格蒙特·鲍曼著，李兰等译：《工作、消费、新穷人》，长春：吉林出版集团有限责任公司2010年版，第85页。
④ 如卫慧的《上海宝贝》、葛红兵的《沙床》等。

中产阶级生活方式所遮蔽的另一种城市生活，而这种城市生活与完美的消费者的城市生活共同构成了作为总体的城市生活。在这个意义上，离开了城市化所带来的对于底层群体的伤害以及城市的衍生物（垃圾），而侈谈都市消费社会的来临，恰恰堕入后殖民想象的陷阱。很多研究者提出城市文学或者都市文学的概念，并以消费文化作为考察当代文学文化表征的先验理论，尤其以"70后"作家对于城市的想象文本作为例证，把当代中国城市文化的主流命名为消费主义文化。这种理论视野看似高妙，实则一笔抹杀了被排除于城市空间的边缘存在，其忽视底层生存与文化状况的二元对立思维模式，注定其结论的偏颇。

但是无论如何，新世纪小说对消费社会初露端倪的当代城市文化的想象，也为当代文学增添了新质。虽然邱华栋、卫慧等人笔下的城市景观的书写模式，与20世纪30年代穆时英、禾金等人的书写模式如出一辙，而且其对代表欲望与菲勒斯中心的西方的殖民想象同样具有相似性，但是他们对全球化、城市化过程中当代中国出现的新景观的关注，又使当代社会生活的复杂性呈现出来。邱华栋笔下的塑料人、公关人、代孕人，都是社会转型时期出现的"单向度的人"、平面人，这些新形象的出现表现了当代中国城市社会的复杂性。尤其值得注意的是当代作家对于城市景观的生成模式的观照,如许春樵、周梅森、王刚笔下的城市化,王旭光对于城市景观设计者、规划决策者的书写,将城市化过程中权力与资本运作的复杂性揭示了出来。

另外,新世纪小说对于日常生活的书写也取得了一定成就。虽然在20世纪90年代的新写实主义小说那里已经出现了对于繁复、庸常的日常生活的关注,但作为过渡时期,90年代的新写实主义的内在气质是理想化的,在一个潜在的二元对立中,文本表层庸常的日常生活之下是作家对于文本深层理想的坚持。但在新世纪小说中,身陷物质主义的当代市民的鸡毛蒜皮之类的琐事被无限放大,成为作家关注的对象。以物质为中心不厌其烦地书写当代人庸常琐屑的日常生活,及其在日常生活中的沉沦与企图超越的生存状况,也的确是城市文化表征之一,因为"'文化'最先表示一种完全物质的过程,然后才比喻性地反过来用于精神生活"[1]。但是精神性向度的萎靡与迷茫而不知所措地沉沦于日常生活,又表现了当代作家面对物质主义的茫然。

尽管如此,新世纪小说对于城市文化的表现,具有先天性的不足。首先,市民社会的缺乏、城市精神的欠缺使得

---

[1] [英]特里·伊格尔顿著,方杰译:《文化的观念》,南京:南京大学出版社2003年版,第2页。

新世纪小说在书写城市的时候往往手足无措。马克斯·韦伯认为,"要发展成一个城市共同体,聚落至少得具有较强的工商业性格,而且还得有下列特征:(1)防御设备;(2)市场;(3)自己的法庭以及——至少部分是——自主的法律;(4)团体性格及与此相关的;(5)至少得有部分的自律性与自主性。"[①]传统的中国城市缺乏共同体特色而且也没有真正意义上的市民,因为封建时代的城市居民在更多意义上还是他的氏族的成员。20世纪以来,伴随着中国社会的现代转型,城市居民也向现代城市的"市民"转变,但由于传统社会深层结构的稳固性,即使在当代,很多居住于城市的"市民"骨子里依然是传统社会价值中中规中矩的农民。市民社会的缺乏导致城市书写中典型的城市社会心理、市民性格的匮乏。新世纪小说中反城市的主题中常见的情节模式,就是主人公由于无法忍受城市生活而逃离城市,回归田园。在某种意义上,这种情节模式恰好表明市民社会的缺乏以及能够代表城市文化精神的市民精神的缺乏。

其次,新世纪小说美学品格的缺席。在一个多元文学场域中,由于受到来自文学生产机制、大众文化与通俗文学以

[①] [德]马克斯·韦伯著:《城市的概念》,见薛毅主编:《西方都市文化研究读本》第1卷,桂林:广西师范大学出版社2008年版,第269页。

及主流意识形态的影响，新世纪小说世俗化、日常化倾向明显，对美学品格的追求被市场导向替代。从生产机制上说，新世纪小说生产速度之快令人咋舌，很多小说缺乏必要的锤炼与打磨；从文本内容看，有不少小说格调低下，陷入世俗的泥淖。此外，缺乏生活经验的不及物写作，已经成为新世纪小说创作的一种病症。邵燕君在评论底层文学时说："'底层写作'是一种知识分子写作，但由于作家们既缺乏代言资格又缺乏批判资源，只是站在模糊的人道立场对'底层'施以同情，或者以极力渲染苦难的方式博取同情，这都使作品的情感立场显得浅薄虚伪。"[①] 虽然这种观点对整个底层文学写作是否公正还有待商榷，但对某些作家生活经验匮乏的批评却很中肯。新世纪小说中生活经验匮乏的作品，模式化、类型化的作品的确值得反思，如贾平凹的《高兴》、阎连科的《风雅颂》等。虽然贾平凹也进行了所谓的体验生活，但《高兴》中的主人公高兴与其说是进城打工的农民工，不如说是落难才子的城市生活想象。阎连科的《风雅颂》虽然以批判意识为其创作主导思想，但由于缺乏当代中国大学校园生活最基本的生活经验，使其批判意识失去了根基。更有甚

---

① 邵燕君：《新世纪文学脉象》，合肥：安徽教育出版社2011年版，第151页。

者，在市场需求的刺激下，不少小说追求单纯的情节，以类型化"山寨式"[①]写作生产文学作品。所有这一切都明白无误地告诉我们，文学的美学追求已成昨日黄花。

第三，批判意识的缺乏。新世纪小说的日常化转向对于解构意识形态宏大叙事无疑有积极意义，但是在解构既定写作模式的同时往往矫枉过正，从而陷入庸俗化甚至低级趣味的泥淖。新世纪之初的都市欲望化写作导致的色情化叙事对文学本身价值与意义的颠覆，对社会道德底线的突破及其恶俗影响，与对社会现实认识不够以及批判意识的缺乏不无关系。即使在受"新左翼"思潮影响的底层叙事中，文学的批判力度与深度及广度均有所欠缺。底层叙事往往由于对苦难美学的迷恋而忘记对造成苦难的原因的探索，只有少数作家如曹征路等能够超越苦难叙事，深入挖掘资本与权力共谋所带来的底层群体的苦难。当然底层叙事批判深度的不够与主流意识形态所设置的话语禁区有关，也与当代作家历史使命感与责任感不强以及当代文学生产机制与生产方式有关。

戴维·哈维在《后现代的状况——对文化变迁之起源的探究》中曾经指出："现代主义是对于由现代化的一个特殊过

[①] 黄发有在《警惕山寨化写作窒息都市小说的生命力》中把类型化的城市写作称为山寨化写作，见黄发有：《警惕山寨化写作窒息都市小说的生命力》，《探索与争鸣》2011年第4期。

程所造成的现代性状况的一种不安的、摇摆不定的、在美学上的回应。"① 新世纪小说对于城市化的表征，同样表现出对于交织着传统与现代的文化矛盾的当代社会状况的不安与摇摆不定。这种不安与摇摆不定表现于美学形式，就是评论家所说的"混乱美学"或"价值乱象"。在传统与现代、全球化与本土化的文化张力中，新世纪小说对于城市化进程中的城市的书写虽然表现出重新想象中国的努力，但是由于存在技术的变形，这种想象就变成一种与现实若即若离的扭曲的镜像关系。

新世纪以来，加速发展的城市化进程与中国社会所发生的巨大文化变迁，为文学提供了丰富而又复杂的素材，如何将城市化过程中的文化变迁以文学形式表征出来，形成对特定历史时期社会、经济、文化画卷的书写，如何以深刻的洞察力与博大的胸怀为人的生存、社会正义呐喊，不但是这个时代对作家提出的历史使命，同时也是每一个有责任感和正义感的作家理应承担的义务。作为一个有责任感的作家，不能摇摆于权力或者资本的石榴裙间，而是无论何时都不应忘记萨特的名言："人们不是由于选择说出某些事情，而是因为选择用某种方式说出这些事情才成为作家的。"②

---

① [美]戴维·哈维著，阎嘉译：《后现代的状况——对文化变迁之缘起的探究》，北京：商务印书馆2003年版，第133页。
② [法]萨特著，施康强编译：《什么是文学》，见《萨特论文学》，北京：人民文学出版社1991年版，第104页。

附录
当代小说城市书写的历程

  城市化过程中,城市作为经济发展的引擎,带动整个国家的经济、社会、文化同时发生变化,文学也不例外。改革开放至今四十多年来,城市书写在当代文学中的比重越来越大,以至于我们不得不说,至少在数量上,开端于现代文学的乡土叙事已经渐次被城市书写超越。梳理四十年来当代小说中的城市书写,一个无法回避的事实就是,当代小说的城市书写与经济发展和城市化进程具有某种共振关系。在不同时间段,当代小说城市书写的内容与国家政策、经济发展,以及城市化带来的人们的情感体验、心理状态均有内在关联,但外在的、经济社会的大变革对文学的影响更为巨大。

  为便于论述,本文将1978年以来的当代小说发展划分为四个阶段,每十年为一个阶段。在讨论当代小说城市书写时,按照主题和内容,把当代小说城市书写划分为书写经济生活的小说、书写城市空间的小说、进城叙事、女性叙事、

· 233 ·

知识分子题材、城市记忆等不同类型。经济发展、城市化进程对当代小说影响巨大，城市化所带来的社会现实、社会心理与社会意识等，都与城市化发展、与国家政策形成共振现象，这是本文的一个基本观点。

理想与激情：
20世纪80年代小说的城市书写

1978年2月召开的十一届三中全会作出把工作重心转移到社会主义现代化建设上来和实行改革开放的战略决策，这一决策对此后的中国和世界影响广泛而深远。在整个20世纪80年代，国家制定的一系列发展经济的政策，使国家经济力量不断增强，人民生活不断得到改善。作为经济增长的引擎，这一时期的中国城市宛如缓缓启动随后逐渐加速的列车，带动整个国家进入经济快车道。大都市、中小城市、小城镇，形成一个先后踏上由市场和计划共同配置资源的发展序列，向现代化的方向稳健迈进[1]。城市经济的快速发展及其带来的变化，渗透到人们的日常生活中，也迅速传导到文

---

[1] 20世纪80年代我国城市化逐渐加快，城市化率从1978年的17.92%上升到1992年的27.63%。见王廉等：《中国城市化教程》，广州：暨南大学出版社2011年版，第9页。

化领域，改变了文化领域重精神而轻物质的旧有思维。20世纪80年代是充满了理想与激情的时代，这种被释放出来的文化精神充满了时不我待、开拓进取、不断创新的信念，深深烙印在80年代的文学中。

如果以城市书写为中心考察20世纪80年代的小说创作，我们发现，作为社会发展的"镜子"，这一时期的当代小说对城市的关注，并非出于一种文化自觉，70年代末80年代初的伤痕小说、反思小说、寻根小说遮蔽了城市书写的声音。但在整个社会挣脱束缚、释放潜力的大背景下，文学不可避免地"遇见"城市，80年代小说书写了改革时代城市政治生活与经济生活领域中的积极进取的精神，记录了城市空间不断被生产的过程，铭记了特定时代的城乡差异，也在新旧交替的城市景观中重构了城市记忆，在现代城市气息渐浓的时候书写了城市消费与欲望的同构关系。"文变染乎世情"，尽管20世纪80年代的城市书写呈现出多副面孔，但都受到充满了理想与激情的时代精神的浸染，与社会发展、经济变化以及人们的观念的变化形成一种"共振"。

一、牵引经济增长的城市

城市是经济增长的机器，它通过聚集周边乡村的各种资源并实现重新配置，加快流动性，借以促进经济的发展，反过来说，经济的快速发展又会推动城市发展。1979年到1984年是中国城市化的恢复时期，城市发展总方针是"控制大城市规模，合理发展中等城市，积极发展小城市"。这一时期的经济变化主要是城市工业化改革和小城镇乡镇企业推动的，20世纪80年代小说敏锐地捕捉到了时代的气息，以近乎纪实的笔法，书写整个社会发生重要转折时期的政治生活、经济生活，塑造了一系列勇于开拓、积极进取的人物形象。

蒋子龙《乔厂长上任记》的发表，是"改革文学"出现的标志性事件。此后，蒋子龙《一个工厂秘书的日记》、柯云路《三千万》《新星》、张洁《沉重的翅膀》、李国文《花园街5号》等都涉及城市中经济改革带来的巨大变化。但这种近于"当代社会生活史"的城市书写也出现一种不平衡，这些小说对城市经济增长的书写并不是一一对应于大城市、中等城市、小城镇这样的序列，而是以蒋子龙的改革文学为先声，然后经过贾平凹的小城镇书写的铺垫，才出现张洁《沉重的翅膀》这样的巨著。这也是当代作家在书写城市时先有激情与理想，而后才有深思熟虑的沉潜之作的写照。

按照保罗·诺克斯的说法，"推动和塑造城市化的核心动力是经济变化。"[①] 而中国城市经济的变化，早在20世纪70年代末80年代初，其实是国有大中型企业的恢复生产带动的。国有大中型企业是国家经济的重要支柱，是带动城市经济发展的重要引擎。从这个意义上说，蒋子龙、柯云路的小说对国有企业书写，更多具有特定时代重要事件的纪实的特点。《乔厂长上任记》以某市重型机电厂为写作中心，通过塑造大刀阔斧推进改革的开拓者乔光朴这个形象，聚焦80年代政治生活中的改革与守旧之间的斗争。柯云路的《三千万》的主人公丁猛是某省轻工业局党委书记兼局长，针对维尼纶厂建设十年还没有竣工的"胡子工程"，丁猛亲自到厂里调研压缩预算，进而解决三千万的烂账。两部作品都塑造了改革英雄的形象，但前者采取了"改革+恋爱"的模式，后者触及的官场关系网、人情网更为复杂，虽然没有深入揭露维尼纶厂党委书记张安邦及其背后的各种力量之间的更为丑恶的一面，但对政治生活的复杂性的表现，却更胜一筹。两部作品都以理想人格的塑造，来表达特定时代的新旧斗争的主题。

在这一时期，中小城市的发展也极为迅猛，虽然戴

[①]［美］保罗·诺克斯、［美］琳达·迈克卡西著，顾朝林、汤培源、杨兴柱译：《城市化》，北京：科学出版社2009年版，第10页。

维·哈维所说的当时中国"显著的增长率绝大多数都得力于集中化了的国有部门之外的部分"[①]，可能言过其实，但不可否认，20世纪80年代乡镇企业的兴起[②]，为整个国家的经济增长作出了重要贡献[③]。贾平凹的一系列作品，便敏锐捕捉到了乡村和小城镇经济发展中的新旧斗争。在80年代早期的《腊月·正月》中，王才和韩玄子之间的新旧经济思想的交锋，其实是在全国改革开放形势下的市场经济与计划经济之间的矛盾的反映；在《鸡窝洼人家》中，贾平凹塑造了回回与禾禾两个不同的人物形象，用以代表商业选择和农业选择在特定时代的冲突；《浮躁》以金狗和小水的爱情为主线，写改革时代经济发展。显然，乡村经济模式的转变，来自城市和国家层面的导向，只不过，在城市工业改革领域，这种冲突更加剧烈。

《沉重的翅膀》是改革文学的扛鼎之作，也是"我国文学反映经济改革的第一部长篇小说"，"中国第一部政治小

[①] ［美］戴维·哈维：《新自由主义和阶级力量的重建》，见许纪霖：《帝国、都市与现代性》，南京：江苏人民出版社2005年版，第113页。

[②] 1984年底，乡镇企业从业人员大约5208万人，几乎是70年代末的10倍。见武晓鹰：《人口城市化：历史、现实和选择》，《经济研究》1986年第11期，第27页。

[③] 1978年到1984年间，农村收入惊人地以每年14%的速度增长。见大卫·哈维著，王钦译：《新自由主义简史》，上海译文出版社2010年版，第145页。

说"①。即便是在40多年后的今天重读这部小说,也不能不为作家对时代脉搏的精准把握、对风口浪尖做出各种选择的人物形象的塑造所叹服。《沉重的翅膀》所书写的城市生活主要包括以下几个方面:其一是政治生活。《沉重的翅膀》聚焦于改革开放初期重工业部和所属工厂的整顿改革,塑造了副部长郑子云、曙光汽车厂厂长陈咏明以及车工组长杨小东和他的伙伴们等拥护改革的人物形象,也塑造了重工业部部长田守诚、副部长孔祥等见风使舵、两面三刀的反改革派人物形象,还塑造了李瑞林、万群等生活艰难的普通工人形象,通过人物的行动,勾连起一幅改革时期新旧思想激烈交锋、矛盾冲突迭起的社会生活画卷。其二是涉及那个时代家长里短的日常生活。特别是第四节写叶知秋拜访重工业部副部长郑子云,在楼道里听到的音响:"楼道里传来的一切音响全是不顾一切的、理直气壮的,仿佛都在宣告着自己的合理:剁饺子馅的声音,婴儿啼哭的声音,弹钢琴的声音……热闹的星期天。"在第十二节,叶知秋和贺家彬从电报大楼走出来,看到了五光十色的街道风光:汽车、人群、指挥交通的警察、电器商店播送的电子音乐,交会成日常生活的交

---

① 张洁:《沉重的翅膀·序言》,北京:人民文学出版社2013年版,第1页。

响曲。在这里，张洁把所有声音都描写出来，预示着这个时代即将松开快速飞奔的离合器，"速度政治"即将到来，并成为时代的主旋律。其三，小说已经把消费提上日程。小说中消费时代的代表无疑是郑子云的妻子，她的银嵌的、深灰色的大衣，从英国买来的提包，闪着珠贝一样色泽的拖鞋，绣着两只暗红的凤凰的白色丝绸睡衣，以及一头用乌发乳染黑、用阿莫尼亚水弄卷曲了的头发，虽与那个时代格格不入，但是，这却是夸耀性消费的典型表现。其四，小说也写到了年轻一代的追求自我的意识，如郑圆圆对自由爱情的追求等。

20世纪80年代的政治小说虽然触及城市上层建筑中的官场生活，但大多把矛盾集中在新旧思想的交锋、路线之争上，理想与激情过剩，而对人性的挖掘不够深入，对城市经济发展与人的关系书写过于简略，对城乡人口、资源等配置的不合理也较少涉及。但无论如何，这些小说对政治、经济重大题材的开拓，应该是上承茅盾的社会科学家式的写作模式，下启20世纪90年代及21世纪之后的官场小说，算得上是20世纪80年代的社会生活史。

二、生产空间差异的城市

1984年1月5日，国务院正式颁发《城市规划法》，城市化，特别是大城市的规划与发展提上历史日程。20世纪80年代初期下乡青年回城、农民进城，使得城市人口激增，加上出生于60年代、70年代的最高出生率的一批儿童正成长为青年，这些人的就业、结婚、生育问题也成为城市的新问题。如何从政策层面解决如此巨大的人口的衣食住行问题，已经成为社会问题，也是大城市必须解决的问题，城市空间的规划已经迫在眉睫。建造新的住宅区、改变堵塞的交通、合理规划利用城市功能区，与其说是城市规划的结果，不如说是人地关系紧张的产物。居住在城里的人们开始意识到"自己的前途与更大范围的土地的前景息息相关"[1]。

人的生存与居住空间的矛盾，较早体现于池莉的《烦恼人生》中。这篇发表于《上海文学》1987年第8期的短篇小说以下沉的视点描述普通民众的日常生活，不经意间触及城市的空间问题：私人空间狭小、公共空间拥挤，生命个体的发展受到空间的严重限制。如果说池莉的小说是提出了问题，那么铁凝的《永远有多远》、苏叔阳的《傻二舅》和陈建功的《放生》都涉及由胡同里的平房乔迁至现代高楼，则表明城市空间生产的过程，是解决问题。《永远有多远》一开

---

[1] ［美］哈维·莫勒奇：《作为增长机器的城市：地点的政治经济学》，见汪民安、陈永国、马海良主编：《城市文化读本》，北京：北京大学出版社2008年版，第50页。

篇就落笔于北京的胡同，而小说主人公白大省所居住的驸马胡同面临拆迁，则意味着城市的快速发展。虽然20世纪80年代的经济模式并没有完全摆脱计划经济的模式，但对城市空间的规划，已经透露出权力、资本以及公众利益等不同利益群体之间的博弈关系。这一点在孙力、余小惠的《都市风流》中表现得最为突出。

如果说张洁《沉重的翅膀》紧紧把握住了改革初期复杂的政治生活和社会生活的话，那么《都市风流》就是在解决了生产和经营有序化发展之后，一个城市的资源如何重新配置的问题。如果说刘心武的《交叉立交桥》中的城市空间的改造只是个引子，那么《都市风流》就是正经八百地书写立交桥的设计、建设。尽管小说的巧合太多，情节过于紧凑，但小说中弥漫的悲情氛围和积极向上的精神，还是非常感染人的。小说围绕中心事件——中国北方某大城市的旧城中心普店街的交通改造——展开，塑造了阎鸿唤、杨建华、曹永祥、老队长等积极开拓进取，努力建设光明立交桥的群体形象，也塑造了高伯年这样的虽然想为人民办实事，但不了解实际情况，脱离实际，仍然带有极左思想的领导干部，更是塑造了只为实现自己的事业理想，埋头苦干的柳若晨、徐力里，以及投机取巧阿谀奉承的张义民、官二代徐援朝。《都市风流》由于跨越了改革与现代城市发展的阶段，所以它的城市书写体现出特定时代的特点。

具体而言，主要表现在以下几个方面。其一，《都市风流》书写了城市规划、城市改造。市长阎鸿唤上任以来，建起了三个大居民区，解决了该市住房问题："又一个半年，市区两条主干线道路拓宽，这个城市第一次有了两条三十米宽的道路。又一个半年，三百多个商业网点建立起来了，市民们买菜、买粮、买煤难的问题解决了。再一个半年，四座大型污水处理厂、三座发电厂，又相继建成……城市建设出现了令人瞠目的大发展。"尤其是立交桥的设计与建设，在20世纪80年代，应该是跟上世界水平的建设。其二是小说所书写的权力腐败，已经出现苗头，利用权力为自己和家人谋私利的思想已经出现。市委书记高伯年的妻子沈萍在给自己的女儿高婕举办婚礼的时候，坚持要办出一个大场面，并且为市委原书记徐克的儿子徐援朝的犯罪开脱，"徐援朝他们无非是想多弄点钱，现在社会上谁不想着钱？"实际上，徐援朝利用父亲市委书记的名头套购物资、倒买倒卖、走私文物，已经触犯了法律。其三是小说也涉及物质的逐渐丰富所引起的人性迷失问题。小说中，罗晓维诱惑张义民时说："中国人的观念发展趋势，我以为目前乃至将来就只有一个：从务虚到务实。何为虚？何为实？虚便是所谓的荣誉，实便是物质，金钱。说白了，钱就是一切。"罗晓维的观点即使放在今天，依然是充满了庸俗的物质主义思想，不幸被她言中的是，市场经济的施行和城市化的发展，确实带来了人们思想观念的动摇和被越来越丰盛的物质盛宴所异化。其四是消费社会的征兆与人的欲望的书写。与《沉重的翅膀》相比，《都市风流》中的性已经出现，虽然作者都只是以暗示的方式提及，但由于这样的场面较多，在某种程度上可以理解为性观念与80年代初期已经有了天壤之别。小说中，高婕未婚与音乐家黄炯辉同居怀孕，并且认为自己的行为是追求艺术，这与后来的欲望泛滥似乎不同，但不可否认的是，传统的贞操观念已经开始被消解。

20世纪80年代小说对当代中国城市的空间生产的书写，对人的基本生存状况贴得很近，也更多关注政治层面的权力斗争，对空间生产所牵涉的复杂的权力、资本以及资源配置等问题并未深究，对空间意义生成的根本原因，如"社会变化、社会转型和社会经验"[①]也没有涉及，这与80年代作家受时代精神影响较大，来不及沉潜有关，也与当时市场经济发展不充分有关。直到90年代之后，当城乡差距不断扩大，资本对空间的生产的控制力量逐渐加大之后，空间的

---

① [美]爱德华·W·苏贾著，王文斌译：《后现代地理学：重申批判社会理论中的空间》，北京：商务印书馆2004年版，第121页。

生产才成为当代作家批判经济的代名词。

三、进城叙事中的城市

20世纪80年代的中国人口从乡村向城市流动数量巨大，其中最主要的有三类人：一是上山下乡的知识青年和下放干部的返城就业，二是赶上城乡贸易开放的列车进城从事各种商贸活动的农民，三是通过高考进入城市的农村青年。这些人中的绝大部分通过积极参与到国家各项事业之中，而成为城市发展的建设者、推动者。由于整个80年代的城市建设要偿还过去城市建设的欠账，还要向前发展，所以这一时期需要的人力、物力等资源甚巨，城市对人口的虹吸效应逐渐产生[①]。但由于国家对城乡之间人口流动的限制，加上城市人所拥有的资源远胜农村人，能够进城的人还是极少数，因为"进城"，其实就意味着个人命运的根本性改变。

在20世纪80年代小说中，梁晓声的《陈奂生上城》简单触及城乡差别，谌容《弯弯的月亮》、李杭育《山坡上那只风筝》、陈世旭《惊涛》等小说中的人物都把城市当作梦寐以求的天堂；张一弓《挂匾》、刘庆邦《到城里去》、陈敦

[①] 需要强调的是，由于这一时期国家实行"控制大城市规模，合理发展中等城市，积极发展小城市"政策，因此，大部分的进城人员，其实是流动到中小城市了。

德《女工牛仔》书写了形形色色的进城形象；铁凝《哦，香雪》、路遥《人生》，则把城市当作知识与文明的象征。虽然这一时期的进城叙事中丑化城市的主题不是很多，不同于《骆驼祥子》以及21世纪之后的进城叙事模式，但城乡二元对立的分明，也表现了户籍制度对人口流动的限制，当然，人们对城市的理想化，也是80年代充满理想与激情的时代精神的产物。

在这一时期的进城叙事中，最经典的作品应该是路遥的《人生》。《人生》以高加林、刘巧珍的爱情和高加林的进城两条线索结构故事，展开了20世纪80年代初期广阔的社会背景，表现了改革开放之后人们观念的迅猛变化，以及新旧思想之间的冲突。由于主题涉及面广，又夹杂着传统道德的审判力量，文本因而具有了多重意蕴。高加林对城市的向往，是那个时代所有农村青年的理想，但从《人生》的具体描写来说，不管是高加林还是路遥本人，对城市的认识依然是停留在城市是实现自己理想的空间，城市能够改变自己的社会地位这个层面。路遥的伟大之处在于，他虽然没有明确意识到这些，但是，他敏锐地捕捉到了城市作为一种生活方式，与乡村的巨大区别，虽然他的认识只是停留在物质层面：

他们穿着游泳衣,一到中午就去城外的水潭里去游泳。游完泳,戴着墨镜躺在河边的沙滩上晒太阳。傍晚,他们就东岗消磨时间;一块天上地下的说东道西;或者一首连一首地唱歌。

黄亚萍按自己的审美观点,很快把高加林重新打扮了一番:咖啡色大翻领外套,天蓝色料子筒裤,米黄色风雨衣。她自己也重新烫了头发,用一根红丝带子一扎,显得非常浪漫。浑身上下全部是上海出的时兴成衣。[①]

黄亚萍对高加林的服装的改造,是从身体的层面将高加林"城市化",黄亚萍给高加林提供的"罐头、糕点、高级牛奶糖、咖啡、可可粉、麦乳精",以及进口带日历全自动手表,则是从物质层面把高加林"城市化",黄亚萍带高加林去游泳,则是从生活方式上让高加林"城市化"。值得注意的是,路遥对黄亚萍这个人物形象的塑造。按照小说中的提示,黄亚萍属于高干子弟,生活优裕。但从黄亚萍追求高加林的过程来看,她有自己的主张,自我意识和个体意识非

[①] 路遥:《人生》,北京:北京十月文艺出版社2009年版,第170页。

常明确,她接受的是现代思想的熏陶,要比高加林对现代生活的接受更加彻底。

《人生》中的进城叙事中夹杂的对于知识的渴望,在某种程度上把城市作为知识与文明的象征了。高加林和黄亚萍见面后,高加林大谈国际政治形势,黄亚萍则罗列各种能源知识,高加林和黄亚萍的这段交谈,表现出了80年代的青年关注国际局势、关心国家大事、有着强烈的使命感的心态。当然,这个心态也是当时的青年普遍具有的心态,是一种时不我待,对知识渴求,渴望能够通过自己的努力使国家富强的集体无意识。但是,所有这一切,只是进城青年高加林的理想,是他把城市想象为实现自己理想的空间,是他把城市生活想象为在知识的海洋中遨游的结果,至于如何将知识转变为变革社会的力量,如何生产知识,如何通过生产知识推动社会发展,则是他所不明了的,当然,也是那个时代充满热情的青年所不明确的。无独有偶,在《钟鼓楼》的结尾,刘心武花了不少篇幅讨论时间,时空弯曲、黑洞、时间旅行等概念在穿越小说与科幻小说盛行的今天早已不足为奇,但是在那个时代还是别有意味的。在经历了"文革"之后,人们渴望知识的心态在很多小说中都有表现,最典型的例子就是学英文,比如贾平凹的小说《满月儿》里面就有"我"教月儿学英文的细节,《钟鼓楼》中的张秀藻和荀磊的第一次见面，荀磊手里也是捧着一本英文书。这些不经意的对书本知识的渴求的细节，表现了一代人对知识的尊重与追求。在这个意义上，城市这个概念是与知识联系在一起的[①]。

值得注意的是路遥对城市的偏爱，在塑造了高加林这个进城失败的形象之后，他还在《平凡的世界》中塑造了进城成功的孙少平的形象。尤其是路遥还不止一次书写到城市，如《平凡的世界》第四十章，书写田福军狠抓城市建设和城市管理，解决城市最迫切的问题，以至于"到处都在清洗路面，建筑花坛，改换刷新门面"。第四十八章，路遥借王满银的眼睛，展示了上海这个大都市的繁华情景，在这段描写中，路遥表达了他对上海的看法，其实也是那个年代人们对大都市的看法。这种城市书写虽然充满理想与激情，但是不无遗憾——对城市内在的精神和气质缺乏了解。

20世纪80年代的进城叙事中，除了路遥的小说深刻写出了人性的复杂与社会转型时期城乡关系的复杂之外，大多数作品在城乡二元对立的框架下叙事，城市资源丰富但城市人虚伪、高傲，乡村资源匮乏但乡村人纯洁、朴实。城市之

[①] 这种对知识的渴望，从纵深层次看，也是"文革"结束后人们渴望认识世界，并在与世界的对话中寻求自我的表现。恰如李怡所说："'走向世界'代表的是刚刚结束十年内乱的中国急于融入世界，追赶西方'先进'潮流的渴望。"见李怡：《现代性：批判的批判——中国现代文学研究的核心问题》，北京：人民文学出版社2006年版，第7页。

恶的主题，直到《废都》《米》发表之后，逐渐被拓展为90年代一个重要的城市书写主题。

四、承载文化记忆的城市

早在发表于1977年第11期《人民文学》上的《班主任》中，刘心武就已经写到了城市，只是这个城市作为背景被淡化了，读者只能从街道、花园、家庭居室等简单描述中重建模糊的城市印象。此后，刘心武《钟鼓楼》、汪曾祺《安乐居》、邓友梅《那五》《烟壶》、冯骥才《三寸金莲》《阴阳八卦》《神鞭》《俗世奇人》、陆文夫《美食家》、范小青《裤裆巷风流记》，以及80年代末叶兆言《状元镜》《十字铺》《追月楼》等，都不约而同落笔于城市建筑、街道，以及栖居于此的人们的日常生活和惯习，乃至他们命运的悲欢离合，开启了北京、苏州、南京等城市记忆的书写。刘心武、汪曾祺、邓友梅等作家对城市记忆的书写，其实也使得那些即将被历史淹没的城市经验和记忆媒介化了。这种媒介化的城市记忆，不但使人与城的相互依存的线索再次显露出来，而且开启了城市记忆多向流变，使城市记忆在此基础上再媒介化。

每一座城市都有它独有的具有标志性的建筑、街道、自然景观等具有象征意义的物质性文化符号，它们构成了人们赖以生存的呵护场所[①]，人们的记忆也因"借助于象征物为群体所共享"[②]。20世纪80年代的当代作家关注较多也因而引起人们的城市集体记忆的"象征物"，有北京的四合院、小胡同、天桥，南京的秦淮河，苏州的小巷等，其中以北京的城市记忆书写最为充分，刘心武、汪曾祺、邓友梅、陈建功等都从不同侧面书写了北京的建筑、街道与自然景观。刘心武的《钟鼓楼》对北京地安门附近的地理环境、建筑、街道都有细致书写。在小说第二章第10节，刘心武描述了地安门附近的地理位置状况，然后对后门桥附近的闹市景象进行了描写；在第五章第19节，刘心武展开议论，认为"四合院，尤其北京市内的四合院，又尤其明清建成的典型四合院，是中国封建文化烂熟阶段的产物，具有很高的文物价值。从某种意义上说，它是研究封建社会晚期市民社会的家庭结构、生活方式、审美意识、建筑艺术、民俗演变、心理沉淀、人际关系以及时代氛围的绝好资料"。接下来，用了极大的耐心对小说主要人物和主要事件的发生地——这个典型的四合院进行描写，对从胡同到四合院的整体形状、院

[①] 段义孚著，宋秀葵、陈金凤译：《地方感：人的意义何在？》，《鄱阳湖学刊》2017年第4期，第40页。
[②] ［德］阿斯特莉特·埃尔、［德］安·瑞格妮著，徐雪英、莫菲菲译：《文化记忆及其动力学》，《广州大学学报（社会科学版）》2021年第2期，第21~26页。

门的建筑式样,以及院内的影壁、前院、里院、垂帘门、东西厢房,都进行了介绍。尤为重要的是,刘心武还附带介绍了明清之际不同阶层之间住宅的区别。尽管刘心武认识到了四合院的文化价值,但由于当时的特殊历史语境,加上《钟鼓楼》的重心并不在文化记忆方面,作者的落脚点是现在和将来[①],而不是过去,所以,刘心武笔下的城市建筑、街道,与生活在这种环境中的人物存在某种背离。也许赵园所说的"《钟鼓楼》也非纯粹的京味小说"[②],也可以从这个角度理解。

  城市的建筑、街道、自然环境等物质性文化景观,都是人类本质力量的确证,这些物质景观也因而会在漫长的历史中不断塑造生存于其中的人们的文化性格、生活习俗,乃至道德、礼仪、信仰和价值观念。尽管汪曾祺、邓友梅、陆文夫对城市记忆的书写更贴近原汁原味的日常生活,更能惟妙惟肖地刻画出特定时代和城市环境所塑造的典型性格,但由于作家站在一个崭新的时代的起点上,不免会被时代精神所感染,因而,在他们的笔下,这些生活在城市下层的普通人

[①] 在《钟鼓楼》的结尾,刘心武畅想时间的相关概念,表现出对美好未来的向往,无疑具有理想和激情的成分。
[②] 赵园:《北京:城与人》,北京:北京大学出版社2014年版,第68页。

的身上，总是带着"陈旧"的思想观念，如陆文夫笔下的朱自冶，带着旧阶级的寄生虫式的生活习惯；汪曾祺笔下的安乐居中的人物，虽各有其性格，但都是从旧时代走过来的普通人；邓友梅笔下的那五，更是四体不勤，五谷不分。再如《钟鼓楼》对北京市民的职业状况和行业历史、从业人员的考证，以及第六章第26节对钟鼓楼东墙根下"负暄"的老人们的书写，等等，更像是以社会科学家的姿态研究作为"他者"的社会存在。当代作家在书写城市生活时刻意把这些具有"旧"的特征的人物作为书写对象（或者说视角"他者化"），与其说是对城市历史的记忆，不如说是以新的立场与观念，重建过去。这种城市记忆，"在很大程度上是借助现在的环境对过去进行重建。"[①]

20世纪80年代作家对城市记忆的书写，抓住了那些具有象征特征的城市意象，也精细刻画了宛如旧时代活化石的人物形象，但由于理想与激情的时代精神指引人们向前看，而不是向后看，所以这一时期的城市记忆其实是不完整的、变异的，是"借助叙事结构、象征和隐喻等审美形式编码"[②]

[①] 冯亚琳、[德]阿斯特莉特·埃尔主编，余传玲等译：《文化记忆理论读本》，北京：北京大学出版社2012年版，第80页。
[②] [德]阿斯特莉特·埃尔著，王小米译：《创伤历史、文学的命运与跨文化记忆：文学记忆与媒介记忆研究的新方向》，《广州大学学报（社会科学版）》2021年第2期，第16~20页。

的结果。直到80年代末,叶兆言创作了秦淮河系列小说之后,这种俯视视角才得以改变。90年代之后,在怀旧大纛下掀起上海摩登的书写潮流中,城市记忆则又矫枉过正,变成了对过去的无条件膜拜。

五、作为消费和欲望的城市

现代城市的一大特点便是它"作为一种生活方式"[①],与消费、欲望和日常生活密切交融[②]。在经历了20世纪80年代初期的生产有序化改革、流通环节(交通运输,尤其是道路)的建设之后,被生产出来通过流通交换的商品的消费逐渐成为城市生活的中心,形成所谓的第二次消费浪潮[③]。80年代末期,城乡居民面对的经济发展所带来的物质商品的更新换代,使得这一时期的城市体验完全不同于80年代初期。

在这一时期,录音机和电视机作为最紧俏的商品,进入

[①] [美]路易·沃斯:《作为一种生活方式的都市主义》,见汪民安、陈永国、马海良主编:《城市文化读本》,北京:北京大学出版社2008年版,第148页。

[②] 早在20世纪三四十年代,刘呐鸥、穆时英、张爱玲等作家就已经描绘出了上海十里洋场的纸醉金迷与浮华奢靡。

[③] 20世纪80年代末至90年代末,中国出现了第二次消费浪潮。这一阶段自行车、手表、收音机、冰箱、彩电、洗衣机是标志性消费品,这次消费升级带动了中国家电产业和整个经济的发展。

千家万户。与录音机和电视机同行的，则是港台流行歌曲、电影、电视剧，《霍元甲》《上海滩》《射雕英雄传》等电视剧在传播开放的观念的同时，也潜移默化地改变了人们的消费观念、性观念。王安忆的《小城之恋》就描绘了这一时期录音机的流行：

> 城里平添了一百架录音机，日日放着港台和大陆的歌星的歌唱，亦不知是流行歌曲推广了录音机，还是录音机推广了流行歌曲。新店铺开张之际，门口放着录音助威，毫不相干地咏叹着无常的爱情。出丧大殓、送殡的队伍里播着录音，唱的也是关于爱情。流行歌总也逃不了爱情的主题，就如流行的人生总也逃不脱爱情的主题。小城在爱情的讴歌里失去了宁静，变得喧闹了。轮船却还是每日两次靠岸，捎来一些奇怪的东西，比如录音机和邓丽君，还比如，那一种失踪已久的半边黑半边白的骨牌。①

---

① 王安忆：《王安忆自选集 第二卷：小城之恋》，北京：作家出版社1996年版，第234页。

这段文字是那个年代人们日常生活与录音机之间关系的真实记录。作为消费品，录音机由于能够随时随地播放音乐，占据了人们空闲时间，使人们的情感更加直接地释放出来。作为载体，录音机播放的港台和大陆歌星的歌曲，尤其是邓丽君的歌曲，在改变人们的生活内容的同时，也把流行文化传播开来。当然，作为20世纪80年代较为大胆地表现性的女作家之一，王安忆的"三恋"曾引起众多争论。但不可否认的是，王安忆的小说触及了一度被压抑的性，释放了焦灼与紧张。

需要提及的是，20世纪80年代末期的先锋派小说，学者们大都从文学试验的角度分析，但实际上，如果考虑到具体的社会历史语境，我们或许也可以把先锋派小说解读为进城青年欲望的表征，比如格非《褐色鸟群》对欲望的晦涩表现，再比如马原、洪峰、苏童、余华等人小说反复出现的与欲望有关的意象，其实都是一种释放。铁凝的《玫瑰门》对性的书写，也是如此，是那个时代人们某种集体无意识的表征。

其实在《沉重的翅膀》《都市风流》《大上海沉没》等小说中已经出现关于城市欲望与消费的书写，电视机作为紧俏商品在这两个文本中都有提及。需要说明的是，随着电视机的大量售卖，电视机所承载的电视剧与电影一同把港台文化，以及最新的政治经济事件与文化事件以最快的速度传递到每一寸国土，如果说这也是一种启蒙的话，那么这种启蒙在某种程度上恰恰是颠覆了文学，特别是纯文学的正宗地位，加之通俗文学的渐次繁盛（特别是20世纪80年代后期和90年代金庸、古龙等武侠作家小说的涌入），纯文学的地位已经出现了岌岌可危的状态。这种可以统称为通俗文化的东西，迅速填补了日益增长的城市人口的精神消费空缺，也大面积改变了人们的思想观念。这种观念的改变不仅表现在普通民众的身上，也表现在当时的天之骄子（大学生）的身上。具体而言就是对宏大叙事的解构与颠覆和个人主义思想的流行。

个人主义在《沉重的翅膀》中也有表现，比如郑圆圆的爱情，已经摆脱了家长的束缚，而铁凝《没有纽扣的红衬衫》则涉及个性与共性的区别，但直到刘索拉的《你别无选择》和徐星的《无主题变奏》的出现，个人主义才成为一个时代的最显著的表现。在刘索拉的《你别无选择》中：音乐学院作曲系的极富才能的学生李鸣不止一次地想退学，马力每次上课都睡觉，孟野每门功课都是5分却被劝退学。刘索拉所描写的这一代青年的心态，是多元的、消极的，虽然没有徐星笔下的"我"那么颓废。徐星在《无主题变奏》中说："老Q！我只想做个普通人，一点儿也不想做个学者，现在就更不想了。我总该有选择自己生活道路和保持自己个性的权利吧！"考虑到这篇小说对宏大叙事的消解，对名、利、权的抵制与否定态度，文本这里所说的"普通人"其实并不普通，因为从文本中所透露出来的消极、颓废的思想来看，文本中的"我"在精神上是与西方20世纪六七十年代的嬉皮士、垮掉的一代一脉相承，至少，在中国文化传统中，即便不为"封妻荫子"的现实追求，人生的另一种追求则是"独善其身"的。显然，《无主题变奏》中的"我"是西方存在主义、荒诞派等思潮影响下的文化婴儿。

这种个人主义更多地以叛逆的方式出现。如陈建功的《鬈毛》中的卢森，反抗以家庭为中心的道德规范，在都市的街道上"自由"地寻找自己的生活方式。再如王朔笔下的"顽主"们，消费青春，以追求世俗的生活乐趣为目标，蔑视崇高，消解正常的生活方式。刘毅然《摇滚青年》中的"我"同样拒绝程式化的海鸥舞，而喜欢能够自由发挥的霹雳舞，为了坚持自己的个性不惜辞职。其实是一种反抗社会固化模式的思想尝试，是力图突破世俗观念和传统思想的牢笼，进而创造新的生活方式的尝试，以致不惜一切代价。所有这一切都说明，这一时期，随着城市物质生活的丰盛，原有的精神生活，那种近乎僵化的生活方式已经不能适应青年人的心理需求了。

20世纪80年代末期作家对城市消费与欲望,以及由此而引发的对生命个体的自觉意识的书写,其实是对现代城市人的城市生活与城市精神气质的表现。虽然80年代作家努力表现个体生命对传统集体意识的反叛,但总体来说,理想与激情的时代精神还是主导了这种反叛。因此,即便是刘震云的《单位》《官场》《一地鸡毛》如何琐屑,即便王朔笔下的顽主如何类似于嬉皮士,他们依然受到时代精神的影响,没有沦为90年代之后完全不顾道德底线的城市书写。

20世纪80年代是一个充满了理想与激情的时代,改革开放和经济体制改革所释放的活力,促使整个国家挣脱旧有范式的桎梏,城市发展很快。由于计划经济尚未完全向市场经济转变,城乡人口流动仍受限于户籍制度,城乡之间的壁垒依然分明,尽管城市经济在工业化带动下向前发展,乡村经济在乡镇企业带动下兴盛,但实质上并未能"改变传统的经济发展格局,全面调整资源配置,推动产业结构进化"[①]。作为时代发展的晴雨表,20世纪80年代小说创作表征了整个国家渐次融入全球经济大潮前的复杂社会状况,折射出了

---

① 武晓鹰:《人口城市化:历史、现实和选择》,《经济研究》1986年第11期,第25页。

积极进取的时代精神，同时也显示因城市发展不平衡而导致的书写内容的倾斜（受时代精神和社会事件影响较大的题材多被关注，反之则较少关注）。另外，作为一种书写，20世纪80年代小说的城市书写也受到作家个人主观精神气质影响和文化传统制约，不自觉地将道德与乡村联系，遮蔽了城市某些方面的特征。但无论如何，80年代的城市书写从多个侧面表征了这个时代的社会经济状况和时代精神，为90年代及后来的城市书写开拓了思路，提供了写作资源。

焦虑与迷茫：
20世纪90年代小说的城市书写

1992年10月，党的十四大确定了建立社会主义市场经济体制的目标，社会经济自此正式由计划经济向社会主义市场经济转型。国家经济政策的出台对整个社会各个层面都产生了深刻影响。与80年代相比，90年代在经济、社会、文化等领域的转型更为迅猛[1]，而所有这些巨大的变化，都离不

---

[1] 经济方面，社会主义市场经济的实行，使得经济快速发展，1991至2000年，中国的GDP年平均增长率高达10.44%；社会方面，传统的农业社会价值观念渐次被商业社会、工业社会的价值观念所取代；文化方面，大众消费文化的兴起，以及雅文化与俗文化界限的消弭成为文化变迁的标志。

开城市这个载体。1990年4月1日开始实施的《中华人民共和国城市规划法》提出"实行严格控制大城市规模、合理发展中等城市和小城市的方针",但城市化的速度并没有因此降低[①],而是与经济发展互相促进,带动整个社会进入"速度政治"意识形态主导的场域之中,使"社会的、道德的、审美的、生态的考虑都服从于经济利益"[②]。原有的整体性的社会结构发生断裂,城乡差距不断扩大,社会两极分化,整个90年代的时代精神也不再是一种整体化的集体意识,而是呈现出众声喧哗的态势。作为同情弱者和失败者且无法接受货币哲学的文学来说,以一种焦虑与迷茫的情绪,对浮躁与残酷的市场竞争投之鄙夷的一瞥,对各种社会乱象予以暴露与批判,也许是其在特定历史时期勉为其难的选择。

经历了80年代理想与激情时代精神激荡的当代作家,如贾平凹、莫言、苏童等,对城市景观作出了近乎悲观的想象,开掘出书写城市之恶的主题;见证了90年代物质不断丰富和城市景观不断变换的何顿、朱文、邱华栋等青年作家,则在书写城市欲望的同时,表达对城市秩序的消极抵

[①] 1990—2001年,中国城市化水平由26.4%提高到40.5%,年均提高1.17个百分点。见王廉等:《中国城市化教程》,广州:暨南大学出版社2011年版,第62页。

[②] [美]大卫·雷·格里芬著,王成兵译:《后现代精神》,北京:中央编译出版社1997年版,第3页。

制；林白、陈染、卫慧、棉棉等女性作家的创作释放了某种焦虑，宣告了城市化带给她们表达自身欲望的权利；谈歌、张平、李佩甫等作家则关注国有大型企业的制度改革以及下岗工人生活的艰辛与内心的痛苦，并对片面追求增长的工具理性予以批评；王安忆、程乃珊、陈丹燕则以怀旧的笔触留下上海的百年记忆，并借以表达对现实的逃离心态。90年代城市书写主题多向演变，更多受到社会结构分化后出现的新的底层群体面对城市现代化的犹疑、焦虑、失落、迷茫，甚至抵制心态的影响，整体上笼罩着焦虑与迷茫的色调，与90年代人们的社会心理形成"共振"。90年代作家对城市的想象、表征、建构，是他们面对纷繁复杂的时代所能够发出的最强音，虽然勾画出了整片国土不同层次城市的不同侧面，但由于种种原因，未能在把握住城市现代性虚幻面影的同时，建构起民族国家层面的主体性，也未能从历史的角度对民族国家在追求现代性的过程中忽略普通民众生存而予以客观公正的情感评价。

一、城市想象中的黑暗与恶

20世纪90年代初，苏童的《米》、莫言的《酒国》《红树林》、贾平凹的《废都》《白夜》《土门》对城市之恶的书写，是一个值得关注的话题。从文学承续的角度来说，这些小说不是80年代小说城市书写的延续，而是颇受西方城市文学和中国现代文学城市书写的影响。雨果、巴尔扎克、司汤达、波德莱尔笔下的城市，与黑暗和恶都有着千丝万缕的联系[①]；茅盾、老舍等现代作家对于城市黑暗和恶的书写，是旧中国社会生活的真实写照；这些作家的城市书写，深刻影响了当代作家的城市想象。90年代小说城市书写主题中的黑暗与恶，虽然也触及特定历史条件下的社会生活，但想象的成分居多，不完全是写实与再现。

1991年，苏童发表了他的首部长篇小说《米》。在这部以农村青年五龙逃荒到城市，并在城市立脚后成功复仇，继而堕落，最终乘火车在生命尽头回归故乡的故事里，苏童以极大的想象，颠覆了80年代小说中简单的城乡区别模式，突出了城市使人性变恶的主题。苏童对城市地痞流氓（阿保、六爷）的书写，对城市女性（织云、绮云）的书写，以及对欲望与人性恶的书写，都与作家本人的阅读经验及想象有关。在某种程度上说，五龙的进城故事，其实是骆驼祥子、拉斯蒂涅、于连、嘉莉妹妹等进城青年故事的杂糅；但

[①] 迈克·克朗就发现雨果把小说里很多故事的发生地点放在巴黎周围，尽管雨果"经常鸟瞰这座城市的全景，但却似乎不能完全认清它，它仍旧显得黑暗、不祥和迷离"。见迈克·克朗著，杨淑华、宋慧敏译：《文化地理学》，南京：南京大学出版社2003年版，第43页。

小说的预言式价值在于，在市场经济快速发展和社会阶层分化过程中，农村青年进城故事总会与五龙的故事形成互文性关系①。

无独有偶，莫言的《酒国》也虚构或者说想象了一个真假莫辨的混乱、无序的城市。小说以省人民检察院特级侦查员丁钩儿到市郊罗山煤矿调查婴儿宴、酒国市酿造学院勾兑专业博士研究生李一斗与作家莫言通信、李一斗创作的小说这三条线索，建构起一个错综复杂的多层次故事系统。在这部令莫言本人截至1999年还认为是"迄今为止最完美的长篇"②中，作家以反讽的方式，对80年代末期已经初露端倪的消费社会征兆、知识分子与权力的共谋、道德底线的无休止突破，都作出了大胆想象。莫言通过书写酒在中国社会中的独特功能，揭示了物欲、消费、权力之间的复杂关系。第二章第一节，在侦查员丁钩儿刚到罗山煤矿后，煤矿厂长和党委书记就带丁钩儿到婴儿宴餐桌上，酒桌上的各种酒器：玻璃啤酒杯、高脚玻璃葡萄酒杯、更高脚白酒杯等，显示

---

① 21世纪之后，进城叙事中一个典型的叙事模式就是张英进所说的"一个外来者，被城市/女人诱惑，在城市中成功或失败"。如贾平凹《高兴》中的刘高兴的故事、尤凤伟《泥鳅》中的国瑞的故事，都是如此。参见王兴文：《缝隙空间与道德美学的错位——对新世纪小说中底层叙事模式的一种探讨》，《文艺争鸣》2013年第2期，第35页。

② 莫言：《用耳朵阅读》，北京：作家出版社2012年版，第8页。

出消费文化的威力；各种烟草：中华、极品云烟、万宝路、三五、菲律宾大雪茄，更是以夸示的方式表达物欲[①]。莫言在不经意间发现了物欲与权力、仪式与同化之间的隐秘关系。侦查员丁钩儿进入餐饮仪式，就意味着他有可能被参与这一仪式的行为者所同化，因为在饮食仪式中，由于"每个人所食用的东西并不互相抵触，它们都是神秘整体无法被分割的部分，被平等地赐予每个人，这也就完全超越了饮食自我中心的排他性质"[②]。在这一充满仪式感的餐饮行为中，权力以某种象征性的方式，腐蚀自己的对立面，这才是城市生活中最隐秘的黑暗与恶。

与《米》和《酒国》相比，贾平凹的《废都》显然更具想象性，西京城中物质层面和制度层面不符合作家审美理想的所有内容，都被想象为恶的秩序或者丑的形态。首先，贾平凹对城市规划的书写一反20世纪80年代小说的主体性视角，以反讽的姿态表达普通民众对城市景观生产过程的质疑。小说开篇就交代了西京城的城市建设："一时间，上京索要拨款，在下四处集资，干了一宗千古不朽之宏业，既修

[①] 莫言对都市物质盛宴的书写，无疑在其《红树林》中得到延伸，并在邱华栋、张欣等作家笔下，形成规模化的以大饭店、超级商场、豪华轿车及各种娱乐设施为代表的视觉奇观。

[②] [德]西美尔著，费勇等译：《时尚的哲学》，北京：北京文化艺术出版社2001年版，第30页。

复了西京城墙,疏通了城河,沿城河边建成极富地方特色的娱乐场。又改建了三条大街:一条为仿唐建筑街,专售书画、瓷器;一条为仿宋建筑街,专营全市乃至全省民间小吃;一条仿明、清建筑街,集中了所有民间工艺品、土特产。"贾平凹对西京城的城市景观化的这番描写,与他对西京城其他地方的破败的描写相对照,在对比中表达城市化过程所带来的分离状态,并突出城市景观整体的新旧杂糅,城市秩序的混乱。其次,贾平凹对知识分子在20世纪90年代何去何从的精神状况进行了书写①,并在这种书写中隐含着对城市的拒斥。庄之蝶在日常生活的挣扎,其实是他与政治权力沟通不顺畅的结果。表面上,他有着政治所赋予的头衔,但实际上,他并没有具体的、实际的权力。庄之蝶的焦虑与迷茫,是90年代所有知识分子在经历了80年代的精神启蒙后,逐渐被边缘化的无奈的表现。"作品以强烈的失落情绪传达了人文知识分子无法获得自我确证的悲凉感和文化失败感,他只能在喧闹的市声中随波逐流,并以极端的方式投身于世俗生活中。庄之蝶的心态和命运,在一个方面成

---

① 20世纪90年代小说对知识分子的书写,除了《废都》《酒国》之外,还有格非《欲望的旗帜》等,但对知识分子精神状况的书写高潮,出现在21世纪之后。

为部分知识分子的精神缩影。"①

20世纪90年代小说对城市之恶的书写，是当代作家面对"速度政治"与社会分化而无所适从的焦虑与迷茫的情感经验的物化，这种物化的情感经验连通了中西文学史上的城市意象，并表达了对快速城市化时期社会生活中的阴暗面的批判，具有极大的现实意义。虽然这些小说所建构的想象的城市世界未必是现实社会的镜像，但意外地成为90年代中后期直至21世纪城市社会生活的某种预言。当作家赋予文本的最初意义被时间冲洗殆尽，这些文本的城市批判价值及其所内蕴的人文关怀便显露出来，成为社会文明价值重建的资源。

二、城市经验中的欲望与反抗

1988年的通货膨胀及其引发的市场疲软对社会心理影响颇大，导致悲观论调盛行。如果单纯从经济角度看，我们未尝不可以把苏童、莫言、贾平凹的城市书写视为特定经济条件下的社会意识的表现。但从经济的实际走向看，这些作品的发表又与90年代初的经济发展背离，表现出某种不一

---

① 孟繁华：《众神狂欢：世纪之交的中国文化现象》，北京：中央编译出版社2003年版，第14~15页。

致——1992年经济发展速度空前提高、市场建设空前加速、引进外资空前增加、市场消费空前繁荣、虚拟资本空前发展、非国有经济空前发展[①]。显然,《酒国》《废都》所表现的只是飞速发展的90年代的一个时间点上的社会生活,当经济快速发展并以更坚决的姿态改变一切时,"一切坚固的东西都烟消云散了,一切神圣的东西都被亵渎了。"[②]实用主义的价值尺度成为判断一切的基础,追求财富、炫耀财富,成为这个时代的主流社会意识。在这种情况下,也许那些出生于20世纪60年代末、70年代初的作家,更能以其敏锐的眼光捕捉时代精神,也更能准确再现社会现象。

毕淑敏、张欣在90年代初期就注意到货币哲学对社会价值观念的塑造,以及在市场经济背景下,"货币使生活的机器安上了取都取不掉的轮子,把它变成了一部永动机"[③]这一现实。张欣《伴你到黎明》展开的大都市生意场上的波谲云诡,毕淑敏《原始股》书写的90年代的特定社会主题"集资",均表达了经济利益导向对社会群体的支配,也揭露了

---

　　① 杨帆:《市场经济一周年》,《战略与管理》1993年创刊期,第25页。
　　② 中央编译局:《马克思恩格斯选集》第1卷,北京:人民出版社1972年版,第254页。
　　③ [德]西美尔著,费勇等译:《时尚的哲学》,北京:北京文化艺术出版社2001年版,第105页。

城市化过程中资本的抽血效应。虽然她们的笔下也出现了对城市欲望的书写，但近乎直白地记录城市欲望对人性的扭曲、变异的，还是朱文、何顿、邱华栋，以及刁斗、鬼子、韩东等作家。他们在书写20世纪90年代的城市生活时，提炼出金钱（货币）这个意象，也发现作为一般等价物的货币的价值，已经不知不觉被一个时代推到了价值链条的最高端。朱文在《我爱美元》中也大声说："我们要尊重钱，它腐蚀我们但不是生来就为了腐蚀我们的，它让我们骄傲但它并不鼓励我们狂妄，它让我们自卑是为了让我们自强，它让我们不知廉耻是为了让我们认识到，我们本身就是这么不知廉耻。"何顿在《只要你过得比我好》中也用小说中的人物之口说出了金钱的重要性，"现在这个社会只谈论两件事情，谈钱玩钱，人玩人。"张欣《爱又如何》也说："空手套白狼最难，到了钱生钱的阶段就简单多了。"

在这种货币哲学的指引下，传统的世界观分崩离析，传统的伦理观念、价值观念、人生信条，统统被踩在脚下。何顿《只要你过得比我好》解构了爱情的纯洁性，认为"女人是水，流到你面前来了就把脚伸进去感受一下那种味道，当水流向别处的时候，你就不要再指望了。我从来不对女人作要求的，你一要求她，你就会发现你变得很蠢很蠢了。爱情能让人变蠢"。邱华栋《新美人》中的新美人，是拜金、虚伪、欲望的代名词，固守传统价值观念的罗伊的自杀，显然是一种价值观念终结的标志。在《我爱美元》中，朱文甚至颠覆了父子之间的伦理关系，把人和人之间的处于隐蔽状态的私生活揭示出来，让人们赤裸裸地面对性的问题。尤其是小说中的"我"挖空心思，想方设法，要解决父亲的性欲问题，表现了朱文对传统观念的大胆挑战。而何顿《我们像野兽》中吴湘丽的话，无疑是对这个意义被掏空的现代城市社会的青年人精神状况的最好概括："吴湘丽接过他的话说：'其实我们很可怜，因为我们这代人已变得毫无信仰了。'又说：'我父母他们至少还有信仰，或者说身上还有些传统的东西，我们连传统的东西都丢掉了。'她还说：'我们这代人只想赚钱，只想发财，为自己的利益不惜损伤他人。这就是我们这代人的悲哀。'"

虽然我们可以在某种程度上把20世纪90年代小说的城市欲望书写，与青年亚文化的城市反抗联系起来，并把这种反抗归结为王朔小说中对传统价值抵制的延续，但二者还是不可同日而语的。王朔的小说对个体生命的强调，对传统价值观念的抵制，使其在90年代初期名噪一时，但王朔对传统的抵制侧重于对僵化的思想观念的解构与颠覆，并没有完全对应于市场经济刺激下的物欲，而是试图在观念层面以一种二元对立模式代替原来的模式。相比之下，邱华栋、何顿、张欣小说中的个人主义则强调"个人享受的权利,将个人欲望合理化"①,"否认人本身与其他事物有内在联系"②。这些个人主义观念,是90年代席卷全球的、以消费为特征的资本主义道德观影响的产物,也是摆脱了传统观念而毫无挂碍的现代城市观念的极端体现,这种思想观念的核心是追逐欲望,而非精神。何顿的《我们是野兽》、张欣的《如戏》《爱又如何》《岁月无敌》、邱华栋的《环境戏剧人》《持证人》《公关人》《直销人》,甚至王安忆的《我爱比尔》等等,都以近乎社会生活实录的笔法,讲述90年代下海经商大潮中的城市奋斗故事,但无一例外,这些小说中的主人公为了生存,游走于城市的各个角落,在追求欲望的过程中不择手段,以至于本性迷失而被异化。显然,王朔所追求的个人精神上的反抗,与邱华栋、何顿、张欣小说所表现的物质欲望追求是不同的。

20世纪90年代作家城市书写的城市抵抗,也因来不及

---

① 阎云翔著,龚小夏译:《私人生活的变革:一个中国村庄里的爱情、家庭与亲密关系(1949—1999)》,上海:上海书店出版社2006年版,第260页。

② [美]格大卫·雷·格里芬编,王成兵译:《后现代精神》,北京:中央编译出版社1997年版,第4页。

沉潜,从而流于表面化①。90年代小说城市欲望书写对城市本身的抵制或者反抗,混杂了前现代与现代及后现代观念的冲突、物质选择与精神选择的两难、个人主义与城市秩序的对立,但从根本上说,这种或积极或消极的城市反抗,是被城市化带动欲望,最终却被甩出正常人生轨道的城市新人的焦虑与迷茫情绪的表征。

三、女性写作中的城市空间与身体

20世纪90年代的城市化发展,尤其是空间生产的成功,为城市居民(女性)提供了足以隐匿其中的个人的、私密的物理空间;物质生产的丰盛,尤其是随着对外贸易的不断扩大,世界各地的各式消费品,为女性提供了身体装饰追求极致的奢侈品;城市所提供的工作机会,以及域外生活方式的影响,也使得城市女性的生活更加复杂多样。凡此种种,均为女性生活的个人化、私密化提供了物质保证,因而,"妇女在现代城市新的公共空间中扮演了关键性角色,并由此而体现了资本主义消费文化的发展。""现代性在新

---

① 20世纪90年代小说中较早显示出底层群体的激烈城市反抗意味的,是鬼子的《被雨淋湿的河》。这种激烈的城市反抗在21世纪的底层书写中逐渐形成一种模式。

女性的时髦形象上获得了象征。"①而西方女性主义思潮②和90年代兴起的个人主义,都在城市最早传播,则为女性的个体表达提供了思想上的准备。

早在20世纪80年代,当代女作家就已经开始探索性与个体的欲望,如张洁的《爱,是不能忘记的》,王安忆的"三恋"和《岗上的世纪》,铁凝《玫瑰门》,都大胆地表现了性爱。但是对女性身体、自身欲望更为大胆而深入的描写,则出现在90年代及21世纪初。陈染、林白表现了更为私人化的女性隐秘心理,卫慧、棉棉则把身体和欲望赤裸裸地表现出来,并在城市背景下书写某种具有亚文化性质的都市青年的群体行为。代表作品如林白《一个人的战争》《致命的飞翔》《回廊之椅》、陈染《与往事干杯》《私人生活》、海男《我的情人们》、卫慧《欲望手枪》《上海宝贝》、棉棉《糖》等,这些作品"将包含被集体叙事视为禁忌的个人性经历从受到压抑的记忆中释放出来"③。

20世纪90年代女性作家的城市书写以对自我身体的发

---

① [英]默克罗比著,田晓菲译:《后现代主义与大众文化》,北京:中央编译出版社2000年版,第12页。
② 1995年9月,联合国第四次世界妇女大会在北京召开,促进了女性主义理论的译介与研究。
③ 林白:《记忆与个人化写作》,见《林白文集(第4卷)》,南京:江苏文艺出版社1997年版,第295页。

现为发端。在她们看来,"身体不仅仅是我们'拥有'的物理实体,它也是一个行动系统,一种实践模式,并且,在日常生活的互动中,身体的实际嵌入,是维持连贯的自我认同感的基本途径。"① 在《一个人的战争》中,林白以自传的方式书写多米的身体经验。多米从小生活在一个没有父亲的家庭,单亲家庭的教育使她脱离了正常的成长轨道,从小就对自己的身体产生欲望,长大后在大城市读书,毕业后独自远游,经历了同性之爱、异性之爱后,在镜子中找到了存在的理由。在《致命的飞翔》中,李苪为了谋求住房和电视剧制作中心的编辑,委身于登陆;北诺为了获得工作岗位的调动,而以肉体交换。在《猫的激情时代》中,猫为了"我"的工作和车间主任做性交易。在林白的笔下,多米、李苪、北诺、猫,这些被现代化、城市化挤压的女性在城市的罅隙里寻求生存,她们既是他人的欲望对象,又是孤独地寻找自身存在意义的追寻者,与社会格格不入。城市的现代化进程也是人的异化的过程,女性的异化尤甚。林白对都市女性身体的异化及其抵抗的书写,也揭示了城市与女性之间的复杂关系。

---

① [英]安东尼·吉登斯著,赵旭东、方文译:《现代性与自我认同:现代晚期的自我与社会》,北京:生活·读书·新知三联书店1998年版,第111页。

女性由于自身身体和心理的异质性，她们对隐秘的、私人的空间的需求就更异于男性。陈染《私人生活》以倪拗拗的成长经历表达女性的私密领地与外在空间之间的矛盾，在私密领地中，她与禾构成一种亲密关系，也找到了安全感；而外在空间中，代表父权制度的父亲、代表社会的 T 老师，控制、侵犯着个体的生存。当倪拗拗拥有了自己的空间后，就喜欢待在浴缸里，因为浴缸给她提供了安全与可靠，她可以在凝视镜中的自我身体以及在幻想中获得愉悦。然而，陈染"在一个很小的位置上去体会和把握只属于人类个体化的世界"[①]注定是一种想象。因为城市生活的繁复与时间的绵延，最终会"治疗"曾经受到创伤而龟缩在"浴缸"中的个体。在最后一章"孤独的人是无耻的"中，倪拗拗做了一次远足，并对城市有了新的认识，发现城市缺乏封闭感：城市发达的现代交通勾连了所有人，城市的喧嚣嘈杂呈现了日常生活的本质。

20 世纪 90 年代中期以后，上海、北京、广州已渐渐与国际大都市接轨，成为全球城市链条中的重要节点。外在空间的光怪陆离以令人目眩的色彩吸引着每一个城市人，林白、陈染向内躲避的空间已经不再具有独特性；以夸示的

---

① 陈染：《姿态与立场》，《当代作家评论》2001 年第 3 期，第 83 页。

方式表现消费能力,成为"70后"的卫慧、棉棉表达自身与城市欲望一体化的独特手段。女性不再是躲避城市公共空间的逃避者,而是与城市其他景观一样可以被展示的客体。于是,卫慧、棉棉以叛逆的姿态裸露身体表达欲望,并借此表达自己的城市经验及其对自我的形塑。卫慧的《上海宝贝》中有意炫耀物质欲望,小说中的消费品,如 ck 香水、吉利剃须刀、三得利牌汽水、tedlapidus 香烟,等等,显示出资本的力量和生活的奢侈。此外,文本中时常出现的典雅诗句、名言,在装点文本的同时,也为文本附着上一层文化的韵味。棉棉的《糖》中的人物同样在欲望之河中挣扎,"我"和在英国长大的赛宁之间的纠葛,以及所混迹的酒吧等空间,具有"后殖民"的性质。卫慧和棉棉所倾力打造的这种生活方式,或者说亚文化——在酒吧、舞厅等城市空间消费享乐,喝洋酒、听西洋流行音乐、穿名牌服饰、使用豪华生活用品,透露出文艺青年和暴发户以及不良青年混杂的特征,这种混杂的文化或者说生活方式以极其生硬的方式攀比着欧美文化,使得她们看似反叛传统的精神显得幼稚而可笑。

90年代女性作家的城市书写,在追求个人主义和自我尊严以及生命价值的过程中,不可避免地被市场化与消费文化及后殖民思想裹挟,从而陷入一种世纪末的癫狂之中。事实上，如果这些女性作家能够把自己的眼光从自身身体和西方社会生活的幻象中挪回来，对广袤的中国土地投之一瞥，她们就会发现那些在市场化、城市化进程中被甩到边缘的底层群体。我们或许可以这样质疑：如果这些优雅的女士没有一个可以在城市立足的家，一个私人化的空间，以至于流落街头、食不果腹，这种雅致的、充满伤感的情绪，会不会依然流露出来呢？

四、政治小说中的城市现实

20世纪90年代的经济发展，在GDP高速增长的同时，也造成了社会的分化与发展的不均衡，尤其是当私营企业、外资企业快速增长时，一些集体企业、国有企业因管理不善，在市场竞争中被推到失败的边缘，下岗工人成为城市中的一个新群体；城市快速发展，对乡村造成虹吸效应，导致乡村发展缓慢，农民经济收入下降，不甘被城市化抛弃的农民自发进城寻找生活，结果只能在城市底层徘徊，这两者构成了都市底层的主体部分。尤其是"1997年下半年以后，中国从多年来的短缺经济向结构性过剩经济转换，经济一度持续低迷，城市下岗职工增加，农村乡镇企业就业人员减少，部分劳动力再次加入农业隐性剩余劳动大军当中"[①]。从城市书写看，90年代的小说对国有企业与下岗工人的关注度要高于对进城农民生存的关注度。

沿着20世纪80年代张洁《沉重的翅膀》，蒋子龙《乔厂长上任记》，柯云路《三千万》，孙力、余小惠《都市风流》所开辟的政治话语小说创作道路，谈歌、张平、关仁山、何申等作家把目光投向90年代的国有企业改革，以强烈的社会使命感和责任感介入生活，追问底层群体出现的社会根由，代表作品如谈歌《年底》《车间》《大厂》《大厂续篇》、张平《抉择》、陆天明《苍天在上》、周梅森《人间正道》、关仁山《破产》、李佩甫《学习微笑》《败节草》、何申《年前年后》《穷县》等。在这些作品中，"反腐题材小说成为主旋律文学的中坚，而张平、陆天明、周梅森等作家的道德焦虑及其作品的道德中心模式，多有简单化的倾向，但曲折地反映了权力与市场的复杂关系。"[②]

20世纪90年代政治小说首先关注的是计划经济模式向市场经济模式转变之后，国有企业随之出现的种种困境。谈

---

① 陈甬军、景普秋、陈爱民：《中国城市化道路新论》，北京：商务印书馆2009年版，第10页。
② 黄发有：《准个体时代的写作——20世纪90年代中国小说研究》，上海：上海三联书店2002年版，第72页。

歌的《大厂》落笔于 90 年代的国有企业，叙写外资企业、私营企业的快速发展倒逼国有企业改革，而国有企业因各种原因积重难返，即便改革也步履维艰。小说一开始就揭示了厂长吕建国所面临的重重困境：厂里有两个月没有发工资了；办公室主任陪客户嫖妓被抓；厂里唯一的小轿车丢了；党委书记贺玉梅的丈夫到处找小姐；一大堆要账的住在招待所不走，天天缠着厂长吕建国。与此相对应的是一系列悖论：辛勤为公的工人章荣病死了，而承包了厂里饭馆的工人赵明，挣了钱不给承包费；厂里的技术骨干袁家杰困在厂里，袁家杰的妹妹开饭馆却挣了大钱；商业局的政治学习会，插科打诨，没一句正经话。种种迹象都表明，这是一个不同的时代，所有困难的解决办法，不再是以往的途径，而是靠以货币哲学为基础的人情和关系。小说的深刻之处就在于对 90 年代市场经济时代所形成的新的、对金钱膜拜的价值原则和行为准则的揭示，对私营企业和权力的结盟及其挤兑国有企业的批判，以及对城市发展原有引擎暗中更换的逻辑的反思。

在张平的《抉择》中，谈歌对资本与权力结盟的批判有着更明确的指向。《抉择》围绕某市大型国有企业中阳纺织集团工人集体上访事件，以市长李高成对这一事件的调查、思索，最终做出抉择为线索，展开 90 年代市场化过程中工人因工资拖欠而陷入困顿，企业干部不思进取、贪图享乐，个别私营企业利用政策便利转移国家资产，政府官员思想僵化、形式主义严重等诸多问题。张平对20世纪90年代片面追求GDP的主流观念进行了反思，也对权力与资本的共谋进行了批判。浓重的平民意识，使张平在写作中把城市化过程带来的新兴阶层（私营业主、下岗工人）的出现归之于资源被权力简单配置的结果，作家借纺织厂工人夏玉莲儿媳妇的话表达了他的观点，"说是承包，不就是把公家的东西变个花样换成自家的？"[①]另一方面，这种平民意识也使张平对权力的批判缺乏深度，把人物形象漫画化。如在刻画省委副书记严阵时，用官腔化的语言揭示其思想的顽固与僵化："什么叫反腐败？为什么要反腐败？你懂不懂？反腐败说到底不也就是一场运动？运动是要干什么？不就是要整顿干部？整顿什么干部？说到底，还不就是要整顿异己？一句话，就是要借运动把那些对立面全部都整顿下去，把那些不属于自己圈子里的人全都搞下去。"[②]尽管张平对90年代复杂社会状况的书写有简单化的嫌疑，但他对这一时期城市社会生活中权力与人情、资本与人性的纠结所导致的社会状况

[①] 张平：《抉择》，北京：人民文学出版社2004年版，第289页。
[②] 张平：《抉择》，北京：人民文学出版社2004年版，第353页。

的书写，对底层的同情、对腐败的批判、对公正的渴望，传达了普通民众的深层心理与集体无意识。

李佩甫《学习微笑》则更关注底层群体从下岗到再就业的自救过程。小说写食品厂为了招待来厂投资的港商，挑选了八名女工学习礼仪。食品厂前前后后为招待各局干部，花了二十万，但和港商的合作却失败了，因为港商只愿意接收三十名工人，其他人只能裁员。小说对资本到处掠夺廉价国有资产着笔不多，而是以糕点车间普通女工刘小水在这期间的遭遇展开故事，把90年代国有企业普通工人生存的困难境地呈现出来：公公瘫痪，父亲病重，丈夫因公犯法被拘留。幸而在小说结尾，刘小水和丈夫摆地摊卖糕点，找到了另一条生存之路。小说的价值与意义在于，揭露了社会风气的恶化和荒谬（为了解决厂里的困难，上至厂长，下至车间主任，用近乎阿谀的态度通过找关系接近港商），也揭示出资本对资源的重新配置过程，其实也是一个掠夺的过程。

20世纪90年代小说的政治书写在对整个社会，尤其是底层人们的生活进行观照时，不经意间流露出俯视的姿态，以同情的目光审视整个底层社会，故而极易把底层社会群体的诉求简化为物质生活的诉求，从而简单批判资本与权力结盟后为加速资本积累而对社会资源的掠夺。法治不健全，道德缺位，社会舆论沉默，在某种程度上都是90年代国有资产流失、社会两极分化需检讨的原因，90年代小说对此涉笔甚少。20世纪90年代政治小说对社会痼疾的揭露，无疑具有强烈的现实主义精神；对社会治理方式的调整、社会文明价值的重建，也具有一定意义。

五、怀旧情怀中的城市记忆

列维纳斯说："艺术，本质上是脱离，它在一个具有主动性和责任的世界中，构成了一个逃离的维度。"[①] 如果以此来考察90年代小说中的城市怀旧，我们也大可以将之看作是一种逃离，一种虚构的想象，是对美的极致的表现，也是对现实的虚假的记忆。在20世纪90年代，许多作家不约而同对旧上海的荣光展开怀旧式书写，以唯美的姿态重构梦幻般的都市旧景，正如陈思和所说，"上海这个城市在近十年（90年代）的经济高速发展中显现了自身的魔力，描写上海历史文化的文艺作品已成为当下一个令人眼花缭乱的文化现象。"[②] 王安忆、程乃珊、陈丹燕的上海书写，就是这个文化现象的中心。虽然王安忆等人未必都把自己的小说创作看

---

① [法] 列维纳斯：《现实及其阴影》，高宣扬主编：《法兰西思想评论》（2017年春季卷），北京：人民出版社2018年版，第179页。
② 陈思和：《都市文化精神与文学创作的几点想法——〈上海笔会成员作品集〉序》，《社会科学》1999年第8期。

作是一种怀旧[①],但从其小说本身所呈现的内容及其影响来看,她们的创作还是汇入了这种带着逃离色彩的怀旧中。

王安忆的《长恨歌》无疑是世纪末的城市记忆,也是对现代性进程或者说以经济为主导的意识形态的消极抵制。如同莫尔对作为空间游戏的乌托邦的建构一样,王安忆也"唤醒了一种怀旧情绪",从而形成了"对静态精神秩序以及非冲突性与和谐性的等级制社会关联模式的怀旧"[②]。在《长恨歌》中,王安忆赋予她笔下的旧上海一种舒缓、宁静的氛围。小说一开篇就以类似水墨画的笔法,描绘上海的弄堂、流言、闺阁,即使小说的重要事件,诸如竞选上海小姐、与李主任同居,乃至后来的生产,直至死亡,王安忆都写得不瘟不火,慢条斯理。情节被拉长了,背景也影影绰绰。那种慢节奏的、静态的、没有冲突的画面感,其实是作家有意要赋予怀旧本身一种诗意,并借此抵制"速度政治"。因而,整篇小说罩上了一层光晕,这层光晕缥缈虚无而又真实可

---

① 陈思和曾引用了王安忆、王雪瑛《〈长恨歌〉,不是怀旧》(《新民晚报》2000年10月8日)中的说法强调《长恨歌》的非怀旧性质,但从文本所呈现的历史记忆及其接受效果看,《长恨歌》是典型的怀旧记忆文本。见陈思和:《中国现当代文学名篇十五讲》,北京大学出版社2003年版,第382~383页。

② [美]大卫·哈维著,胡大平译:《希望的空间》,南京:南京大学出版社2005年版,第156页。

见，在给人美感的同时，也以其近乎不食人间烟火的精神气质，拒斥90年代的庸俗与放纵。不仅如此，《长恨歌》对上海的书写，同样是一种想象，这种想象从作为本源的社会生活中抽取了静态的诗意，但舍弃了繁杂的日常生活中平庸的一面①。尽管王安忆尽力云遮雾绕地点明那个时代，但是，那些被忽略，或者说被涂抹、删除、矮化的社会背景，以其真实性与残酷性，解构了王琦瑶自成一统的生活。即便《长恨歌》中的文本时间是20世纪40年代到80年代，但小说的人情伦理却是现代性支配下的人际关系。小说中传统中国社会人与人的感情变得淡漠，这种淡漠暗示出，尽管王安忆想要表现慢节奏的中国，但依然没有摆脱现代社会的法则。现代社会，一个完全意义上的陌生人的社会建立起来并取代了熟人社会之后，公共领域和私人领域就区分开了，"市民冷漠感作为普遍的公共信任的配套机制，就从私人领域，特别是从亲密关系的领域中脱颖而出。"②

王安忆的上海怀旧中的现代性意图，或者说抵制现代性

---

① 20世纪90年代，刘震云《一地鸡毛》、池莉《烦恼人生》《热也好冷也好活着就好》，以及刘恒《贫嘴张大民的幸福生活》等，都对城市日常的琐碎与平庸进行了书写，但没有怀旧意味。

② [英]安东尼·吉登斯著，赵旭东、方文译：《现代性与自我认同：现代晚期的自我与社会》，北京：生活·读书·新知三联书店1998年版，第178页。

的意图,并没有被后来的作家延续,而《长恨歌》中对旧上海的物质生活的书写,却激发了程乃珊和陈丹燕对这种旧的生活方式的怀念——即便这种怀念是建立在他人记忆的基础上的。程乃珊的写作,包括《上海探戈》《上海 Lady》《上海女人》等,细说上海往事,在不经意间流露出对旧上海贵族化气息的迷恋。在程乃珊看来,"世界进入21世纪,作为肉身的物质的贵族早已消遁隐迹,我们所谓的贵族,纯粹是指精神文化上的一种境界,一种精英的韵调。这样的境界,应该是钱买不到的。"[①] 程乃珊对上海旧贵族气息的迷恋,是有着深厚的社会文化心理基础的。一方面,上海作为曾经的世界大都会、东方巴黎,的确曾经辉煌过,半殖民地基础上的孤岛式存在,曾经承载了多少人的梦想。另一方面,我们也要看到,随着90年代市场经济的施行,一批原先没有根底而"先富起来"的人,伴随着经济地位的提高,也对社会地位提出了诉求。而渐趋衰落的所谓贵族则不愿意面对现实,只能回归到梦寐般的过去,借以找到抵抗的盾牌。陈丹燕的《上海的风花雪月》《上海的金枝玉叶》《上海的红颜遗事》,同样带着哀愁,诉说上海的精致生活细节,

---

[①] 程乃珊:《海上萨克斯风》,上海:文汇出版社2004年版,第44页。

诉说上海这个大都会中的人生。小说中弥漫的情调，显示了作家对现实的无奈，或者说逃避。显然，这种"对过去的无条件膜拜"[①]的城市记忆，是不同于20世纪80年代的城市记忆书写的。

包亚明等人在《上海酒吧——空间、消费与想象》中对这种怀旧的大众化所作的描述，在某种程度上是对20世纪90年代的国人在快速发展的城市化进程中的迷茫心态的一种概括。这种迷茫，其实是身份认同产生了危机，也是文化自信不足的表现：

> 在对旧上海铺天盖地的怀旧咏叹中，在对20世纪90年代雨后春笋般在大街小巷遍地开花的咖啡馆、酒吧等社交场所的津津有味的描述中，人们着意拼缀出一个梦幻般的城堡，满怀深情地揣想着在那不无暧昧意味的茶色玻璃后，在挑眼的猩红色地毯后，上演着一幕幕动人、多情而令人艳羡的人生故事，它像琼瑶言情小说一般满足着芸芸众生的

[①] 王兴文：《理想与激情：20世纪80年代小说的城市书写》，《宁夏师范学院学报》2021年第8期，第47页。

好奇感与窥探欲。[①]

20世纪90年代小说的怀旧叙事，总体上是对现代性的一种抵制，或者说一种逃避，这种逃避，是由于当代作家面对日新月异的城市景观的茫然和文化身份认同焦虑的自然流露。

20世纪90年代的城市书写通过对发展不均衡导致的社会结构分化，以及不同阶层社会群体生存状况的关注，表现人们面对城市景观不断刷新，物质逐渐丰盛的现实而产生的复杂的情感、经验、心理，乃至精神状态，记取了时代的面影，也把笔触伸进带动整个社会飞速发展的城市化进程。总体上看，90年代小说的城市书写再现大于表现，体验遮蔽了理性，缺乏反思与批判。这种受制于感官体验与社会心态的美学风格，是当代作家对渐行渐远的传统的依恋，对充满风险的现代社会的无所适从，对自我身份乃至国家主体身份建构迷茫的复杂心态的表现。

客观来说，20世纪90年代以来的社会经济发展，使得

[①] 包亚明、王宏图、朱生坚等：《上海酒吧——空间、消费与想象》，南京：江苏人民出版社2001年版，第29页。

整个国家逐渐由物质匮乏时代向富庶时代过渡,一部分人已经先富了起来,人们的生活已经从解决温饱逐渐向过上更加富庶的日子转变,但人本身的现代化、城市化尚未完成,人们的思想观念其实还停留在重积累、重节俭阶段,并没有完全形成与富庶时代的物质基础相应的思想观念和精神追求。当整个国家从农业社会向工业社会、后工业社会转型时,传统的、不变的、稳定的人际关系、伦理道德、价值规范、精神信仰,都逐渐被以"变"为基本特征的"风险社会"的价值体系所替代,人们的安全感骤然消失,因而不可避免产生焦虑与迷茫的心态,这种心态不仅出现在底层群体身上,也表现在那些在商业大潮中获得成功的"新阶层"群体身上。因而,当代作家的城市书写就出现了一种奇怪现象:不管是批判城市文明病,还是书写城市个人奋斗经验;不管是新的底层群体生存状况的书写,还是对旧的城市生活的记忆,甚至在女性经验的描摹中,都带着焦虑与迷茫的情绪。

这种焦虑与迷茫显然是国家经济发展与个体生存的错位的结果,但更是当代作家对社会缺乏全面把握的结果。因而,90年代小说城市书写也不可避免地存在不足与缺失。这种缺失主要表现在两个方面:一方面,90年代小说的城市书写忽略了底层生存状况。城市化进程的红利已经被一部分先行者获取,但普通民众则因发展不均衡而被忽略,一句话,"改革开放的成果没有被全民共享"[①],但90年代作家对此选择了忽略,只有少数作家看到了这一现实。另一方面,当代作家缺乏全球想象。换言之,当代作家在这一时期尚未形成与整个国家的经济力量相适应、相匹配的民族国家的主体性想象。事实上,90年代是一个国际局势发生巨大变化,中国和世界格局发生巨大变化的时代,如何讲述中国与世界的关系,如何重建中国的主体性,国家主体如何表征自我,已经提上历史日程,但是,90年代作家并没有明确意识到这一点。

尽管90年代作家的城市书写未能在把握住城市现代性虚幻面影的同时建构起民族国家层面的主体性,也未能从历史的角度对民族国家在追求现代性的过程中忽略普通民众生存而予以客观公正的情感评价。但无论如何,20世纪90年代城市书写所暴露出来的问题,为21世纪之后城市书写中的反思与批判奠定了基础,也为21世纪小说城市书写对社会文明价值重建等问题的探索,预留了充足的空间。

---

① 孟繁华:《文学革命终结之后——新世纪文学论稿》,北京:现代出版社2012年版,第149页。

反思与重建：
21世纪初年小说的城市书写

21世纪初，中国以更具活力的姿态迈向民族复兴，城市化进程也如火如荼。按照工业化国家的经验，"一个国家城市化率达到30%左右，就进入了城市化快速发展阶段，在这个阶段，随着农村剩余劳动力向城市的迁移，产业结构、空间结构、消费结构、投资结构等随之发生变革，经济将持续、快速增长，城市化率不断向70%左右攀升。"[1]2001年中国城市化率达到37.7%，这一数字意味着中国城市化已经跨过了城市化快速发展的门槛，开始加速向高城市化率发展。但城市化发展导致的地理区位的不均衡，使得城乡之间的差异不断扩大，现实问题也变得突出，如"农民和城镇部分居民收入增长缓慢，失业人员增多，有些群众的生活还很困难；收入分配关系尚未理顺；市场经济秩序有待继续整顿和规范"[2]，等等。社会生活层面现实的结构

---

[1] 陈甬军、景普秋、陈爱民：《中国城市化道路新论》，北京：商务印书馆2009年版，第10页。

[2] 江泽民：《全面建设小康社会，开创中国特色社会主义事业新局面（一）》，《人民日报》2002年11月18日。

性差异，引发人们对效率与公平、增长与分配，以及城市化与现代性等诸多问题的广泛思考，整个社会的心理也由20世纪90年代的焦虑与迷茫一转而为冷静与理性。

　　社会心理与时代精神对文学的最直接影响，就是文学对社会生活中的这种结构性差异的反思，其中既有对物质主义的批判，又有对城市化过程对底层民众生活忽视的揭示。当代作家在书写城市化改变社会生活的同时，更多在微观层面对人性、欲望、权力、道德、历史等问题深入思考，并试图探索社会文明价值重建的问题。余华、叶兆言等对城市欲望与人性迷失的极度夸张，寄寓着物质主义批判；曹征路、孙慧芬、贾平凹、迟子建等一大批作家对底层的关注，则表现了当代作家从伦理道德的角度出发对城市化、现代性的反思；柳建伟、王跃文、周梅森从更大背景出发思考管理体系本身的权力与资本之间的结盟对城市化的影响；阎真、张者、邱华栋等则对知识分子在城市化过程中的堕落予以批判，试图揭示知识分子责任担当的缺失与城市文明病之间的关系；王小鹰、迟子建、王安忆等则在重构城市历史记忆的同时，触及民族文化的深层结构，发掘出传统文化中的伦理温情。21世纪初年小说城市书写中的反思意识和价值重建意识，体现了当代作家的社会使命感和责任感，与思想界的反思和国家层面加强城市治理形成"共振"。

一、批判弱化的城市欲望书写

如果说20世纪80年代末90年代初的当代小说把物质性与人的欲望作为城市书写的重点,虽有现实依据但更多想象的话,那么90年代末到21世纪初的城市欲望书写,则与社会生活关联紧密,且不无炫耀姿态。世纪之交的中国,京津唐、长三角、珠三角等大都市圈出现,其龙头城市北京、上海、广州,已经逐渐成为世界性大都市,但从文化角度看,人本身的现代化、城市化尚未完成,"并没有形成与富庶时代的物质基础相应的思想观念和精神追求"[①]。

物质生活与精神生活或者说心理状态的这种不一致,表现在文学文本中,便是作为时代精神画像的文学形象的物质欲望与主体精神的不匹配。20世纪90年代小说中的个体追求物质成功的叙事模式(邱华栋等)和个体以放纵物质欲望反对传统伦理秩序的叙事模式(朱文、何顿、卫慧等),其实都没有把主体自我提升到与城市相匹配的高度,而是匍匐在物质欲望的脚下。21世纪初,这种屈服于欲望的城市书

[①] 王兴文:《焦虑与迷茫:20世纪90年代小说中的城市书写》,《宁夏师范学院学报》2022年第3期,第59页。

写延续了此前城市书写"遵循享乐主义，追逐眼前的快感"[①]的人物形象塑造模式，在批判或反思城市化带来的文明病的同时，却又情不自禁地陷入庸俗主义的泥淖。虽然欲望书写是21世纪初年城市书写小说中普遍存在的印记，但余华《兄弟》、叶兆言《我们的心多么顽固》、慕容雪村《成都，今夜请将我遗忘》显然更具代表性。

余华《兄弟》以老套的三角关系构思情节，讲述李光头、宋钢两兄弟与林红的情感史，同时叙述当代中国社会变迁的历史。也许余华试图通过小说表明，城市化带来的物质盛宴给欲望打开了方便之门，而这种欲望的泛滥恰是人性迷失的本源。但实际上，由于余华"更关心的是人物的欲望"[②]，因而在作家的笔下，窥私欲到处泛滥。从小说开篇的李光头偷窥女厕所，到结尾的"处美人大赛"，余华始终把视觉欲望的挑逗与释放摆在小说文本的重要位置。尽管我们可以从技术层面探讨小说中的夸张修辞与现实的距离，但欲望本身在城市化过程中的动力因素是无疑的，这一动力因素不仅与经济繁荣呼应，而且也辐射到文本外部，成为一个卖点。在

[①] [英]迈克·费瑟斯通，刘精明译：《消费文化与后现代主义》，南京：译林出版社2000年版，第165页。

[②] 余华：《余华作品集》2，北京：中国社会科学出版社1995年版，第287页。

文本流通环节，读者的阅读也成为商业运作模式中的消费环节，即因受到卖点吸引而购买，阅读过程也仅仅是为了印证或消费广告中的卖点。文本本来不甚强烈的反思与批判，就在这一消费过程中消弭了。

反思或者批判都市欲望的主题的弱化，同样表现在叶兆言《我们的心多么顽固》和慕容雪村《成都，今夜请将我遗忘》中。《我们的心多么顽固》围绕主人公蔡学民（老四）和妻子薛丽妍（阿妍）大半生的情感故事，书写知青生活，但小说的主要笔墨落在老四和多名女性之间的性关系上。小说通过对欲望的放纵不羁甚至糜烂至极的书写，表现了顽固、焦虑、急躁、渴望等欲望对个体生命的支配，这种欲望似乎与资本的本性暗合，因而在某种程度上具有象征性。但是，文本中毫不掩饰的欲望表达，则是人性迷失的表现。这种泛滥的欲望充斥文本，使文本的格调庸俗化了。在《成都，今夜请将我遗忘》中，陈重更彻底地放纵非理性的自我。如果说李光头与老四在放纵欲望时还企图以种种掩饰来维持社会关系的话，那么陈重就是赤裸裸地颠覆传统伦理关系与现代社会法则。陈重与很多女性的肉体往来，颠覆了传统伦理，他与妻子、父母、朋友、同事的关系，同样是解构了正常社会秩序中的社会交往法则。在非理性暂时战胜理性原则的同时，也为悲剧的结局埋下了炸药。借用弗洛伊德的精神分析术语来看，在叶兆言和慕容雪村笔下，人物的"自我"往往是失去平衡的，在代表身体本能的"本我"与代表社会文化惯例的"超我"之间的交锋中，身体本能取得胜利并主导这个非理性的"自我"。这种"自我"的失衡，既是个体欲望不受约束的结果，也是城市化时代新旧伦理秩序缺席的结果，文本对欲望批判的微弱指涉，使反思与批判的力量变得无足轻重。

21世纪初小说中对于毫无节制的身体欲望的书写，是消费主义文化的表征，当然也是媚俗趣味泛滥的表现。卡林内斯库认为，媚俗艺术往往通过一种审美虚假化，"将除了包含纯意识形态信息之外别无他物的包裹贴上艺术产品的标签。"[1]在这个意义上，《兄弟》与《成都，今夜请将我遗忘》《我们的心多么顽固》对身体奇观与欲望表演不遗余力的书写，其实也是消费主义主导下的一种媚俗趣味。

总体而言，作为20世纪90年代都市欲望叙事的延伸，21世纪初小说对于身体欲望的呈现，特别是对于肉体狂欢的迷恋几乎达到了病态的地步，其重要标志之一就是几乎所有的小说都以窥视的眼光书写身体，从而形成一种身体奇

---

[1]［美］马泰·卡林内斯库著，顾爱彬、李瑞华译：《现代性的五副面孔》，北京：商务印书馆2002年版，第249页。

观。在进城叙事中,女性的身体往往是被贩卖的对象,也是获得城市立足点的资本(不管是被动还是主动);在知识分子叙事中,女性的身体又往往是拜倒在文化资本脚下的物品,是知识无往不胜的战利品;而在一些网络都市小说中,女性身体的价值抽象为吸引阅读的工具。在这种对身体奇观与欲望表演的狂欢化叙事中,传统文化惯例与道德规范都被解构了,因而身体奇观叙事所展示的狂欢中的荒诞不经的身体,被"当成最美的物品,当成最珍贵的交换材料"[1],从而"使一种效益经济程式得以在与被解构了的身体、被解构了的性欲相适应的基础上建立起来"[2]。欲望书写抽象为文本策略,进而与商业化运作结合形成一种符号经济,显然是市场化逻辑的结果;但缺乏批判与反思,欲望书写只能堕入庸俗的色情范畴,与文学绝缘[3]。

二、骤然兴盛的城市底层叙事

城市底层是城市社会结构不可或缺的一部分,对底层生

---

[1] [法]让·鲍德里亚著,刘成富、全志钢译:《消费社会》,南京:南京大学出版社2008年版,第127页。

[2] [法]让·鲍德里亚著,刘成富、全志钢译:《消费社会》,南京:南京大学出版社2008年版,第127页。

[3] 在某种程度上,"木子美"事件虽然是网络事件,但也捅破了遮盖在许多文本中的"文学面纱"。

存的关注，向来是文学的重要主题之一。虽然20世纪80年代以来《人生》、"打工文学"，以及鬼子《被雨淋湿的河》、莫言《师傅越来越幽默》都曾引起学界关注，但真正使得"底层"骤然成为一个主题，还是21世纪初。其时，社会思潮对于民生问题的关注[1]、非虚构文学的助推[2]、社会学家的研究[3]、国家层面的重视[4]，都使得文学对底层的关注，以及对城市化过程的反思与批判成为历史的必然。曹征路的《那儿》的发表，使底层叙事成为文学事件，并引起蝴蝶效应。2005年前后，很多作家都写下了底层群体生存境况的小说，具有代表性的如孙慧芬《民工》、吴玄《发廊》、荆永鸣《北京候鸟》、邵丽《明惠的圣诞》、格非《戒指花》、贾平凹《高兴》、迟子建《世界上所有的夜晚》、陈应松《太平狗》、罗伟章《我们的路》、徐则臣《跑步穿过中关村》、马秋芬《朱大琴，请与本台联系》，等等。

面对20世纪90年代末期以来的社会结构层级的分化，

---

[1] 20世纪90年代末到21世纪初，思想界爆发了"新左派"与自由主义的争论，虽然双方争论的立场、观点差异较大，但双方所面对的基本问题都是社会底层的现实问题。

[2] 如曹锦清的《黄河边的中国》、杰华的《都市里的农家女》等，都触及底层生存境况。

[3] 如陆学艺、孙立平等社会学家所做的调查与研究。

[4] 国家于2006年1月1日起全面取消农业税。

特别是不同层级的社会群体的差异性关系,当代作家对城市化与现代性的后果进行反思,在某种程度上说,"底层"为当代小说提供了独特的视角,也提供了道德情感依据。曹征路《那儿》中的底层生活呈现及其与城市化反思的逻辑关联,使文本所具有的道德情感普遍化,因而成为范本性的城市书写。小说所述的朱卫国、杜月梅的故事,与90年代中后期被下岗突袭的丁师傅(《师傅越来越幽默》)、刘小水(《学习微笑》)、章荣(《大厂》)的故事类似,但曹征路在叙述朱卫国为解决矿机厂生存问题而不断上访,最终在被骗之后自杀的同时,还刻画了作为社会群体的"常人"(厂里的其他工人)形象。作为一种平均状态的常人,他们虽然不满于自身的生存困境但缺乏朱卫国那种挺身而出的个人英雄主义情怀,在朱卫国护厂失败后又以公众舆论指责他——作为常人的普通工人的麻木与冷漠,让我们不由想起现代文学中常见的那种中国式冷漠的国民性。《那儿》以呼应现代文学史上的国民性批判的题旨,加深了城市化反思的主题,也使小说主人公的精神升华为伦理道德上的胜利,从而获得感人的力量。

与《那儿》类似,21世纪初年的底层叙事大多以道德胜利抵制城市与现代性本身,从而形成一种典型的道德美学,如贾平凹《高兴》、尤凤伟《泥鳅》等。尤其在进城叙事中,道德美学以新的叙事模式——"一个外来者，被城市／女人诱惑，在城市中成功或失败"[①]——表达对城市的批判。更进一步看，进城叙事把城市与乡村的二元对立模式化为现代文明与传统文明对立的象征、全球化与本土化之间二元对立的象征，并在隐喻的层面表达对城市化与现代性的反思。但这种创作意图直白的写作模式也极易滑入概念化写作的误区，以道德美学介入现实，以呈现苦难为旨归，从而使得小说成为单一意图的传声筒。如陈应松《太平狗》，就极尽悲惨之能事，图解现实。事实上，以道德为最高评价标准的底层叙事在强化道德感和城市化批判的同时，也不自觉地"遮蔽了社会文化场域的中心矛盾，掩盖了底层苦难的真正原因"[②]。

相比之下，第四届鲁迅文学奖获奖作品《世界上所有的夜晚》，则因哀婉的基调和含蓄的叙事，而在底层叙事中别具一格。与众多书写底层苦难的小说不同，迟子建把蒋百嫂的故事藏在文本深处，直到故事行将结束才揭示出真相。小说对权力与资本的共谋的批判是无声的，但蒋百嫂的丈夫死

[①] 张英进著，秦立彦译：《中国现代文学与电影中的城市：空间、时间与性别构形》，南京：江苏人民出版社2007年版，第104页。

[②] 王兴文：《缝隙空间与道德美学的错位——对新世纪小说中底层叙事模式的一种探讨》，《文艺争鸣》2013年第2期，第117页。

后无法安葬,"没有葬礼,没有墓地"①的惊人内幕,却是冰冷而严肃的。"《世界上所有的夜晚》所描述的底层生活,其深度和广度、尖锐和残酷,都超出了迟子建以往的作品"②,体现了作家对现实的深刻体悟,也表现了作家对城市化的独立思考。值得注意的是,这部作品成为迟子建小说城市书写的转折点。在此后的写作中,迟子建在书写城市化所带来的诸多问题的时候,不仅仅呈现现实,也思考如何超越城市与乡村、现代与传统等二元对立,建构一种理想的城市生活秩序,如《烟火漫卷》等。

21世纪初年的底层叙事与20世纪90年代新市民叙事一样,在艺术上有种种为人诟病之处。虽然一些评论家认为当代作家"在分析社会道德状况时,缺乏社会分析的视角与眼光",因而"以声嘶力竭的控诉乃至诅咒抵抗现代化的发展方向"③不无偏颇,但也确实指出了底层叙事的美学缺陷。

---

① 迟子建:《世界上所有的夜晚》,广州:花城出版社2010年版,第56页。
② 蒋子丹:《当悲的水流经慈的河——〈世界上所有的夜晚〉及其他》,出自迟子建:《世界上所有的夜晚》,广州:花城出版社2010年版,第109页。
③ 金元浦、陶东风:《阐释中国的焦虑——转型时代的文化解读》,北京:中国国家广播出版社1999年版,第60页。

但不可否认，底层叙事对于"导致增长和发展的不平衡"①的城乡空间差异的反思，对于资本与权力结盟的批判，无疑引起了疗救的注意，具有不可忽视的现实价值与意义。而且，作为现实主义风格的最新表现形式，这种写作方式也延续到了21世纪的第二个十年，《涂自强的个人悲伤》《世间再无陈金芳》等小说对这一主题的延展，说明现实主义创作方法本身的强大。

三、政治小说中的权力批判

文学创作与社会实践关系密切，但社会思潮对文学的影响也非常大。90年代后期的新左派与自由主义争论，也使文学创作的主题趋向不同。面对市场经济与城市化所带来的经济的空前繁荣与日益严重的社会不公和贫富分化，虽然新左派和自由主义都认为是社会公正、公平问题所致，但在反思的过程中，新左派更多归因于资本的掠夺本性导致了底层的产生，而自由主义则把批判的矛头指向权力结构②。如果说底层叙事是对新左派观点的呼应的话，那么政治小说中的权

---

① [法]亨利·列斐伏尔著，李春译：《空间与政治》，上海：上海人民出版社2007年版，第61页。
② 许纪霖、罗岗等：《启蒙的自我瓦解——1990年代以来中国思想文化界重大论争研究》，长春：吉林出版集团有限责任公司2007年版，第209页。

力批判，则是对传统权力机制的沉渣泛起的深刻反思。

21世纪初的政治小说，在书写城市及城市化的过程中，对权力结构在整个社会生活中的功能及其导致的后果进行了反思与批判。这一时期，政治小说大量出现，如柳建伟《英雄时代》、许春樵《放下武器》、王刚《福布斯咒语》、王跃文《梅次故事》、周梅森《我主沉浮》、张欣《深喉》、王晓方《驻京办主任》等。

以柳建伟《英雄时代》、许春樵《放下武器》为代表的城市书写侧重揭示城市化快速发展时代权力与资本的结盟所导致的狂欢，同时揭示了社会分层与不同利益群体的诉求。柳建伟的《英雄时代》是对20世纪90年代城市化快速发展时期的忠实记录。小说开篇，就刻画了90年代末城市化快速发展时期的资本代表人物陆承伟，并对陆承伟的高档别墅进行了描写：

> 陆承伟从小游泳池里爬了上来，裹了一件真空棉睡袍，坐在一张沙滩椅上，睁开自信而有神采的眼睛，把棱角分明的、简直可以看成罗丹《思想者》原型来看的脸，整个沐浴在漫过东方的朝霞里。眼前是一片片掩映在青红树叶间的高档别墅区，一幢幢稍有变异的哥特式或者巴洛克式小楼，使得这一

片透出了些许香榭丽舍或者枫丹白露地区那种优雅恬适的情调。再远处，隐隐可以看见建筑大师贝聿铭的杰作——香山饭店那熔中西文化于一炉、体现天人合一观念的优美轮廓。再往远处，应该是堪称世界园林之冠的大气而铺张的颐和园，可惜淡淡的灰雾烟尘阻碍了他本可以抵达昆明湖的目光。[1]

陆承伟登上历史舞台的时间，是党的十五大闭幕之后。党的十五大正式为私营经济正名，使得私营企业和国有企业之间的差距逐渐拉开，国有企业也因难以适应现代企业制度而出现各种问题。国有企业与私营企业之间、城市与乡村之间、东部与西部之间的发展不平衡，为资本运作提供了机会。陆承伟利用父亲陆震川的政治地位插手陆川县的国有企业改革，获取高额利润；施展各种手段，买通刁明生盗窃"都得利"的商业机密，并把这个机密透露给"都得利"的竞争对手，在"都得利"陷入困境的时候，又以偷梁换柱的方式变成"都得利"的大股东。陆承伟是《英雄时代》创造的城市化时代的新人形象，他的偶像是美国投资界大亨乔治·索

---

[1] 柳建伟：《英雄时代》，北京：人民文学出版社2013年版，第1页。

罗斯、华伦·巴菲特，陆承伟信奉的哲学是巴尔扎克《公务员》中的人物形象羊腿子的话"胜利总是属于金币的"。一句话，他信奉的是货币哲学。表面看，陆承伟通过资本运作改变了城市化过程带来的不平衡，就像马克思以讽刺的口气所说的，"货币这位彻底的平等主义者，还会把一切的差别消灭。"① 但实质上，资本也导致了人性的迷失。《英雄时代》对世纪之交的时代变化和社会生活的表现是深刻的，但小说所表达的"钱可以打败所有的对手，但无法使所有的对手屈服"② 的理念显然是拉低了小说的思想深度，使小说对资本与权力的批判仅仅停留在人性层面。

当代作家不仅仅对权力与资本的结盟进行了批判，也对权力本身对人性的扭曲进行了深刻思考。许春樵《放下武器》、王跃文《梅次故事》、周梅森《我主沉浮》都深入思考了作为城市化进程关键枢纽的权力机关把持者，如何在科层制社会中迷失本性，以至于异化的过程。《放下武器》对权力本身的生产与象征化的思考、对城市化时代权力机关如何主导城市景观生产的思考，尤有代表性。小说叙述了"我"

---

① ［德］卡尔·马克思著，郭大力、王亚南译：《资本论》第1卷，上海：上海三联书店2013年版，第74页。
② 柳建伟：《英雄时代》，北京：人民文学出版社2013年版，第631页。

舅舅郑天良从一个淳厚正直的人走向腐败堕落的过程，许春樵抽丝剥茧，还原了官场生活中的表象与权力的深层运行机制。小说塑造的最典型的人物形象是黄以恒，这个深得官场之道的人物形象以娴熟的太极推手游弋于政治生活，以视觉政绩、政治话语狂欢获得升迁，也通过权力交换生产出更大的权力。许春樵对城市化的反思是深刻的，他对权力与腐败关系的悖谬之处的发现也启示人们，对权力寻租以及腐败问题的理解，不能停留在表面。

当代作家对于权力的反思与批判，也表现在那些书写乡村城镇化历史的小说中，如李佩甫《羊的门》、阎连科《黑猪毛，白猪毛》、曹征路《豆选事件》、杨少衡《村选》等。李佩甫《羊的门》触及城市化进程中家族对人的现代化、城市化的阻滞，表现权力与族长崇拜思想在国民深层心理中的不可荡涤；阎连科《黑猪毛，白猪毛》则以荒诞的笔法，揭示权力及其观念在民众心理中不可摆脱。

21世纪初的当代作家在书写城市时，同时批判了权力对城市化进程本身的阻滞，显然具有社会批判意味，也是现实主义文学精神的体现，"当他们以小说介入社会，探讨公共话题，表现了鲜明的现实批判精神和担当道义的勇气，饱含对国家和人民的责任感；反思家国文化、知识分子的根性；解剖官场文化、社会体制、权力结构；批判奴性意识、清官意识、官本位意识；对腐败分子侵蚀国家肌体的愤怒；对法律意识、责任意识、国民劣根性的召唤。"① 但大多数作品在书写权力与资本的结盟或者权力本身的时候，不自觉陷入一种病态的欣赏之中，以至于丧失基本立场。还有一部分小说在权力批判的同时，并未深思价值重建问题，只是单纯进行批判和反讽。

四、知识分子叙事的人文反思

知识分子在整个社会转型过程中所应担负的责任与伦理，其实在20世纪90年代就被提出。《上海文学》1993年第6期发表的王晓明等人对人文精神的大讨论，揭开了90年代知识分子在市场化、商业化、城市化时代何去何从的思想争辩。学者们倾向于认为，知识分子是那些"承担社会良知责任的人们"②，他们充满人文道德激情，把解决社会困境和问题作为自己的责任；他们是"知识、思想、价值观念、意识形态等的构造者、阐释者"，一般的人文知识分子，"则担当着社会的道德规范、意义模式、生活方式等等

---

① 廖斌:《从〈官场〉到〈沧浪之水〉——论官场小说在新时期的深化与发展》,《文艺理论与批评》2007年第2期,第91页。
② 萧功秦:《知识分子与观念人》,天津:天津人民出版社2001年版,第128页。

的建构与阐释使命"①。从学界对知识分子的界定看，与其说是知识分子沉沦了，不如说是学界试图以划分界线的方式，将普通知识分子（受过高等教育、有知识等）与有担当的知识分子区分开来。但在当代小说以及普通民众那里，所谓的知识分子就是包含了二者的整体，当代小说中的"知识分子群体"，也被打上了理应对城市化时代的道德问题、社会问题负责的标签。

当代小说中的知识分子批判，滥觞于20世纪90年代贾平凹《废都》、莫言《酒国》、格非《欲望的旗帜》等文本对转型时期知识分子在社会中无所适从的书写。贾平凹所塑造的庄之蝶形象，代表了一个时代迷茫与失落的知识分子的堕落与颓废；莫言《酒国》中的酒博士李一斗则代表了与权力、资本结盟的另一路知识分子的政治狂欢；格非《欲望的旗帜》中宋子衿的发疯则代表知识分子面对城市欲望之流的精神分裂。90年代小说中的知识分子一反80年代知识分子的启蒙者、立法者与阐释者的形象而表现出的分化，也从一个侧面说明90年代之后的知识分子在逃离真实的社会现场。他们"主张放弃精神维度和历史意识，暗含着他们推诿

---

① 陶东风：《社会转型与当代知识分子》，上海：上海三联书店1999年版，第2页。

责任和自我宽恕的需要，标榜多元化，也背离了强调反叛和创新的初衷，完全沦为对虚伪和丑恶的认同，对平庸和堕落的骄纵"①。

21世纪初年，当代作家对城市知识分子的精神裂变进行了深入探索，如阎真《沧浪之水》《因为女人》、盛可以《道德颂》、邱华栋《教授》、史生荣《所谓教授》、葛红兵《沙床》等。《沧浪之水》以池大为的身世浮沉为中心，展开了医疗系统知识分子在生存理性与人文理想之间的徘徊、犹豫和精神裂变。池大为最终服从生存理性而做出的人生选择，一方面显示了城市化、科层制社会对人的理想与情怀的粉碎，另一方面也显示了知识分子本身的软弱性与妥协性。正如雷达所说："《沧浪之水》深刻地写出了权力和金钱对精神价值的败坏，有一种道破天机的意味。在它面前，诸多同类题材的小说都会显得轻飘。池大为和马垂章两个人物写活了，写透了，其复杂内涵令人深长思之。"②虽然评论家一边倒地肯定小说对知识分子精神裂变的书写，但无意中也把知识分子和从政、从商对立起来，以一种二元对立的方式审视知识分子的人生选择。从实际的社会生活来看，知识分子通

---

① 贺奕：《群体性精神逃亡：中国知识分子的世纪病》，《文艺争鸣》1995年第3期，第28页。

② 阎真：《沧浪之水》，北京：人民文学出版社2005年版。

过从政、从商反而更容易实现自己的为国为民的理想。知识分子形象的清高与不食人间烟火的模式化形象，显然来源于20世纪以来的现当代文学的建构，也是批评家对知识分子与传统文人划界不清造成的。这种无法清晰界定的知识分子理念，反而使城市化反思与知识分子批判无法及物。

如果说《沧浪之水》探索了知识分子在权力漩涡中的挣扎的话，张者《桃李》则书写了知识分子在货币哲学流行时代的沉沦。小说主人公邵景文是80年代的文学青年，但现在是法学教授、博导、大律师，虽然没能实现文学理想，但他却成了文学的真正受益者。通过代理各种案件，邵景文迅速积累了财富，"有多少钱谁也说不清楚，反正豪华别墅、宝马香车都有了"[1]。与池大为痛苦的精神裂变不同，邵景文通过奋斗改变了自己的命运之后，在宋总的金钱诱惑、梦欣的美色诱惑中逐渐失去本色，陷入欲望的泥淖。邵景文的堕落与迷失，是知识分子叙事中的典型代表，张者通过邵景文这一形象，揭示了城市化时代知识分子在资本大棒迎头赶来的时候的顺从与沉沦。与《桃李》相似，盛可以《道德颂》、邱华栋《教授》、史生荣《所谓教授》、葛红兵《沙床》都塑造了陷入欲望与物质盛宴的知识分子形象，并对知识分子的

---

[1] 张者：《桃李》，北京：人民文学出版社2002年版，第57页。

道德堕落、人性迷失予以批判，这种批判启示人们思考城市化本身，也暗含了重建价值与知识分子责任担当的关系。

21世纪初的当代小说在批判知识分子的同时，也书写了知识分子在城市化时代的没落。如阎连科《风雅颂》中的杨科，在城市社会无法立足后逃回老家耙耧山区；陈希我《欢乐英雄》中的诗人李杜和妻子王妃，在实验了各种人生体验之后对日常生活厌倦；张欣《对面是何人》中的武侠迷李希特远离正常的社会人生，像鸵鸟一样把自己投入虚幻的武侠世界。凡此种种，无不透露出知识分子理想与激情的救平。知识分子的这种逃避现实，显然也是某种程度上的对城市化的消极抵制。

当代作家在反思城市化与现代性的背景下，把知识分子作为批判对象，有其合理性。因为无论如何，知识分子代表了一个时代社会的良心，知识分子的人格失落，对社会秩序的破坏力显然要大于普通民众。但是，当代作家对知识分子的人文反思也对读者产生一种误导，使知识分子这个概念所涵盖的范围无限放大并被污名化处理，反而使批判本身的目的如入无物之阵。现实生活中，广大知识分子为经济社会发展做出的贡献是有目共睹的，社会文明价值的重建也有赖于广大知识分子的共同努力，这是知识分子叙事的盲点。

五、城市历史记忆书写的延续

21世纪初，当中国的城市化水平接近50%之际，当代小说通过城市历史记忆对不同历史阶段的城市印记进行还原，虽说延续了20世纪80年代的城市记忆书写和90年代城市怀旧的主题，但表现出的意味却不同。20世纪80年代小说的城市记忆以他者化的视角重建城市历史，90年代小说的城市记忆则保留着面对全球化与现代化的焦虑与迷茫。但21世纪之后，当代作家对过去的回望，则在重构历史的同时，凸显了传统市井生活中的人际温情的价值，也触摸到了传统文化深层结构中坚实的伦理性。这也许是当代作家对城市化的"速度政治"的一种反思，当然也可看作是当代作家以"慢"节奏重建理想的城市伦理的表现。

包赞巴克认为，城市的精髓在于它是不同时代的沉积，这才是一个城市最美的地方①。王小鹰《长街行》、迟子建《白雪乌鸦》、王安忆《骄傲的皮匠》《富萍》、于晓丹《一九八〇的情人》、唐颖《初夜》、肖克凡《机器》、路内《少年巴比伦》、徐坤《野草根》都聚焦于城市历史的记忆，

---

① [法]克里斯蒂安·德·包赞巴克：《城市在(再)思考》，《城市环境设计》2015年第Z2期，第267页。

并书写了不同时段不同城市的历史记忆,呈现了北京、上海、哈尔滨、武汉等城市"最美的地方"。这些作家对历史的追溯,对过去的城市生活慢节奏的再现,对市井民风民俗以及中国人的韧性生命力的挖掘,对城市空间与人际伦理关系的重构,都有以中国传统城市生活经验启示当下的价值与意义。

迟子建《白雪乌鸦》是对发生在1910年的哈尔滨大鼠疫的灾难历史的悲情而沉郁的书写。作家在以散点透视式的描绘过程中,也绘制了20世纪初的哈尔滨地图,复现了那个特殊年代由于特殊历史情势而造成的不同文化交织的城市街道、建筑,不同国家的人在这个城市的商业生活与日常生活。迟子建通过王春申这个马车夫在哈尔滨埠头区、新城区和傅家甸运送各色人等的经历,不但逐渐呈现了街道两旁的带花园的小洋楼、各色教堂、粮栈、客栈、饭馆、妓院、点心铺子、烧锅、理发店、当铺、药房、鞋铺、糖果店等,而且描绘出了那个时代人们之间的温情与义气,更重要的是,在重构历史记忆的同时让人嗅到了老哈尔滨的气息——"动荡中的平和之气"[①]。城市日常生活中的烟火气息,人与人之

---

① 迟子建:《白雪乌鸦》,北京:人民文学出版社2010年版,第260页。

间以传统伦理为秩序的交往原则，激活了哈尔滨这个城市的历史记忆。迟子建对一个城市的历史灾难的回忆，显然注入了作家本人的主体意识，这种主体意识因超越了城乡二元对立而具有独特魅力。迟子建《白雪乌鸦》中表现出的"我城"意识，无疑是当代小说城市书写中的新眼光，这种新眼光不同于20世纪90年代城市怀旧中的思维框架，显示出当代作家在全球化语境中书写中国城市故事的独立心态。

王小鹰《长街行》则以一个女人和一条小街共同成长的故事为主线，叙述了上海一个小街区盈虚坊的历史变迁和人情世态。"市井闾巷之间有着深厚的民族文化心理和民族文化传统的积淀。"[①] 王小鹰围绕盈虚坊的城市化改造，穿插恒墅、守宫这两个大宅院历史和它们主人的身世浮沉，打开盈虚坊街区隐秘的日常生活史，以显微镜般的笔触放大了上海市民日常生活的细节，在这些细节中捕捉上海普通市民身上积淀的文化心理。曾经的时代风云在庸常而绵密的日常生活中渐渐淡去，另一代人的生活在柴米油盐、吃穿住行的安排与精细操持中依然延续。这种在日常生活中形成的坚韧的生活态度，无疑是每一个中国家庭都具有的生活态度。作为盈

---

① 肖佩华：《中国现代小说的市井叙事》，北京：学苑出版社2008年版，第26页。

虚坊半个世纪历史的见证者，吴阿姨身上集中体现了中国城市普通民众身上的韧劲和勤劳，她的安守本分、与人为善、知恩图报，都是市井文化中常见的道德品质，正是这些道德品质，维系着城市小街区的伦理秩序。小说结尾，吴阿姨的女儿许飞红在盈虚坊城市化改造过程中完成资本积累，并成为守宫的新主人似乎出人意料，但正是这一情节的衬托，使作家的城市化反思具有深度：被城市化连根拔起的市井传统，真的阻滞了现代性进程吗？

与迟子建、王小鹰相比，王安忆的城市记忆更为轻车熟路。从20世纪90年代后期开始，王安忆的笔触一直伸进上海这个最为现代的城市的深处，触摸上海的历史触须与当下面影。在《长恨歌》之后，王安忆还写下《发廊情话》《富萍》《骄傲的皮匠》等作品，从不同侧面切入上海的城市肌理。《发廊情话》是对城市化时代的上海底层社会生活的一瞥，《富萍》则以一个少女进城的眼光观照城市。《骄傲的皮匠》通过鞋匠的工作场地从弄堂口搬到街心花园前，再到公寓楼的门洞，回到街心花园或者弄堂口的搬迁过程，书写了一个小街区的城市变迁史，同时也以地方志的方式刻画了小巷人物，勾勒出市井生活百态。

此外，于晓丹《一九八〇的情人》、唐颖《初夜》、路内《少年巴比伦》也在书写青春与成长的主题时，对20世纪八九十年代的城市生活进行书写，并以回忆的姿态，不经意间书写了城市生活的常态。

21世纪初当代作家对城市历史的书写，是20世纪80年代以来的城市市井生活书写的延续。不同的是，21世纪以来的市井书写更具地方志特点，在塑造人物形象的同时，更注重对城市历史的梳理。当代作家对那些将逝去的城市建筑、街道、市井生活、人们的价值观念的回忆，凸显了传统文化积淀的价值，也为城市化与现代性提供了另一种思路，即中国独特的文化传统及其当代实践或是现代性的另一种宝贵资源。

加入世界贸易组织和成功申办奥运会，标志着中国已经成为全球化链条中的重要节点，也意味着国家整体实力和国际影响力持续扩大。但由于当代中国经济发展东西部差距较大、城乡差距较大，不同地理空间、不同社会阶层的群体在城市化过程中的获得感是不同的。当代小说城市书写对不同层面社会群体的关注，便不可避免受到这些社会群体的情绪、心理、欲望以及诉求的影响，从而书写出城市生活的不同面貌。总体来说，城市化与现代性进程导致的不平衡，以及"速度政治"对传统文化与城市伦理的忽略，是21世纪初年城市书写对城市化反思较多的主题。

面对新世纪的社会状况，当代作家出现了一种"阐释中国的焦虑"[①]。经济发展与城市化对当代中国社会的巨大改变是毋庸置疑的，城市化所带来的现代城市文明病也是亟须解决的现实问题。但当代小说的城市欲望叙事在对物质欲望的弱批判中，忽略了价值重建问题；底层叙事在呈现社会不同层级的结构性差异的同时，并未沿波溯源；政治小说与知识分子叙事简单将城市化反思的矛头指向权力与知识分子的沉沦，显然失之偏颇；城市历史记忆叙事所提供的传统城市伦理无疑具有积极意义，但仍需现代转换，而非生硬搬套。诚如马克思所说："哲学家们只是用不同的方式解释世界，而问题在于改变世界。"[②]全球化背景下，当代中国如何发展，如何超越传统与现代二元对立重建城市伦理秩序？虽然不少作家在反思与批判城市化的同时进行了探索，但更加深入而全面的思索，尚未出现。

当然，要求当代小说以某种理念"阐释中国"社会与现实，并不符合艺术规律，文学本身并不是"政治、道德、宗教、伦理等社会意识形态的等价物品，也不是依靠这些来保

[①] 金元浦、陶东风：《阐释中国的焦虑——转型时代的文化解读》，北京：中国国际广播出版社1999年版，前言。
[②] 中央编译局：《马克思恩格斯选集》第1卷，北京：人民出版社1972年版，第19页。

证它的真理性"①。但是，文学还是具有政治、社会、伦理的功能的，是"可以兴，可以观，可以群，可以怨"的。深受当代思潮与社会心理影响的当代小说在讲述中国故事时，如果能够以民族国家主体的眼光观照全球化语境中的整个中国社会，深入思考整个国家、民族的历史与现实，肯定会创作出不一样的作品来的。

沉潜与超越：
21世纪10年代小说的城市书写

21世纪以来，中国经济体制改革获得了巨大成就，经济总量突飞猛进，社会经济繁荣。"市场经济体制已深入社会生活的各个方面。在完成商品市场化、就业市场化以后，各个资本要素的市场化，包括金融市场化、房地产市场化等也不断深化，这对中国老百姓社会地位和日常生活的影响极为重大。"②与经济发展相应，在国家"走中国特色新型城镇

---

① ［日］山口久和：《中国近世末期城市知识分子的变貌——探求中国近代学术知识的萌芽》，出自高瑞泉、［日］山口久和主编：《中国的现代性与城市知识分子》，上海：上海古籍出版社2004年版，第5页。
② 李强：《21世纪以来中国社会分层结构变迁的特征与趋势》，《河北学刊》2021年第5期，第190页。

化道路"①的城市规划不断推进的背景下,城市化水平也不断提高,2020年城市化率达到了63.89%。城居人口的增加和人民生活水平的不断提升,使社会结构发生深刻变化:中产群体不断扩大,社会结构由原来的倒"丁"字结构向"土"字形转变。所谓"民之为道也,有恒产者有恒心"②,生活质量的提升必然促进城市居民生活方式、价值观念、审美趣味等方面的变化,稳定、繁荣的社会经济状况也促使社会心态更趋平稳与理性。

社会经济发展与民众心态在文学上的折射,便是以更为包容与开阔的心胸面对社会现实,从而超越此前的局促与不安。在地球村视野下,中国的发展该如何表达出自己的独特性?中国人近百年来的现代化进程改变了世界的格局,当代作家又该如何讲述这一历史进程中的故事?当代作家不约而同超越了简单的二元对立思维结构,开始从历史角度深思城市化进程与现代化过程,即以更加理性的态度审视城市,呈现出一种沉潜之后的超越。莫言、阎连科对城市化的批判,超越了城乡二元对立而具有历史理性特征;石一枫、陈彦的底层叙事超越了此前的苦难叙事,更加侧重市井细民日常生

---

① 《国家新型城镇化规划(2014—2020年)》,《农村工作通讯》2014年第6期,第36页。
② 杨伯峻:《孟子译注》,北京:中华书局2013年版,第107页。

活中的烟火气息与个人奋斗的坚韧品格；周梅森、李佩甫、杨少衡更关注社会政治生态，理性看待社会关系中人情的界限；李洱、史生荣、张柠对知识分子的书写，不再以暴露为主，而是追问知识分子沦落的根由；王方晨、金宇澄、迟子建等人对城市历史与记忆的复杂性的直接呈现，也有别于世纪之交的城市怀旧。总体来说，21世纪10年代小说的城市书写是当代作家沉潜思考的结果，超越了此前城市书写的图像化、情绪化，更趋理性，与整个社会集体意识的理性化趋势共振。

一、城市批判中的历史与理性

2008年美国次贷危机造成的金融危机影响了全世界，对中国经济也产生了一定的冲击。在消化这一冲击的过程中，整个社会心态也出现了波动。这一时期的城市书写受到社会心态的影响，延续了城市批判主题，如莫言《蛙》、阎连科《炸裂志》、李佩甫《生命册》、王跃文《爱历元年》等，大都在城乡二元结构下审视城市，把城市想象为乡土圣地的对立面。但2010年之后，随着经济的平稳发展、城市化水平继续增长、人民生活稳步提高，加之国家社会治理力度加大，整个社会的心态又趋于平稳，幸福指数走高。当代小说此前对城市化的简单批判，也逐渐向更为广大的主题靠拢：超越对城市阴暗面的简单描绘的写作模式，而从历史的角度考察城市化过程。

城市批判主题是城市书写中一个经久不衰的主题。21世纪10年代小说城市书写中的城市批判，延续了现当代文学中批判城市（或金钱）导致人性迷失、精神空虚等主题，但又有其独特性。莫言《蛙》、余华《第七天》等小说则在铺陈城市化与经济飞速发展替换整片国土前现代社会面貌的同时，也不再将城市文明病简单归因为权力与资本的共谋，而是以历史的眼光透视宏观层面的现代性追求与微观层面的生命个体命运之间的龃龉，并在一种超越性的维度上思考当代人精神观念的变化与生产方式变迁之间的关系，也不经意间开启了历史的维度，让读者在纵深的历史维度思考千百年来的文化心理结构中的"不变"的那一部分民族根性对当代社会的影响。《蛙》和《第七天》都汇集了曾经被曝光的新闻事件，如腐败、卖肾、二奶、代孕等涉及社会生活中的食品安全、暴力执法、社会公正等各个方面。莫言和余华虽在使用这些杂闻的时候表现出作家创作风格的差异，但在城市化批判上，其旨趣是一致的——都对城市予以批判。但两者又有区别:《第七天》"试图建构的是一个怪诞而又无意义的世界。在这个世界中，权力与金钱控制着社会运行的速度与方向，所有的价值与所有的资源都被垄断，普通人要获取生存必需品，必须舍弃最珍贵的生命（身体的部位）、爱情、精神，因此，这个世界充满了离奇与怪诞的事件"①。而《蛙》则立足于当代中国的计划生育史，梳理不同时期生产关系形式与人的生存、繁衍之间的张力及其扭曲表现，在一种更为深刻的思考中，探讨人性的复杂和历史的悖论。

对城市化保持一种批判姿态，其实是贾平凹、阎连科、莫言、张炜等20世纪五六十年代出生的作家内在的历史意识使然。他们深受"居安思危，戒奢以俭"等传统观念的影响，本能地拒绝以放纵自我、炫耀消费为标志的现代城市文化。从2013年出版的《炸裂志》看，阎连科虽然在文本形式层面追新逐异，以一种类乎民族志的方法记录炸裂村30年的社会变迁史，但我们依然可以从文本的字里行间看出嫌恶城市的感觉——这种感觉也曾流露于《酒国》《高兴》《刺猬歌》《风雅颂》等小说中。从故事层面看，小说描写一个名叫炸裂的小村庄在30年间，由村变镇、由镇变县、由县变市的过程，隐喻了中国城市化的快速发展过程。小说通过书写朱、孔两家的恩怨，两家对权力的觊觎、对物质财富的欲望，以及对情欲的贪婪，揭露了当下社会的种种病态。乡村变城市、村民变市民，这是城镇化过程中再正常不过的事

---

① 王兴文：《被荒诞美学遮蔽的杂闻汇编——评余华的小说〈第七天〉》，《哈尔滨学院学报》2015年第1期，第71页。

情，但阎连科揪住人性的迷失与道德的沦丧这一主题，质疑城市化本身的价值与意义。小说对城市化发展与人际伦理变化两者之间的反向关系的思考，无意间也超越了简单的二元对立模式，从而在纵深层面发掘出历史的悖谬性。小说主人公孔明亮和朱颖对权力与物质近乎崇拜的欲望，表现了国人千百年的文化劣根性，但吊诡的是，炸裂从乡村到大都市的发展历程，却恰恰是这两个人以不择手段的方式推动的。在这个意义上，我们可以说，阎连科小说中的人物，也似乎印证了恩格斯的论断：贪欲和权势欲望是历史发展的杠杆，"恶是历史发展的动力借以表现出来的形式。"[1]

此外，不少城市批判主题小说落笔于城市人的精神状况，书写他们被城市化抛到社会边缘之后的孤独感。如弋舟《出警》《等深》《而黑夜已至》等。还有一些小说揭示现代城市社会的复杂，如格非《隐身衣》《月落荒寺》不但书写了暴露在阳光下的城市社会生活，也揭开了隐藏在阴暗角落里的"地下社会"的面纱；而双雪涛《平原上的摩西》《飞行家》等则把城市批判潜藏在盘根错节的故事情节背后，不期然表现出时间的灰尘如何遮蔽曾经的辉煌与颓败、高尚与卑鄙。

---

[1] 中央编译局：《马克思恩格斯选集》第4卷，北京：人民出版社1972年版，第233页。

21世纪10年代小说延续了城市批判的主题，但由于城市化发展以及社会治理水平的提升，城市景观、城市秩序，乃至城市文明程度都与此前不可同日而语，因而，当代作家对城市化的弊病的批判，也不再停留在指出社会问题的层面；而是从历史的角度考察国人思想精神层面的变化及其与国人深层文化心理结构的关系，也从共时的角度显示城市化与全球化合流之后当代中国人的文化杂糅状况，从而铺开前现代、现代、后现代文化并置与杂糅的文化景观。在某种程度上说，21世纪10年代后期的城市批判，以更加智性的写作方式将浓烈的情绪压缩、抽象，以至于符号化，从而造成一种陌生化的效果。当然，这种写作方式本身，也使得城市书写更趋理性化了。

二、底层叙事中的苦难与坚韧

21世纪初兴起的底层叙事，在某种程度上是对社会结构分化所导致的底层群体生存困境的道德意义上的同情，其基本依据是，"在群体生活的运转中，总是以这样或那样的形式存在着某种保护弱者的机制，这是群体生活之所以可能的必要条件，也是群体道德规范的基础。"[①] 因此，道德美学

---

① 李培林：《中国社会结构转型对资源配置方式的影响》，《中国社会科学》1995年第1期，第74页。

曾一度盛行于底层叙事。但随着国家对"三农"问题的大力解决以及城市治理的跟进,当代小说对社会底层的关注点,也发生了变化。在体验生活的基础上,当代作家开始反思底层生存群体与市场、社会,以及传统文化的关系问题,甚至思考底层进入上层的通道问题,从而使底层书写获得了更为宽广的视域。

21世纪10年代早期,当代作家的底层叙事还是延续了苦难主题,不同之处仅在于对底层群体的苦难书写由现象本身转向对苦难根源的追溯。诸如徐则臣《如果大雪封门》、石一枫《世间已无陈金芳》、贾平凹《极花》、刘震云《我不是潘金莲》,虽也写底层,但脱离了21世纪初年底层叙事的情绪化、图像化,而更具理性。

与21世纪初期底层叙事的直白叙写不同,2010年之后的底层书写更趋理性与节制,进而冷静叙写身处社会底层的个体如何向上层流动。徐则臣《如果大雪封门》写"北漂"故事,虽然环境恶劣、生活艰苦,但整篇小说的情感基调却是哀而不伤的。以张贴小广告为生的"我",行健和米箩之间的相濡以沫、互相照料,是经济理性支配下的城市中最为匮乏的温情;林慧聪对大雪覆盖北京城的想象,是支撑他北上的不掺杂功利目的的动机——这些逸出社会进阶模式之外的理想,为整篇小说增添了浪漫意味,也超越了21世纪初年小说宣泄式的苦难书写。石一枫《世间已无陈金芳》中的主人公陈金芳向社会上层努力的失败，则表现阶层壁垒的坚固与无情。陈金芳幼年时随家人进京，但由于起始资源的匮乏和机遇的欠缺，她没有完成生命个体的城市化，也未能真正融入城市。后来陈金芳以异乡人的身份在城市奋斗，在北京、广州、深圳等城市不断追逐跨越阶层壁垒所需的货币资本与文化资本，但最终也因投资失败而一败涂地。陈金芳无法实现其"只是想活得有点人样"[①]生活理想的悲剧，在某种程度上也触及社会结构的紧张关系，即"社会文化所塑造的人们渴望成功的期望值，与社会结构所能提供的获取成功的手段之间产生了一种严重的失衡状态"[②]。

在某种程度上，底层的出现与城市对乡村的虹吸效应有关，也与以竞争与效率为准绳的现代工业制度的溢出效应有关。贾平凹《极花》、刘震云《我不是潘金莲》对底层生存的思考，就触及这个问题。在《极花》中，贾平凹通过一个被拐卖的妇女的眼光，展示了一个在21世纪仍然处于极度贫困落后的孤岛式山村——圪梁村的赤贫现实，也表达了作家

---

① 石一枫：《世间再无陈金芳》，北京：北京十月文艺出版社2016年版，第96页。
② 李强：《转型时期中国社会分层》，沈阳：辽宁教育出版社2004年版，第106页。

对城市底层生存与贫困乡村之间的同构关系的思考:"城市在怎样地肥大了,而农村在怎样地凋敝着。"[①] 刘震云的《我不是潘金莲》则着眼于"上访事件",对社会底层与社会上层的沟通问题进行了审视。小说主人公李雪莲的上访,其实是一件很小的事,但是由于沟通的困难,导致她不断上访,不断在城乡之间游走。两篇小说的共同点在于,都注意到城市化过程在聚集资源的同时,也把一部分人边缘化,排斥在城市之外。城乡之间的空间政治"导致增长和发展的不平衡"[②],底层生存的问题,说到底,还是城市化本身的问题。

近年来,随着国家层面各项政策的落实,底层生存状况得到极大改善,当代小说城市书写中的底层叙事也逐渐不再以苦难、悲惨等事件的直接呈现为主要表现内容,也不再简单将批判的矛头指向权力与资本的共谋,而是以理性的方式看待底层生存状况,在一种较为客观的立场上重新审视处于社会结构底层的群体的生存及其环境。陈彦《装台》、梁晓声《人世间》均以更为冷静、理性的态度看待底层生存,更多强调底层人群自身所具有的坚韧、顽强、乐观的精神,还

[①] 贾平凹:《不是我在写,而是她在说》,《长篇小说选刊》2016年第2期,第4页。
[②] [法]亨利·列斐伏尔著,李春译:《空间与政治》,上海:上海人民出版社2007年版,第61页。

原了社会生活本身的复杂性与底层人群的主体性力量。陈彦《装台》主人公刁顺子，是装置舞台背景与舞台布景的装台工人。在工作中，他是十足的苦力，既要面对不同的剧团与舞台，又要面对不同的导演与台监，经常看脸受气。在家里，又要面对女儿菊花和二婚妻子的争吵。这个在生活中步履维艰的装台工人始终承受着种种苦难，用自己微薄的力量帮衬一起装台的兄弟，关照着身边所遇不幸的人们。这样的小人物看似微不足道，但他身上始终散发着温热，读来让人倍感亲切。梁晓声《人世间》所塑造的主要人物周秉昆，与品学兼优的哥哥姐姐相比黯然无色，但他为人正直、热情，勇于承担，不依赖久居政坛的哥哥，也不依靠跻身学界的姐姐，而是靠自己勤劳的双手，与市井一帮哥儿们奔波在人世间。《装台》和《人世间》对底层的书写既合乎人情，又贴近生活的事理，无疑为当代文学塑造了新的市井形象。

三、政治小说中的权力与人情

政治生活是城市生活的重心，国家权力机构通过政治生活制定制度、维护秩序，有效维持社会生活有序展开。但对于背负着千年农耕文化传统的中国社会来说，城市秩序与社会秩序的同构、熟人社会道德与法律界限不清，无疑为政治生态的运行带来诸多挑战。随着国家政治生态治理力度的加大与互联网技术支撑下的媒体传播速度的加快，政治生活中潜隐的事件变得透明。在此背景下，当代小说对政治事件的"暴露"式写作模式逐渐失去市场，更多作家在沉潜与思索的基础上探讨政治生态与人性的复杂性，进而在多个层面思考重建良性政治生态的可能性。

这一时期，周梅森《人民的名义》、李佩甫《平原客》、刘震云《吃瓜时代的儿女们》、杨少衡《风口浪尖》、晓苏《看病》等，都涉及政治生活生态。周梅森《人民的名义》从最高人民检察院反贪总局侦查处长侯亮平到H省京州市抓捕副市长丁义珍起笔，揭开H省官场错综复杂的关系网。以H省副书记高育良为首，祁同伟、丁玉珍、张树立等腐败官员攫取利益不择手段；而H省新任省委书记沙瑞金、京州市市委书记李达康，以及检察长季昌明、H省代理反贪局局长侯亮平等高级干部，严于律己，在大是大非面前，始终坚持把国家和人民的利益放到第一位，扭转了H省的政治生态。小说"彰显的是党的十八大以来反腐的主题，传达的是人民呼唤公平正义、风清气正的强烈愿望，契合的是当下全面从严治党、依法治国的执政理念"①。与时下暴露黑幕

---

① 汪政：《长篇的崇高之美》，《长篇小说选刊》2017年第3期，第157页。

或者漫画式书写官场生活的小说不同,《人民的名义》不但塑造了饱满的人物形象,而且还原了社会生活的复杂性。党纪国法、人情义气、俗世生活、人性欲望,既是小说主要人物的生存环境,又是他们所面临的必须做出选择的人生选项。小说对这一复杂政治生活场景的揭示,使得整个社会对主旋律的呼唤,得到了回应。小说对祁同伟最终鱼死网破挣扎过程的叙述以及对他的性格和心理的描述,透露出祁同伟尚未良知泯灭,以及一个堕落的干部的复杂心态,也拷问出了人性深处的善与恶。《人民的名义》对社会生活的书写是立体的,超越了底层叙事那种二元对立书写模式(腐败干部/底层民众),揭示出底层民众、政府、开发商等利益群体之间错综复杂的关系,还原了复杂的生活状态。

21世纪初年的政治小说在书写官场生态时,大多把政治生态的恶化归因于权力与资本的结盟,进而对货币哲学予以批判。21世纪10年代小说在整个社会意识的理性化趋势下,将官员腐败的原因追溯到农耕文化与熟人社会中的人情关系上,并深入思考人的现代化的问题。周梅森《人民的名义》揭示了熟人社会的"师生关系"所导致的腐败,而李佩甫《平原客》则更进一步对"人情社会"与权力本身的共谋进行了思考。小说中的谢之长就是解开权力腐化之谜的关键人物。作为"平原客"中的一种类型,谢之长是花客,但也是掮客，他游走于民间和政府干部之间，进行利益交换，以一种披着人情外衣的隐性交易方式，谋取中间人的最大利益。留美博士、专家型副省长李德林就是在"平原客"的人情拉拢下，一步步沦陷的。李德林一步一步走向犯罪道路，并非他的本意，"如果他知道他的未来就是一个杀人犯的话，他就犯不着远涉万里，去美国读博士了。"[①]李德林对权力本身的认知和理解，以及对权力本身所能够达到的效用，显然没有他的学生刘金鼎、远房亲戚谢之长、二婚妻子徐亚男认识深刻。当刘金鼎、谢之长、徐亚男以物质、情感、血缘的条条丝线束缚了他的时候，他就变成了一个牵线木偶，在这个网络中越陷越深，最终被这个网络吞噬。与早期作品（如《城的灯》《等等灵魂》）中强调进城从政、从商者对亲情、对人与人之间的联系的背叛的批判不同，在《平原客》中，李佩甫开始反思乡土中国社会"差序格局"[②]下的人情的负面作用，及其对人的现代化的阻滞。李德林之所以走上犯罪道路，与他自身城市化的不彻底，以及他对公权和私人利益区分不清、对群己关系界定不清密切相关。换句话说，在某种程度上，李佩甫也思考了城市化过程中，当代中国人的公民

[①] 李佩甫：《平原客》，《长篇小说选刊》2017年第4期，第127页。
[②] 费孝通：《乡土中国》，上海：上海人民出版社2006年版，第23页。

意识的形成和塑造问题。

　　血缘、地缘、业缘等关系在权力寻租过程中的作用，也在晓苏《看病》、余红《琥珀城》中得到展现。晓苏《看病》讲述的是人情关系的故事。主人公林近山是"我"插队时房东的儿子，恢复高考那年，"我"考上了襄阳的一所专科学校，之后当上了行管局副局长。林近山到城里看病，"我"动用了自己的关系为他提供了一切便利。陪护者张自榜借此机会也免费看了自己的病，包车司机李兆祥违规占用公交车道、无证驾驶，本该被拘留，因为"我"的关系，问题顺利得到解决。最后，三人在回村的路上为了各自的利益大打出手，导致车翻人伤，需要进城手术，林近山希望"我"能再次给他们提供便利。但吊诡的是，"我"因为一些违纪问题正在被巡视组约谈。余红《琥珀城》讲述房地产企业家杨奕成由"五铺场"起家立业，逐步建立"琥珀城"地产王国，后来又陷入资金短缺的过程。在此背后，作者又揭露了"关系"对房地产行业的影响：商界的杨奕成、罗立耀、宋小娇，政界的周明远、关远山在无形中构成了欲望与利益互通的小团体，这样的牵制关系使商业、产业、行政原有的关系黯然失效。

　　21世纪10年代城市书写对政治生态的反思与批判，更多的是厚重的反思，尤其对权力泛滥滋生的土壤的思考，具有一定的深度。这些小说所揭示的中国政治生态中的人情关系与权力交换的如影随形、道德立场与管理制度界限的模糊不清、公权与私人关系的混淆，其实都是中国现代化过程中我们必须面对的现实。我们要建构现代意识，当然也要"完成农业文明批判的任务"[①]，扬弃传统文化中的沉渣，继承传统文化中的温情。

四、学院小说中的个人与传统

2008年奥运会之后，伴随着国家实力的提升与影响的扩大，中国的国际地位与形象与此前已迥然不同，当代知识分子对自身的姿态与知识分子的功能的思索也发生变化。这一时期早期，当代作家依然在批判知识分子，但经过几年沉潜之后，当代作家对知识分子的思考渐趋复杂化，超越了早期的简单化模式。重要作品有，李洱《应物兄》、张柠《三城记》、许春樵《知识分子》、史生荣《研究课题》、红柯《太阳深处的火焰》、阎真《活着之上》、阿袁《子在川上》等。

当代作家深入思考知识分子和社会的关系，一改此前将知识分子简单丑化，或者视为政治经济附庸的写法，开始着

---

① 张柠：《土地的黄昏——中国乡村经验的微观权力分析》，北京：东方出版社2005年版，第18页。

力勾画知识分子所赖以生存的历史与现实土壤，在传统文化、现代文化，在纷繁复杂的社会生活和城市地图中为知识分子寻找生存的坐标。作为第十届茅盾文学奖获奖作品，李洱《应物兄》将庞杂的专门化学科知识的炫耀与知识分子在当代社会中的种种生活状态揭示出来，其中，也杂糅着男女之间的机械的情感生活、知识分子的表演、作为政治人物的知识分子的展演，以及商业资本与权力的共谋。在某种程度上，李洱通过应物兄之"应物"——一个知识分子在特定的社会空间与历史空间的生存状态——绘制了当代知识分子的社会生活画卷，也塑造了形形色色的知识分子，并通过比较，刻画了作者心目中的理想知识分子形象。虽然小说中的人物对当代中国与世界的关系作出了描述，如小说中的大儒程济世对儒家与现代性的讨论，但是在小说的结尾，李洱还是退守到社会的基本层面，把赞许的目光投向了为社会、为国家做实实在在的贡献而不求闻达于诸侯的张子房先生、双林院士等人的身上。在某种程度上，《应物兄》透露出一种基本判断，"君子讷于言而敏于行"，程济世、葛道宏、栾庭玉的喋喋不休透露出其假道学的面孔，而张子房的疯子状态、双林院士的背影，恰恰显示了其高洁的品质。小说没有对国家命运与前途做出概念化的解答，但通过对当代社会知识分子不同选择的描述，以及对知识分子精神迷失丑行及其周遭环境的书写，在某种程度上也解答了作为"脊梁"[1]的知识分子所应当承担的责任与使命。这一书写超越了20世纪90年代和21世纪初年当代小说中把知识分子的精神迷失简单化为对资本的依附，而从历史角度审视了知识分子身上的劣根性。此外，李洱还批判了权力与话语结构对现实生活的所谓改写与重构，如对程济世早年居住的院子的定位，诸多专家、学者侃侃而谈，但这种以事实为依据的论争过程的可怕之处在于，结论是已经定好的，所有专家只是在为这个已有结论找证据。这种话语的知识化过程移植到政治话语中，就变成一个圆谎的过程。省长栾庭玉为了给小工解释而撒谎，葛道宏等人通过附加解释，使这个谎言变得理所当然，毫无纰漏。即如戈夫曼所说，他们"在做出情境定义时，剧班的若干成员必须对他们所采取的立场统一口径，并且还要隐瞒他们这种立场实际并非他们各自独立做出的这一事实"[2]。

《应物兄》对知识与权力的共谋导致的虚假意识形态的批判，并没有沿袭21世纪初年的知识分子批判，而是发现

---

[1] 鲁迅：《中国人失掉自信力了吗》，出自《鲁迅全集》第6卷，北京：人民文学出版社2005年版，第122页。

[2] ［美］欧文·戈夫曼著，冯钢译：《日常生活中的自我呈现》，北京：北京大学出版社2008年版，第76页。

了此前"知识分子叙事的盲点"[①]，进而对知识分子社会身份与其所应当承担的使命的思考。这就促使21世纪10年代的当代作家去发现那些"埋头苦干的人"，以及正在成长的人。《应物兄》中的双林院士、经济学家张子房先生，都是前者的代表，而后者的代表，则是张柠《三城记》中的顾明笛。如果说应物兄的生存环境是高校和科研部门的知识分子的话，那么，顾明笛的生存环境就是作为媒体人的知识分子的生存环境。媒体人生态的恶化，也使得作为知识传承中心的城市堕落。在《应物兄》中，张子房说："在中国历史上，百姓的利益与国家利益常常是不一致的，当然，在世界范围内这也是一种比较常见的现象。不论是从事哪种专业，只要是知识分子，他要做的工作就是尽量减少两者之间的张力，防止社会的断裂，杜绝社会秩序的坍塌。"[②]在这里，张子房的观点可谓为知识分子的历史使命作出了界定。但知识分子如何减少百姓和国家之间的张力，或者说弥合社会阶层分化产生的裂痕，其实是一个大问题。简单用语言的万花筒掩盖裂痕的存在，是知识分子常用的手段。《三城记》中，《时报》编辑部处理污染和治理的问题上，不能发声表达污染所

[①] 王兴文：《反思与重建：21世纪初年小说的城市书写》，《宁夏师范学院学报》2022年第12期，第56页。

[②] 李洱：《应物兄》，北京：人民文学出版社2018年版，第550页。

导致的生态环境和人民生存的恶化，显然是一种逃避。年轻的顾明笛勇敢收集第一手材料受伤，也不过被编辑部表扬为保护了公共财产（相机），但他们收集材料的行为，却被通报批评。编辑部把顾明笛从深度报道组调到文化新闻部，顾明笛坚决抵制所谓有偿新闻，却被举报。张柠在叙说顾明笛的个人成长的过程中，对知识分子团体，尤其是作为喉舌的媒体人的求真意识的丧失与个人精神人格的堕落，进行了无言的讽刺与批判。小说最终让顾明笛进入生活实践，无疑是一种妥协。顾明笛在给郝家堡工友夜校上课的过程中，接触了城市底层，并对中国社会有了更为深刻的认识。在小说结尾，顾明笛决定和劳雨燕在白洋淀的农场承包土地，参加劳动，意味着顾明笛精神探索的结束，他放弃了城市，而选择了农村，在某种程度上是对现代化的拒斥。

21世纪10年代小说城市书写中的知识分子叙事对中国历史与现实的深层文化心理结构的探索，对这一文化心理在当代社会的折射的揭示，无疑是沉潜与思索的结果。这一时期当代作家对知识分子的书写超越了前期的简单化叙事，从不同角度思考知识分子在当代中国人的思想逻辑变化中的地位与影响，对当代社会文化发展具有重要意义。但知识分子叙事重视理性，追求一种知识社会学的效果，则因过分炫耀知识而"理过其辞"①，导致文本可读性较差。

五、城市记忆中的"我城"意识

近几年来，随着城市化率超过60%，越来越高的城市化率和经济总量在全球范围内的稳步增长，乡土中国已经迈入城市中国的门槛，城市生活成为中国大多数人的生活方式，国民心态也发生了巨大变化。对城市的过去的记忆，不再是怨恨或者一味倾慕西方文化的，而且，当代中国的城市设施、建筑、交通，在某种程度上说已经成为其他国家所倾慕的对象的时候，国人的心态便发生了巨大变化。在一种从容的心态下，审视自己过去的不足就显得不再局促。

与20世纪90年代末王安忆等人开启的城市怀旧不同，新世纪之后的城市记忆更多显示出主体性，这种主体性超越了过去的那种自卑感，逐渐显露出城市的中国意味，中国经验。《全球城市史》的作者乔尔·科特金说过："一个伟大城市所依靠的城市居民对他们的城市有别于其他地方的独特感情，最终必须通过一种共同享有的认同意识将全体居民凝聚在一起。"② 当代作家也不例外，他们在一种重新认知的层面

---

① 曹旭：《诗品集注》，上海：上海古籍出版社2011年版，第28页。
② ［美］乔尔·科特金著，王旭等译：《全球城市史》，北京：社会科学文献出版社2006年版，第2页。

上，开拓出城市的复杂面孔，并为城市的发展提供了自己的视野。如张欣《黎曼猜想》、王方晨《老实街》、金宇澄《繁花》、迟子建《烟火漫卷》、贾平凹《暂坐》、吴亮《朝霞》等。

王方晨的《老实街》讲述的是济南一条街道的市井传奇，这种关乎近40年来的城市记忆的城市书写，不再是对建筑、街道、人群的简单书写，而是沉潜入城市街道的肌理，在市井深处探寻人性的幽暗，挖掘一条街道所承载的历史与现实、平庸与传奇，以及社会政治在其上的投影和人们心目中的公道与正义。简·雅各布斯曾说过，一条城市街道要想确保安全，就"必须要有一些眼睛盯着街"[1]。这些眼睛，就是街道上的居民，他们并非被分割的单子，而是一个整体，他们依赖街道而结成一个共同体，他们有共同的伦理观念、价值信仰、审美理想，他们以传统的观念、思想，盯着街道，形成了公共舆论，并划定边界，规范后代的生存空间。坐落于济南市的老实街就是这样一条街道，它凝聚了一种独特的所有居民共同享有的情感，这就是老实、宽厚。这种能够代表中国传统文化精神的生存态度渗透在老实街居民的日常生活中，左门鼻和陈玉伋对一把剃刀的推让体现出儒

---

[1] ［加拿大］简·雅各布斯著，金衡山译：《美国大城市的死与生》，南京：译林出版社2005年版，第35页。

家的谦和之礼,所有居民对石头的关爱体现出共同体对孩子的疼爱,众人对小台和小葵的爱情的不干扰,体现出居民对他人隐私的尊重,等等。在浓得化不开的传统人际温情中,小说揭示出传统社会中的礼仪、观念,以及价值追求在日常生活中的具体显现。然而,作家也没有回避传统文化的惰性与封闭性,以及在时代快速发展过程中暴露出来的社会的阴暗面,比如人们对寻亲于穆大的斯先生的善意欺骗,比如对"光背党"的软弱躲避,比如对以高杰为代表的资本力量的无能为力,等等,都显示出传统美德在城市化进程中的手足无措。老实街的被摧毁,在某种程度上是传统文化衰微的象征,作家没有直接抒发自己的批判,而是以深刻沉思,以客观陈述,来表达自己的态度和情感评价。小说中的共同体的情感、道德、伦理,是中国传统的生命经验的流传。在某种程度上说,王方晨的确是小说高手,因为他确实握住了"实在的东西",把握住了"生活遗留下来的那些有质量的碎片"[①]。

继王安忆《长恨歌》等对上海的怀旧而又笔法不减的,是金宇澄的《繁花》。以上海方言书写城市日常,而又能够

[①] 陈晓明:《写出有质地的生活》,出自王方晨:《老实街》,北京:作家出版社 2018 年版,序。

细腻入微地显示镌刻于城市建筑、街道上的时代变化与人生悲欢，揭示社会问题但不流于简单批判，挖掘人性幽暗之处而又含蓄不露，都是《繁花》获得茅盾文学奖的理由。但作为一部以20世纪五六十年代直至当下的城市历史变迁为内容的城市小说，《繁花》对城市的记忆显然更有容量。个体生命的轨迹与社会发展轨迹的交错、城市空间与物象上的生命痕迹的擦除与再次赋予，都使得城市记忆不再是简单如20世纪80年代小说中被分离的人与建筑，抑或90年代以怀旧遮蔽当下的失落，而是将时代、城市、人、物象还原为本来的一体面目，显示出作家对生活本真的追求。

沉潜于城市内部，意味着不再以二元对立的模式看待城市，而是把作家自己和城市连为一体。超越这种二元对立，以文化持有者的姿态书写城市，而不是简单的批判或者暴露。当然这种呈示也不是抛弃或者弃之不顾，而是内隐各种眼光。迟子建在21世纪之后，逐渐把哈尔滨看作与自己血肉相连的存在，书写城市的景观、勾画城市地图，但同时也写下自己对城市的期望与关怀。在2011年发表的《黄鸡白酒》中，迟子建就书写了哈尔滨的街道、红砖楼、尚易开的小洋楼、"黄鸡白酒"酒馆等富有特色的城市意象，而在《烟火漫卷》中，迟子建继续书写阳明滩大桥、由犹太会堂改建的音乐厅、卢木头小馆、犹太公墓、谢普莲娜的父亲留给她的带花园的三层小楼、于民生的琴行,城市中的老建筑榆樱院、旧货市场、于大卫设计的哈尔滨大剧院、圣·索菲亚教堂;阿列克谢耶夫教堂、音乐厅、新闻电影院等等。迟子建的这些城市书写与她对哈尔滨的经济情况、人际交往、世态人性的书写融为一体。

在某种程度上,当代作家对已经渐渐成为历史的当代城市变迁的书写,也是一种城市记忆,这种距离现在尚近的城市记忆,不再是简单的漫画式处理,而是透露出综合性、复杂性,呈现了城市化过程给中国城市带来的变迁,也显示了日常生活上的政治经济投影,以及永恒不变的人性和传统如何悄然松动,并在大时代的潮流中走向现代化,尽管这个过程夹杂着痛苦与无奈。

21世纪10年代以来,中国经济社会的稳定、繁荣,为文化繁荣提供了强大支撑。在此背景下,整个社会的心理状态、人们的精神状态都得到放松,因而能够沉潜下来,以更为理性的姿态审视作为中国式现代化的重要组成部分的城市化过程。21世纪10年代小说城市书写的理性化趋势,本质上是人们用特定话语表述发生了变化的现实的需要使然,反过来说,人们也需要一种方向,"以决定重新表达的过程如何影响话语秩序"[①],即人们通过对城市化的重新解释,建构一种"城市中国"的话语。

与20世纪90年代小说中的物象叙事、21世纪初年小说中的空间叙事,以及渗透在当代小说中的城市抒情相比,21世纪10年代小说的城市书写表现出一种沉潜之后的超越。底层叙事对社会结构更为全面的把握与对生命个体的坚韧与乐观的强调,城市批判小说对城市化过程的复杂性的揭示,知识分子小说的知识社会学写作模式的出现,政治小说对科层化制度与人性的复杂的探索,以及城市记忆中对传统街区上的附加价值的挖掘,等等,都使得这一时期小说的城市书写显示出厚度与深度。因此,我们可以说,21世纪10年代小说的城市书写更趋理性,对城市的书写更加全面,而不是拼贴画式的写作,也不是简单的抒情。因为这一时期小说出现了新的质素,尤其出现了以理性为基础的新的话语表达方式,在某种程度上,我们甚至能把这种超越称为新的话语实践。这一话语模式既是对当代社会本身的理解,同时,这种理解也会带来一种新的话语方向,这个方向就是以更趋理性的姿态重新阐释城市化过程。

---

① [英]诺曼·费尔克拉夫著,殷晓蓉译:《话语与社会变迁》,北京:华夏出版社2003年版,第89页。

参考文献

1. 学术专著

[1][法]弗兰克·埃弗拉尔,谈佳译:《杂闻与文学》,天津:天津人民出版社2003年版。

[2][美]本尼迪克特·安德森,吴叡人译:《想象的共同体:民族主义的起源与散布》,上海:上海人民出版社2005年版。

[3][法]让·鲍德里亚,刘成富、全志钢译:《消费社会》,南京:南京大学出版社2008年版。

[4][美]理查德·鲍曼,杨利慧、安德明译:《作为表演的口头艺术》,桂林:广西师范大学出版社2008年版。

[5][英]齐格蒙特·鲍曼,谷蕾、胡欣译:《废弃的生命》,南京:江苏人民出版社2006年版。

[6][英]齐格蒙特·鲍曼,郭国良、徐建华译:《全球化——人类的后果》,北京:商务印书馆2004年版。

[7][英]齐格蒙特·鲍曼、蒂姆·梅,李康译:《社会学

之思》(第二版),北京:社会科学文献出版社2010年版。

［8］［英］齐格蒙特·鲍曼,李兰等译:《工作、消费、新穷人》,长春:吉林出版集团有限责任公司2010年版。

［9］［英］齐格蒙特·鲍曼,邵迎生译:《现代性与矛盾性》,北京:商务印书馆2003年版。

［10］包亚明主编:《后现代性与地理学的政治》,上海:上海教育出版社2001年版。

［11］包亚明主编:《现代性与空间的生产》,上海:上海教育出版社2002年版。

［12］包亚明:《游荡者的权力:消费社会与都市文化研究》,北京:中国人民大学出版社2004年版。

［13］包亚明、王宏图、朱生坚:《上海酒吧——空间、消费与想象》,南京:江苏人民出版社2001年版。

［14］［美］阿瑟·阿萨·伯格,姚媛译:《通俗文化、媒介和日常生活中的叙事》,南京:南京大学出版社2006年版。

［15］［美］马歇尔·伯曼,徐大建、张辑译:《一切坚固的东西都烟消云散了——现代性体验》,北京:商务印书馆2004年版。

［16］［古希腊］柏拉图,朱光潜译:《柏拉图文艺对话集》,北京:人民文学出版社2008年版。

[17][英]罗伊·博伊恩，贾辰阳译：《福柯与德里达——理性的另一面》，北京：北京大学出版社2010年版。

[18][美]丹尼尔·贝尔，严蓓雯译：《资本主义文化矛盾》，北京：人民出版社2010年版。

[19][英]克莱夫·贝尔，周金环等译：《艺术》，北京：中国文联出版公司1984年版。

[20][美]露丝·本尼迪克特，王炜等译：《文化模式》，北京：生活·读书·新知三联书店1988年版。

[21][德]瓦尔特·本雅明，王涌译：《波德莱尔：发达资本主义时代的抒情诗人》，南京：译林出版社2012年版。

[22][法]皮埃尔·布尔迪厄，刘晖译：《艺术的法则》，北京：中央编译出版社2011年版。

[23][法]莫里斯·布朗肖，顾嘉琛译：《文学空间》，北京：商务印书馆2005年版。

[24]陈晓兰：《文学中的巴黎与上海：以左拉和茅盾为例》，桂林：广西师范大学出版社2006年版。

[25]陈学明、吴松、远东编：《让日常生活成为艺术——列菲伏尔、赫勒论日常生活》，昆明：云南人民出版社1998年版。

[26]陈永国主编：《视觉文化研究读本》，北京：北京大学出版社2009年版。

［27］陈甬军、景普秋、陈爱民：《中国城市化道路新论》，北京：商务印书馆2009年版。

［28］［法］居伊·德波，王昭风译：《景观社会》，南京：南京大学出版社2007年版。

［29］［法］居伊·德波，梁虹译：《景观社会评论》，桂林：广西师范大学出版社2007年版。

［30］［法］雅克·德里达，汪堂家译：《论文字学》，上海：上海译文出版社2005年版。

［31］［法］雅克·德里达，张宁译：《书写与差异》，北京：生活·读书·新知三联书店2001年版。

［32］［法］雅克·德里达，赵兴国等译：《文学的行动》，北京：中国社会科学出版社1998年版。

［33］［美］保罗·德曼，李自修译：《解构之图》，北京：中国社会科学出版社1998年版。

［34］［法］米歇尔·德·塞托，方琳琳、黄春柳译：《日常生活实践的艺术》，南京：南京大学出版社2009年版。

［35］［美］迪尔（Dear M.J.），李小科等译：《后现代都市状况》，上海：上海教育出版社2004年版。

［36］［德］费尔巴哈，荣震华译：《基督教的本质》，北京：商务印书馆1984年版。

［37］［美］詹姆斯·费伦，陈永国译：《作为修辞的叙

事：技巧、读者、伦理、意识形态》，北京：北京大学出版社2002年版。

［38］［英］迈克·费瑟斯通，刘精明译：《消费文化与后现代主义》，南京：译林出版社2000年版。

［39］［美］约翰·菲斯克，王晓珏、宋伟杰译：《理解大众文化》，北京：中央编译出版社2001年版。

［40］［美］约翰·菲斯克，杨全强译：《解读大众文化》，南京：南京大学出版社2006年版。

［41］费孝通：《乡土中国》，南京：江苏文艺出版社2007年版。

［42］冯友兰，赵复三译：《中国哲学简史》，北京：生活·读书·新知三联书店2009年版。

［43］［法］米歇尔·福柯，谢强、马月译：《知识考古学》，北京：生活·读书·新知三联书店2003年版。

［44］［加］诺斯罗普·弗莱，陈慧等译：《批评的解剖》，天津：百花文艺出版社2006年版。

［45］［美］乔纳森·弗里德曼，郭建如译：《文化认同与全球性进程》，北京：商务印书馆2004年版。

［46］［英］E.M.福斯特，冯涛译：《小说面面观》，北京：人民文学出版社2009年版。

［47］［美］克利福德·格尔茨，韩莉译：《文化的解释》，

南京：译林出版社2008年版。

［48］［美］欧文·戈夫曼，冯钢译：《日常生活中的自我呈现》，北京大学出版社2008年版。

［49］［法］伊夫·格拉夫梅耶尔，徐伟民译：《城市社会学》，天津：天津人民出版社2005年版。

［50］［英］大卫·哈维，初立忠、沈晓雷译：《新帝国主义》，北京：社会科学文献出版社2009年版。

［51］［美］戴维·哈维，阎嘉译：《后现代的状况——对文化变迁之缘起的探究》，北京：商务印书馆2003年版。

［52］［德］马丁·海德格尔，陈嘉映、王庆节译：《存在与时间》，北京：生活·读书·新知三联书店1987年版。

［53］［德］马丁·海德格尔，孙周兴译：《在通向语言的途中》，北京：商务印书馆2004年版。

［54］［英］本·海默尔，王志宏译：《日常生活与文化理论导论》，北京：商务印书馆2008年版。

［55］［匈］阿格妮丝·赫勒，衣俊卿译：《日常生活》，重庆：重庆出版社2010年版。

［56］何锐主编：《把脉70后：新锐作家小说分析》，南京：江苏文艺出版社2010年版。

［57］［美］安德烈亚斯·胡伊森，周韵译：《大众分野之后：现代主义、大众文化、后现代主义》，南京：南京大学

出版社2010年版。

[58][英]埃比尼泽·霍华德,金经元译:《明日的田园城市》,北京:商务印书馆2000年版。

[59][美]约翰·R.霍尔、玛丽·乔·尼兹,周晓虹、徐彬译:《文化:社会学的视野》,北京:商务印书馆2009年版。

[60]焦雨虹:《消费文化与都市表达——当代都市小说研究》,上海:学林出版社2010年版。

[61][美]道格拉斯·凯尔纳,史安斌译:《媒体奇观——当代美国社会文化透视》,北京:清华大学出版社2003年版。

[62][意]卡尔维诺,张宓译:《看不见的城市》,南京:译林出版社2006年版。

[63][美]乔纳森·卡勒,李平译:《当代学术入门:文学理论》,沈阳:辽宁教育出版社1998年版。

[64][美]乔纳森·卡勒,盛宁译:《结构主义诗学》,北京:中国社会科学出版社1991年版。

[65][美]马泰·卡林内斯库,顾爱彬、李瑞华译:《现代性的五副面孔》,北京:商务印书馆2002年版。

[66][德]恩斯特·卡西尔,甘阳译:《人论》,上海:上海译文出版社2004年版。

[67][法]勒·柯布西耶,李浩译:《明日之城市》,北京:中国建筑工业出版社2009年版。

[68][英]迈克·克朗,杨淑华、宋慧敏译:《文化地理学》,南京:南京大学出版社2003年版。

[69][英]史蒂文·康纳,严忠志译:《后现代主义文化》,北京:商务印书馆2007年版。

[70][英]乔纳森·拉班,欧阳昱译:《柔软的城市》,南京:南京大学出版社2011年版。

[71][英]斯科特·拉什、约翰·厄里,王之光、商正译:《符号经济与空间经济》,北京:商务印书馆2006年版。

[72][美]约翰·克罗·兰色姆,王腊宝等译:《新批评》,南京:江苏教育出版社2006年版。

[73][法]亨利·勒菲弗,李春译:《空间与政治》,上海:上海人民出版社2007年版。

[74][美]杰里米·里夫金、特德·霍华德,吕明、袁舟译:《熵:一种新的世界观》,上海:上海译文出版社1987年版。

[75][美]理查德·利罕,吴子枫译:《文学中的城市:知识与文化的历史》,上海:上海人民出版社2009年版。

[76]李欧梵,毛尖译:《上海摩登:一种新都市文化在中国(1930—1945)》,北京:北京大学出版社2001年版。

[77]李欧梵:《未完成的现代性》,北京:北京大学出版社2005年版。

[78]李小娟主编:《走向中国的日常生活批判》,北京:人民出版社2005年版。

[79]刘禾:,宋伟杰等译:《跨语际实践:文学、民族文化与被译介的现代性(中国:1900—1937)》(修订译本),北京:生活·读书·新知三联书店2008年版。

[80]刘怀玉:《现代性的平庸与神奇:列斐伏尔日常生活批判哲学的文本学解读》,北京:中央编译出版社2006年版。

[81][美]凯文·林奇,方益萍、何晓军译:《城市意象》,北京:华夏出版社2001年版。

[82][英]西莉亚·卢瑞,张萍译:《消费文化》,南京:南京大学出版社2003年版。

[83]陆扬:《日常生活审美化批判》,上海:复旦大学出版社2012年版。

[84][美]理查德·罗蒂,黄勇编:《后哲学文化》译,上海:上海译文出版社2004年版。

[85]罗钢、王中忱主编:《消费文化读本》,北京:中国社会科学出版社2003年版。

[86][英]戴维·洛奇,卢丽安译:《小说的艺术》,上

海：上海译文出版社 2010 年版。

［87］［美］赫伯特·马尔库塞，刘继译：《单向度的人：发达工业社会意识形态研究》，上海：上海译文出版社 2008 年版。

［88］［英］马林诺夫斯基，费孝通等译：《文化论》，北京：中国民间文艺出版社 1987 年版。

［89］［美］刘易斯·芒福德，宋俊岭等译：《城市发展史——起源、演变和前景》，北京：中国建筑工业出版社 2005 年版。

［90］［美］刘易斯·芒福德，宋俊岭等译：《城市文化》，北京：中国建筑工业出版社 2008 年版。

［91］［法］H.孟德拉斯，李培林译：《农民的终结》，北京：社会科学文献出版社 2010 年版。

［92］孟繁华：《坚韧的叙事：新世纪文学真相》，福州：福建教育出版社 2008 年版。

［93］［美］尼古拉斯·米尔佐夫，倪伟译：《视觉文化导论》，南京：江苏人民出版社 2006 年版。

［94］［美］希里斯·米勒，秦立彦译：《文学死了吗》，桂林：广西师范大学出版社 2007 年版。

［95］［美］希里斯·米勒，郭剑英译：《重申解构主义》，北京：中国社会科学出版社 1998 年版。

［96］［美］弗·纳博科夫，申慧辉等译：《文学讲稿》，北京：生活·读书·新知三联书店1991年版。

［97］聂伟：《文学都市与影像民间：1990年代以来都市叙事研究》，桂林：广西师范大学出版社2008年版。

［98］［美］保罗·诺克斯、琳达·迈克卡西，顾朝林、汤培源、杨兴柱译：《城市化》，北京：科学出版社2009年版。

［99］［美］R．E．帕克等，宋俊岭、吴建华、王登斌译：《城市社会学——芝加哥学派城市研究文集》，北京：华夏出版社1987年版。

［100］［德］海因茨·佩茨沃德，邓文华译：《符号、文化、城市：文化批评哲学五题》，成都：四川人民出版社2008年版。

［101］［美］萨斯基亚·萨森，李纯一译：《全球化及其不满》，上海：上海书店出版社2011年版。

［102］［法］萨特，施康强选译：《萨特文论选》，北京：人民文学出版社1991年版。

［103］［美］罗伯特·戴维·萨克，黄春芳译：《社会思想中的空间观：一种地理学的视角》，北京：北京师范大学出版社2010年版。

［104］［美］理查德·桑内特，黄煜文译：《肉体与石头：西方文明中的身体与城市》，上海：上海译文出版社2011

年版。

［105］［德］奥斯瓦尔德·斯宾格勒，吴琼译：《西方的没落》（上下卷），上海：上海三联书店2006年版。

［106］［英］约翰·斯道雷，杨竹山、郭发勇、周辉译：《文化理论与通俗文化导论》（第二版），南京：南京大学出版社2001年版。

［107］司马云杰：《文化社会学》，北京：中国社会科学出版社2001年版。

［108］［美］爱德华·W.苏贾，王文斌译：《后现代地理学：重申批判社会理论中的空间》，北京：商务印书馆2004年版。

［109］［美］索亚（Edward W.Soja），陆扬等译：《第三空间：去往洛杉矶和其他真实和想象地方的旅程》，上海：上海教育出版社2005年版。

［110］苏晓芳：《网络与新世纪文学》，北京：中国社会科学出版社2011年版。

［111］孙立平：《断裂——20世纪90年代以来的中国社会》，北京：社会科学文献出版社2003年版。

［112］孙隆基：《中国文化的深层结构》，桂林：广西师范大学出版社2011年版。

［113］孙逊、杨剑龙主编：《都市、帝国与先知》，上

海：上海三联书店2006年版。

［114］孙逊、杨剑龙主编：《都市空间与文化想象》，上海：上海三联书店2008年版。

［115］孙逊、杨剑龙主编：《网络社会与城市环境》，上海：上海三联书店2010年版。

［116］邵燕君：《新世纪文学脉象》，合肥：安徽教育出版社2011年版。

［117］申霞艳：《消费、记忆与叙事：新世纪文学研究》，北京：中国社会科学出版社2011年版。

［118］陶东风、周宪主编：《文化研究》第10辑，北京：社会科学文献出版社2010年版。

［119］唐小兵主编：《再解读：大众文艺与意识形态》，北京大学出版社2007年版。

［120］［德］斐迪南·滕尼斯，林荣远译：《共同体与社会——纯粹社会学的基本概念》，北京：北京大学出版社2010年版。

［121］童强：《空间哲学》，北京：北京大学出版社2011年版。

［122］［美］查尔斯·瓦尔德海姆编，刘海龙、刘东云、孙璐译：《景观都市主义》，北京：中国建筑工业出版社2010年版。

[123][法]鲁尔·瓦纳格姆,张新木、戴秋霞、王也频译:《日常生活的革命》,南京:南京大学出版社2008年版。

[124]汪晖:《死火重温》,北京:人民文学出版社2000年版。

[125]汪民安、陈永国、马海良主编:《城市文化读本》,北京:北京大学出版社2008年版。

[126]汪民安:《身体、空间与后现代性》,南京:江苏人民出版社2005年版。

[127]王先霈主编:《新世纪以来文学创作若干情况的调查报告》,沈阳:春风文艺出版社2006年版。

[128][德]马克斯·韦伯,林荣远译:《经济与社会》(下卷),北京:商务印书馆1997年版。

[129][德]马克斯·韦伯,康乐、简惠美译:《新教伦理与资本主义精神》,桂林:广西师范大学出版社2010年版。

[130][英]彼得·威德森,钱竞等译:《现代西方文学观念简史》,北京大学出版社2006年版。

[131][德]沃尔夫冈·韦尔施,陆扬等译:《重构美学》,上海:上海译文出版社2006年版。

[132][美]雷·韦勒克、奥·沃伦,刘象愚、邢培明、陈圣生、李哲明译:《文学理论》,北京:生活·读书·新知

三联书店 1984 年版。

[133][英]雷蒙德·威廉斯，吴松江、张文定译：《文化与社会》，北京：北京大学出版社 1991 年版。

[134][德]沃林格，王才勇译：《抽象与移情》，北京：金城出版社 2010 年版。

[135][德]西美尔，陈戎女等译：《货币哲学》，北京：华夏出版社 2002 年版。

[136][德]西美尔，费勇等译：《时尚的哲学》，北京：文化艺术出版社 2001 年版。

[137][德]西美尔，顾仁明译：《金钱、性别、现代生活风格》，上海：学林出版社 2000 年版。

[138][英]约翰·伦尼·肖特，郑娟、梁捷译：《城市秩序：城市、文化与权力导论》，上海：上海人民出版社 2010 年版。

[139]许纪霖主编：《帝国、都市与现代性》，南京：江苏人民出版社 2005 年版。

[140]薛毅主编：《西方都市文化研究读本》1—4 卷，桂林：广西师范大学出版社 2008 年版。

[141][加]简·雅各布斯，金衡山译：《美国大城市的死与生》，南京：译林出版社 2005 年版。

[142]杨剑龙：《上海文化与上海文学》，上海：上海人

民出版社2007年版。

［143］［美］叶维廉：《中国诗学》，北京：人民文学出版社2006年版。

［144］［英］特里·伊格尔顿，伍晓明译：《二十世纪西方文学理论》，北京：北京大学出版社2007年版。

［145］［英］特里·伊格尔顿，华明译：《后现代主义的幻象》，北京：商务印书馆2002年版。

［146］［英］特里·伊格尔顿，方杰译：《文化的观念》，南京：南京大学出版社2003年版。

［147］衣俊卿：《现代化与文化阻滞力》，北京：人民出版社2005年版。

［148］衣俊卿：《现代化与日常生活批判——人自身现代化的文化透视》，北京：人民出版社2005年版。

［149］［英］戴维·英格利斯，张秋月、周雷亚译：《文化与日常生活》，北京：中央编译出版社2010年版。

［150］［美］弗里德里克·詹姆逊，王逢振、陈永国译：《政治无意识：作为社会象征行为的叙事》，北京：中国社会科学出版社1999年版。

［151］［美］弗里德里克·詹姆逊，胡亚敏等译：《文化转向》，北京：中国社会科学出版社2000年版。

［152］张柠：《土地的黄昏——中国乡村经验的微观权

力分析》，北京：东方出版社2005年版。

［153］张柠：《文化的病症：中国当代经验研究》，上海：上海文艺出版社2004年版。

［154］张一兵：《无调式的辩证想象：阿多诺〈否定的辩证法〉的文本学解读》，北京：生活·读书·新知三联书店2001年版。

［155］张颐武：《新新中国的形象》，济南：山东文艺出版社2005年版。

［156］张英进，秦立彦译：《中国现代文学与电影中的城市：空间、时间与性别构形》，南京：江苏人民出版社2007年版。

［157］周宪：《视觉文化的转向》，北京：北京大学出版社2008年版。

［158］周宪编：《文化现代性精粹读本》，北京：中国人民大学出版社2006年版。

［159］庄锡昌、顾晓鸣、顾云深等主编：《多维视野中的文化理论》，杭州：浙江人民出版社1987年版。

［160］［美］莎朗·左京，张廷佺、杨东霞、谈瀛洲译：《城市文化》，上海：上海教育出版社2006年版。

［161］中央编译局（编）:《马克思恩格斯选集》1—4卷，北京：人民出版社1972年版。

[162] Derek Attridge, *The Singularity of Literature*. London: Routledge, 2004.

[163] Henri Lefebvre, *Everyday Life in the Modern World*. translated by Sacha Rabinovvitch, New Brunswick: Transaction Publishers, 1968.

[164] Raymond Williams, *The Country and the City*. London:Chatto, and Windus, 1973.

2.学术论文

[1]白烨:《新世纪文学的新风貌与新走向——走进新世纪的考场》,《文艺争鸣》2010年第6期。

[2]白烨:《新变、新局与新质——为新世纪文学把脉》,《海南师范大学学报》(社会科学版),2011年第1期。

[3]陈辽:《小说家笔下的"弱势群体"——评近年来表现"弱势群体"的小说》,《唯实》2003年第8期。

[4]陈思和:《都市里的民间世界:〈倾城之恋〉》,《杭州师范学院学报》(社会科学版)2004年第4期。

[5]陈思和:《知识分子转型与新文学的两种思潮》,《社会科学》2003年第1期。

[6]陈晓明:《城市文学:无法现身的"他者"》,《文艺研究》2006年第1期。

[7]程光炜:《新世纪文学"建构"所隐含的诸多问题》,

《文艺争鸣》2007年第2期。

[8]丁帆:《新世纪文学中价值立场的退却与乱象的生成》,《文艺争鸣》2010年第10期。

[9]冯欣:《理想的人·世俗的人·欲望的人——论新时期以来小说中日常生活主题的变迁》,《兰州大学学报》(社会科学版)2007年第5期。

[10]葛亮:《想象与进入——论王安忆小说中的城乡互涉》,《文学评论》2011年第5期。

[11]何言宏:《新世纪文学中的"新左翼精神"》,《东岳论丛》2011年第4期。

[12]贺绍俊:《新世纪十年长篇小说四论》,《文艺争鸣》2011年第4期。

[13]贺绍俊:《新世纪带给文学的一份厚礼——关于网络文学的革命性和后现代性及其他》,《东岳论丛》2011年第2期。

[14]黄发有:《90年代小说的城市焦虑》,《渤海大学学报》(哲学社会科学版)2008年第1期。

[15]黄发有:《重建理想主义的尊严——对近三十年中国文学的一种反思与展望》,《南方文坛》2008年第6期。

[16]黄发有:《警惕山寨化写作窒息都市小说的生命力》,《探索与争鸣》2011年第4期。

[17]洪治纲:《增量的文学现场与感性主义的兴起——新世纪十年文学观察之一》,《文艺争鸣》2010年第8期。

[18]洪治纲:《俗世生活的张扬与理想主义的衰微——新世纪文学十年观察》,《中国现代文学研究丛刊》2011年第2期。

[19]洪治纲:《短篇小说·生活图谱·代际差异——新世纪文学十年观察之三》,《文艺争鸣》2011年第4期。

[20]江冰:《〈小时代〉:"80后"的另类经验》,《小说评论》2009年第4期。

[21]江冰:《"80后"文学与网络的双向互动》,《文艺争鸣》2011年第10期。

[22]蒋述卓:《城市文学:21世纪文学空间的新展望》,《中国文学研究》2000年第4期。

[23]蒋述卓、王斌:《城市与文学关系初探》,《广东社会科学》2001年第1期。

[24]雷达:《新世纪十年中国文学的走势》,《文艺争鸣》2010年第2期。

[25]雷达:《新世纪以来长篇小说概观》,《小说评论》2007年第1期。

[26]李敬泽:《1976年后的短篇小说:脉络辨——〈中国新文学大系1976—2000·短篇小说卷〉导言》,《南方文

坛》2009年第5期。

[27]李云雷：《新世纪文学中的"底层文学"论纲》，《文艺争鸣》2010年第6期。

[28]刘勇：《城市文学应植根城市的历史文化底蕴》，《探索与争鸣》2011年第4期。

[29]孟繁华：《文化消费时代的新通俗文学——新世纪类型小说的叙事特征与消费逻辑》，《探索与争鸣》2011年第4期。

[30]孟繁华：《乡村中国的艰难蜕变——评周大新长篇小说〈湖光山色〉》，《名作欣赏》2009年第2期。

[31]孟繁华：《乡土文学传统的当代变迁——"农村题材"转向"新乡土文学"之后》，《文艺研究》2009年第10期。

[32]南帆：《全球化与想象的可能》，《文学评论》2000年第2期。

[33]欧阳友权：《网络媒介与新世纪文学转型》，《文艺争鸣》2006年第4期。

[34]乔以钢、李彦文：《近三十年"城乡交叉地带叙事"中的"新才子佳人模式"——以〈人生〉〈高老庄〉〈风雅颂〉为中心的考察》，《南开学报》（哲学社会科学版）2011年第4期。

[35]渠敬东:《涂尔干的遗产——现代社会及其可能性》,《社会科学研究》,1999年底1期。

[36]谈瀛洲:《城市文学:问题的由来》,《探索与争鸣》2011年第4期。

[37]申霞艳:《写作十年:摆脱"70后"的70年代出生的写作群体》,《南方文坛》2009年第1期。

[38]汪民安:《游荡者、商品和垃圾》,《中国图书评论》2009年第12期。

[39]汪民安:《游荡与现代性经验》,《求是学刊》2009年第4期。

[40]汪民安:《大都市与现代生活》,《西北师大学报》(社会科学版)2006年第3期。

[41]汪民安:《城市与植物》,《外国文学》2011年第4期。

[42]王世诚:《当代中国新左派的历史遗产与未来》,《探索与争鸣》2006年第10期。

[43]吴义勤:《新世纪中国当代文学研究的现状与问题》,《文艺研究》2008年第8期。

[44]夏锦乾:《城市文学应写出城市的"精神形态"》,《探索与争鸣》2011年第4期。

[45]谢有顺:《文学叙事中的身体伦理》,《小说评论》

2006年第2期。

[46]杨剑龙:《论新世纪上海城市书写的长篇小说创作》,《天津师范大学学报》(社会科学版)2011年第3期。

[47]杨剑龙:《新世纪城市文学的缺憾——以上海文学为例》,《探索与争鸣》2011年第4期。

[48]杨扬:《文学"正义"与新世纪文学的流变》,《上海文学》2010年第12期。

[49]杨扬:《当文学遭遇城市——新世纪中国文学发展的一种境况》,《探索与争鸣》2011年第4期。

[50]赵本夫、沙家强:《文学如何呈现记忆——赵本夫访谈录》,《南京师范大学文学院学报》2009年第4期。

[51]赵勇:《文学生产与消费活动的转型之旅——新世纪文学十年抽样分析》,《贵州社会科学》2010年第1期。

[52]张光芒:《"低于生活"的"新世纪文学"》,《东岳论丛》2011年第4期。

[53]张慧敏:《中国现代戏剧中的日常生活研究》,兰州大学博士学位论文,2012年。

[54]张立群:《文化互动与空间转向——论1990年代以来的"都市文学"》,《学术界》2011年第10期。

[55]张念:《步行街:城市空间的性别魅影》,《天涯》2008年第1期。

[56]张柠:《城市与文学的恩怨》,《南方文坛》2008年第1期。

[57]张柠:《当代中国的都市经验》,《南方文坛》2003年第1期。

[58]张隆溪:《记忆、历史、文学》,《外国文学》2008年第1期。

[59]张清华:《比较劣势与美学困境——关于当代文学中的城市经验》,《南方文坛》2008年第1期。

[60]张清华:《叙事·文本·记忆·历史——论格非小说中的历史哲学、历史诗学及其启示》,《山东师范大学学报》(人文社会科学版)2004年第2期。

[61]张清华:《新世纪以来文学的喜剧趣味与混乱美学——一个宏观的文化考察》,《东岳论丛》2011年第2期。

[62]张学昕:《新世纪长篇小说写作的"瓶颈"》,《文艺争鸣》2006年第5期。

[63]张颐武:《重新想象中国:新世纪文学的新空间》,《文艺争鸣》2011年第2期。

3.网络资源

[1]中国知网:http://www.cnki.net/

[2]中国作家网:http://www.chinawriter.com.cn/

[3]中国文学网:http://www.literature.org.cn/

[4]中国学术论坛:http://www.frchina.net/

[5]新浪读书频道:http://book.sina.com.cn/bbs/

[6]起点中文网:http://www.qidian.com/Default.aspx

[7]爱思想:http://www.aisixiang.com/

后　记

2010年9月，我师从彭岚嘉先生攻读兰州大学中国现当代文学专业博士学位。在跟随先生做文化研究方面的课题时，发现文化地理学与城市社会学是很好的切入点，而这一点也恰恰与我阅读作品时对城市的关注相契合，以城市化为核心探讨21世纪初年小说的基本思路便定了下来。论文完成之后，得到了彭岚嘉先生的肯定，也得到匿名评审专家和答辩评委的认同。但我深知，论文还有不足，有些内容因时间关系，也没来及展开论述。

毕业后回到宁夏师范大学，在教学之余，我扩大了范围，把当代小说的城市书写放在1978年以来的当代中国社会、经济、文化发生巨变的大背景中重新思考，得出了当代小说城市书写与时代氛围、社会心态和作家美学选择之间存在共振的观点。后来以此为基础申报了国家社会科学基金项目"中国当代小说的城市书写研究（1978—2018）"并获立项。在做项目的过程中，思路也发生较大变化，原来想要修

后 记

改本书的想法便搁置下来。直到今年得到宁夏哲学社会科学领军人才工程经费资助要出版本书时，才对部分论述进行了调整。由于原来的书稿虽有缺憾，但把现在的一些想法强加进去还是会破坏其整体性，因此大部分内容都保持原样。

从最初踏入城市文学研究至今，十多年过去了，但自己对城市和文学的认识，似乎还在路上。感谢这一路无私帮助我的所有师友，也感谢甘肃人民出版社社长原彦平先生对本书出版的大力支持。本书得以付梓，也是你们的心血使然。

王兴文
2024 年冬月